姊兒的心計 2

文創風 263

郁雨竹 著

目錄

第二十九章 小吳氏……005
第三十章 交易……017
第三十一章 選人……029
第三十二章 故人……039
第三十三章 秦氏……049
第三十四章 岷山書院……059
第三十五章 名額……069
第三十六章 汪家……079
第三十七章 住校……089
第三十八章 集權與分權……099
第三十九章 融洽……111
第四十章 考試……121
第四十一章 燒烤……133
第四十二章 提醒……143
第四十三章 救人……153
第四十四章 轉移……165
第四十五章 療傷……175
第四十六章 賭石大會……185
第四十七章 出乎意料……197
第四十八章 戳破……209
第四十九章 幫助……219
第五十章 相遇……229
第五十一章 打虎……237
第五十二章 疑心……251
第五十三章 養傷……263
第五十四章 衝突……271
第五十五章 衡量……281
第五十六章 回鶻使臣……293
第五十七章 比試……305
第五十八章 忌憚……315
第五十九章 圍獵……325

第二十九章　小吳氏

魏青桐平安到家了，魏清莛完全放下心來，可隔了半府的魏志揚卻著急起來。

小吳氏等人應該在十天前就到了，但先前收到他們的信件，說是路上耽擱了一些時間，可按他們所說的，也應該在三天前就到了呀，怎麼到現在都沒有消息？

好在他們也沒讓他多等，就在魏青桐回來的第三天，車隊終於慢悠悠地抵達了魏家。

小吳氏後頭跟著三個兒女，後面則是一溜兒的丫鬟、僕婦，但來迎接她們的下人卻瞪大了眼睛看向小吳氏後頭的一人，那人樣貌豔麗、衣服華麗，看著根本就不像僕婦，那個站位下人們熟悉無比，二老爺的周姨娘隨著二太太去給老夫人請安的時候就是走的那個位置。

眾人面面相覷，大老爺有妾了！

小吳氏臉上帶著淡笑，一如大家印象中溫柔的從眾人面前走過，她的女兒魏清芍更顯端莊，只是四姑娘魏清芝繃緊了臉，不看任何人，二少爺魏青竹和大老爺相似的臉上掛著笑容乖巧的跟在大太太身後。

小吳氏到了老夫人的院子，賴嬤嬤出來迎她進去，陌氏和區氏都坐在老夫人下面，看見小吳氏進來，笑道：「大太太回來了，這下家裡人就齊了。」

吳氏就笑著招手。「竹哥兒，快過來，讓祖母看看。」

魏青竹抿嘴一笑，跟在小吳氏身後給吳氏磕了頭，這才高興地上前坐在吳氏的身邊。

陌氏坐在椅子上笑著問小吳氏南邊的情況，區氏見她穩坐第一交椅，也坐在椅子上不語。

魏清芍眼裡閃過寒光，魏清芝懵懵懂懂地跑去找二房的魏清芸和三房的魏清芷玩，全家只有她們歲數相近，比較說得上話。

二姑娘魏清芍和四姑娘魏清芝都是小吳氏所出，魏清莛則排行第三，而五姑娘魏清芸是二房庶出，六姑娘魏清芷是三房嫡出，大姑娘魏清菊是二房嫡出，她因為年紀最大，此時已經開始說親，所以從始至終都安靜地坐在一邊。

魏清芝再回首時，小吳氏已經在區氏下面坐下了，魏清芝跑到母親身邊撒嬌。「娘，我帶回來的那些東西呢？快拿出來給五妹妹和六妹妹看。」

小吳氏愛憐地摸著她的頭，正要答應，魏清芍就突然滿臉寒霜地教訓道：「芝姊兒，妳的規矩都學到哪裡去了？連長幼尊卑都不懂，祖母和兩位嬸嬸還在，她們的禮物還沒拿出來，怎麼就先拿妳的東西了？我看還是年紀太小的緣故，娘，回頭就給妹妹請個教養嬤嬤吧。」

魏清芝臉色一白，滿臉的不情願，可看著姊姊嚴肅的臉，到底沒敢反對，對她來說，姊姊是比母親更威嚴的存在。

聽了這話，吳氏有些意外地看向魏清芍，笑道：「好孩子，這規矩學得好。」

陌氏和區氏聽到魏清芍那樣說的時候就已經臉色難看，再聽了吳氏這句話，卻是臉色怪異起來。

區氏拿不定主意地看向陌氏，她是吳氏嫡親的兒媳，跟著她總沒有錯吧，見她不起身，也學著她低頭喝茶。

魏清芍心裡惱怒，氣得眼睛都紅了。

小吳氏嘆了一口氣，女兒到底是在南邊養大了脾氣，早知這樣，當初她就不該跟著到南邊去。

「母親，這次兒媳從南邊帶回來一個人，您要不要看看？」小吳氏聰明地轉開話題，安撫似地拍拍女兒的手，讓她退到後面去。

「哦？什麼人？」吳氏感興趣地直起身。

「是大老爺的上官送給大老爺的一個妾，吹拉彈唱無一不精，母親向來喜歡聽絲樂，不然讓她過來，母親要是見著喜歡，以後就常讓她過來給您吹吹彈彈。」

「哦？快請進來讓我看看，是什麼樣的精緻人兒能讓大老爺入眼。」

陌氏和區氏都是抿嘴一笑，這是真正歡樂的笑。

魏清芍不理解地看向母親，小吳氏卻含笑的吩咐人下去帶麗姨娘進來。

因為早就得到家丁的稟告，魏志揚知道今天妻兒回到家，早早地就下衙回來。

魏清芝對父親很是依賴，聽見父親回來，就跑出去迎接了，魏志揚寵溺地拉著她的手。

「怎麼還是這樣？不是請了嬤嬤教妳規矩了嗎？」

魏清芝噘著嘴道：「我不要她們教我，娘說到了京城給我請更好的教養嬤嬤。」

「嗯，好，妳不是最喜歡彈琴嗎？爹爹再給妳請個琴師好不好？」

「好啊，好啊。」魏清芝開心地挽著魏志揚的手臂。

「你也不要太寵著她了，家裡就她一副沒大沒小的樣子，比竹哥兒還霸道。」小吳氏吩咐人下去打水給魏志揚梳洗。

魏志揚就笑道：「我的女兒，我不寵誰寵？」

大家都圍著魏志揚轉，所以沒有看到魏清芍那一瞬間的譏諷，父親寵他們？那為什麼一直不將母親扶正，而是不上不下的掛著？說是平妻，但沒有上族譜，什麼都不算。不過她很快就隱去，含笑上前給魏志揚行禮。

魏志揚對這個懂事的女兒一向滿意，見了她標準的禮儀更是滿意，這一下就想起一件事，微微斂了笑道：「我正要與妳說一件事。」

小吳氏抬頭不解地看向他。

魏清芍拉了妹妹要退下去，魏志揚就道：「妳們也不用退下，一起聽聽也好，畢竟以後妳們是要一起生活的。」

小吳氏心中一跳，嘴裡泛起苦澀，臉上卻笑道：「哦？家裡要添新人了嗎？」

「說什麼呢！」魏志揚解釋道：「秋冷院的兩個孩子也長大了，也該放出來教教規矩了，不然以後出嫁，外頭人還以為我們魏家沒有規矩呢，明天妳找個時間跟他們見見面，將他們安排下來，老夫人那裡我去說。」

小吳氏沒想到他說的是這個，一時反應不過來。「這，好，老爺看梅園怎麼樣？不然將莛姊兒安排在那裡，至於桐哥兒，就和竹哥兒住在一起吧，他今年也有十歲了，照家裡規矩，十歲就要搬到前院去住。」

魏志揚不在意的點點頭。「這件事妳作主就好了。」

小吳氏笑開來，伺候魏志揚梳洗。

魏清芝滿臉困惑，當年她離開京城的時候還小，如今都過了六年，加上魏清莛姊弟被關起來的時候她更小，對這兩姊弟更沒有印象了，魏家的下人又不是嫌命短，自然不會在他們面前主動提起，所以她並不明白父親和母親說的話。

魏清芝不明白，但魏清芍卻清楚，她瞬間握緊了手，眼裡複雜地看著外面，手指甲在手掌裡留下深痕也不在意。

魏清芍腦海中浮現出才六歲的魏清莛驕傲地站在她面前，僕婦們見到他們，都是先給魏清莛行禮叫三姑娘，然後才叫她。

出去走訪親朋時，大家也都圍著魏清莛轉，好似所有人看向她的眼裡都喊著譏笑，像是在說「不過是個庶出」。

只是魏志揚和小吳氏太過一廂情願了，得到了王廷日保證的魏清莛，正深感背後有靠山的美妙感覺，自然不會任由魏家人拿捏。

等到吳嬤嬤打開秋冷院的大門，姊弟倆已經換上了以前的舊衣，手和腳都露出了一大截，沒辦法，這個年紀的孩子長得太快了。

吳嬤嬤沒有像以前一樣拿著新衣服來，以前是因為要見客，現在卻是去見小吳氏，姊弟倆自然是越狼狽越好，看他們在衣著華麗的小吳氏面前如何的自慚形穢。

魏清莛含笑地看著她們。「怎麼，這次又是哪位客人要見我？」

吳嬤嬤冷下臉來，冷哼道：「是我們太太要見你們，收拾好了就走吧。」

魏清莛自然不會去介意她的態度，牽起魏青桐的手就走。

沿路上不少的僕婦都看著姊弟倆，年長一些的，眼裡閃過了然，來魏家年頭不長的則滿臉困惑地看著姊弟倆。

只是魏清莛牽著弟弟像閒庭漫步一樣慢悠悠地往小吳氏的院落走，臉上帶著的淡笑讓所有人都不敢冒犯她。

不是魏清莛的氣場太大，而是她的殺氣太濃，王廷日讓她釋放氣場，只是很可惜，原來魏清莛身上勉強的一點書香氣也被這麼多年的打獵生涯磨完了，所以為了鎮住場面，她只能釋放殺氣。

和野獸對陣，第一步就是看誰的殺氣蓋過誰，沒有人比魏清莛更熟悉這種氣場。

所以本來被某人找來看笑話的僕婦們，被魏清莛的厲眼一掃，全都識趣地低下頭。

那些年長的就感嘆，到底是大夫人的女兒，即使被軟禁多年，這身氣度就不是常人能有的，只是鋒芒太盛，不比大夫人的隱忍穩重。

吳嬤嬤在後面看著，臉色都青了，語氣不好地道：「三姑娘，我們得快些了，免得讓大太太等久了。」

魏清莛好笑道：「大太太是誰？我記得母親去世後父親沒有再續娶啊，難道是父親在南邊娶的太太？怎麼都沒有人通知我，要是知道是新太太要見我，我早就來了。走，桐哥兒，我們去看看父親新娶的太太。」

「三姑娘您……」吳嬤嬤臉色青白，指著魏清莛說不出話來。

魏清莛似笑非笑地看著她，眼光在周圍巡了一圈。

吳嬤嬤嚥下到嘴的話，太太在魏家本來就沒有站穩腳跟，後來又跟著大老爺離開多年，這次回來發現本來魏家的僕婦換了一半，這些新來的人不知底細，正是立威的好時機，要是這時魏清莛將事鬧開，太太不管是在老夫人那裡，還是在下人們面前都討不到好去。

吳嬤嬤強忍著怒氣，扯著笑道：「三姑娘，我們快走吧。」

「好。」

魏清莛一進客廳，就看到坐在上面的小吳氏，魏清芍和魏清芝坐在她旁邊說著什麼。

魏清莛笑著拉魏青桐給小吳氏行半禮，對放在腳下的蒲團視而不見。

「吳姨娘。」

此稱呼一出，滿堂皆靜，剛剛還熱鬧的客廳裡頓時靜得連掉根針都能聽見。

小吳氏笑容勉強，吳嬤嬤見屋裡全是自己人，再沒有顧慮，跳出來道：「三姑娘，您怎麼能和大太太這樣說話？這話傳出去，外人不僅會說您不孝，還會說魏家沒有教養。」

魏清莛和魏清芍與魏清芝打了個招呼，就牽著魏青桐找了一張椅子坐下，反正這裡也沒有「外人」了，魏清莛也不再做戲，直接回道：「那就傳出去好了，讓外人看看魏家到底有沒有教養，不是說我父親娶了新太太嗎？怎麼是吳姨娘坐在上面，我怎麼不知道魏家什麼時候這麼有教養了，竟然連一個姨娘也可以坐在女主人的位置上，甚至見了嫡女不行禮也就算了，連身都不起了。」

在屋子裡伺候的丫鬟們心跳如擂，她們都是小吳氏在南邊買的丫鬟，一直以為小吳氏就是正妻，可現在聽來——

大家看看魏清莛姊弟倆身上的衣服，眼睛微閃，心裡閃過萬千念頭，但最旺的那個名叫八卦。

小吳氏強笑道：「三姑娘，妳父親提了我做平妻……」

「不，不，不，」魏清莛搖著手指道：「吳姨娘，男人的話是不能相信的，妳怎麼這麼天真呢？我只相信律法，只要妳能拿得出婚書，我立馬就跪下給妳磕頭，認妳做大太太，不然，妳就只是我母親為父親納的貴妾，一輩子都是！」

魏清芍「謔」地起身。「妳不要欺人太甚！」

魏清莛看看她身上的綾羅綢緞，頭上的珠釵，再示意對方看自己身上的衣服和烏溜溜的頭髮，道：「到底是誰欺人太甚，二姊，妳身上的這一切本來應該是我的，竹哥兒享受的一切本來是桐哥兒的，妳是庶女，我是嫡女，嫡庶有別，只是可惜，現在好像顛倒過來了。」

「妳胡說，我是嫡女，是妳娘搶了父親，要不然父親早就娶了我娘了。」

魏清莛一直很好奇，王家的唯一嫡女怎麼會嫁到魏家，嫁給魏志揚這樣一個人，以王氏的家庭和王氏的才華，她就是嫁給皇子都綽綽有餘。

她纏了謝氏多年，終於以「知己知彼，百戰不殆」的藉口獲知了當年真相，或者說是大部分真相。

王氏是王公的嫡女，也是唯一的女兒，驚才絕豔，曾被譽為京城第一才女，早在岷山書院時，她就與平南王府的二公子任武晛有情，任家與王家對雙方都很滿意，婚事已經在議。

只是一次宴會，王氏不小心落入水中，旁邊就有僕婦，本已入水相救，只是誰知道恰巧路過的魏志揚也跳到了水裡，在僕婦之前抓住了王氏，將她救上岸。

王家雖恨魏志揚的心機，卻不得不備禮感謝，任家和王家商定盡快下定以掩蓋此事，誰知道兩家才交換了庚帖，還沒定下，聖上的一道賜婚聖旨就下來了。

原來，皇帝本就忌憚平南王府，見任家要與王家聯姻，自然擔心，趁著這個事件，就給王氏和魏志揚賜婚，將王家與任家的親事攪黃了。

不管是王公，還是王氏，都不喜歡魏志揚，當初王氏雖然落入水中，但有僕婦相救，根本就用不到魏志揚，魏志揚此舉意義何為，大家都心知肚明，畢竟他碰到了落水的王氏，王氏多半只能嫁給他，只是沒想到任家不介意，依然願意與王家結親，更讓眾人沒想到的是，皇帝會突然插一手給魏志揚和王氏賜婚。

此時的魏清莛就滿臉譏笑地看著她。「那妳說父親有什麼是值得我母親去搶的？」所有人都沒料到魏清莛會問出這樣一句話來，誰會這樣說，「我父親沒有什麼值得我母親去搶」，那等於是說「我母親完全沒有看上我父親」。

魏清芍張大了嘴巴看她。

魏清莛的眼睛在眾人身上一掃而過，對眼前的魏清芍道：「其實妳不用這樣敵對我，我們並不像別人家那樣有嫡庶矛盾不是嗎？」

魏清芍啞然，怎麼會沒有？

她是庶女，享受著嫡女的榮耀，嫡女卻被軟禁，普通人應該都會恨死她了吧？

「妳現在擁有了，不必和我爭，而我，不屑於要魏家的這些資源，我只想和桐哥兒平安在魏家長大，吳姨娘，妳覺得我們還有什麼不可化解的矛盾嗎？或者說，我們有什麼矛盾值得我們鬥個你死我活嗎？」

就算沒有，這話也不用說得這麼明白吧？這些話不是應該各自心裡清楚就是了嗎？

一般人說這些話，母女兩個都不會相信的，但看著魏清莛清澈的眼睛，兩人就是莫名地信了。

但小吳氏還是不由得坐直了身體。「我如何信妳？」

魏清莛撇嘴。「信不信隨便，反正你們也不能把我們怎麼樣不是嗎？最壞的結局不過是再回到秋冷院罷了。」

小吳氏莫名的心一鬆，魏清莛還是太嫩了，不說其他的，她的婚事……

「吳姨娘是在想我的婚事嗎？」魏清莛完全不理擋在她面前的魏清芍，自顧自地道：「只可惜我的婚事怕不是妳和魏家能作主的。」

小吳氏和魏清芍瞪大了眼睛，小吳氏第一想到的就是，王氏生前給她女兒訂下了婚事。

魏清芍則是覺得她瘋了，用這樣輕蔑的語氣說魏家，她就真不怕祖父真的一氣之下給她找個不好的人來配？五年前的張家不就是一個例子嗎？

魏清莛繼續爆料。「我聽說四皇子打了大勝仗，不日就要率兵回朝，我想，和他求一個婚事還是可以的，至於魏家，吳姨娘，妳覺得已經得罪了四皇子的魏家，還敢再得罪一次嗎？」

魏清莛之所以這麼看不起魏家，最重要的一點就是魏家輸不起，他們沒有那個膽子，如果魏家就算輸了也能挺直背的話，魏清莛不至於這麼反感，可魏老太爺左右逢源，明明知道不可腳踩兩隻船，他還一下子踩了三條船。

魏清芍比小吳氏更快反應過來。「那妳以後不許叫我娘做姨娘。」

魏清莛讚許地看向魏清芍，這反應，可比她快多了。

魏清芍正看著她眼裡的讚許回不過神來，就聽魏清莛道：「可是我並沒有叫下人們和其他人叫吳姨娘做姨娘不是嗎？」魏清莛看了一眼吳姨娘坐的位置。「我也沒有將吳姨娘從椅子上拉下來不是？」

眾人啞然。

魏清莛盯著她們道：「我母親永遠是我母親，就算是父親另娶了一位新太太……吳姨娘應該明白了吧，我已經讓步了。」

意思就是說，除了這姊弟倆會叫她吳姨娘外，他們並不介意別人叫她大太太，可是，小吳氏滿嘴的苦澀，魏清莛這樣子叫，豈不是更打她的臉，不是太太，卻冒充太太。

「妳根本就沒有誠意。」魏清芍滿臉惱怒地看著她。

魏清莛不在意地喝著茶道：「那有什麼辦法，妳們又能給我什麼呢？保護我的生命安全？吳姨娘，妳連自己的院子都管不了，我憑什麼相信妳呢？幫我贏得父親或魏家的心？吳姨娘，妳覺得在大勢所趨的情況下，父親和魏家會接受我嗎？而且，妳覺得我們姊弟需要這些嗎？」最重要的是，魏家怎麼肯定在這樣對他們姊弟之後還能挽回他們？

魏清莛不在意地將茶杯丟在桌子上，發出的聲響嚇了眾人一跳。「要讓我不在外人面前叫妳吳姨娘，那就要拿出等價的交換。」

魏清芍鬆了一口氣，坐在魏清莛的對面。「妳想要什麼？」只要對方有所求，她就有辦法壓制，也可以拿住對方的弱點。

魏清莛看了她一眼，又看了一眼小吳氏，見小吳氏沒有開口的意思，知道這是任由魏清芍作主了。

眼珠子一轉，決定不按王廷日計劃好的和對方打太極，直截了當地道：「我和桐哥兒要去書院上學。」

第三十章　交易

魏清芍沒想到她提的是這個要求。「直接在家裡請先生就好了……」

魏清莛搖頭。「妳沒上過書院？」

魏清芍臉紅。「我們都是請了先生在家學的。」她後來跟著魏志揚去外任了，之前因為年紀小還沒接觸到這些，所以不知道。

魏清莛點頭表示理解。「可在京城不一樣，在京城，要讀書的人家裡十家有八家選擇送孩子去書院，吳姨娘是京城長大的，應該知道是為什麼吧。」

吳姨娘垂下眼眸，為了人脈，為了見識，也為了學識……

「京城的書院也有很多，妳想去哪家？」

「這個就不勞姨娘擔心了，」魏清莛拉著魏青桐起身。「書院我已經找好了，現在只要魏家這邊同意，我就能去書院了。」

小吳氏瞳孔一縮，上下打量魏清莛和魏青桐，這才發現兩人雖然常年被關在秋冷院，卻面色紅潤，甚至魏清莛都和大她一歲的芍姊兒一樣高了。

秋冷院的伙食是魏老夫人安排的，可小吳氏卻一清二楚，那樣的伙食是不可能讓兩個孩子這樣面色紅潤的。

是王氏在魏家還留有人嗎？所以魏清莛姊弟才被照顧得這麼好？

魏清莛看著她的神情變化，心裡暗笑，王廷日說，適時誤導比自己主動提出更有效率。

「吳姨娘可以先考慮考慮，等考慮好了再告訴我，我們現在去見老夫人吧，可不能讓老夫人和兩位嬸嬸久等了。」

剛換好衣服的魏清莛就站在屋裡，聽到外面小吳氏在低聲勸魏清芍──

「與她合作，總比妳爹續弦要好。」

外面的細小聲音準確的傳進她的耳裡，魏清莛嘴角一挑，她也希望魏志揚不要續弦。未知的總是令人恐懼的。

魏清莛聽小吳氏和魏清芍已經商量妥當，就帶著那幾個丫鬟出去。

桐哥兒也正好換好衣服出來，小吳氏看著英姿勃發的魏清莛，再看看長相精緻漂亮的魏青桐，一時說不出話來。

魏清芍和魏清芝也看著魏青桐失神。

魏清莛眉頭微皺，拿起剪刀，咔嚓兩下給桐哥兒留了個蓋過眉毛的劉海，將剪刀扔在桌上，厲眼看過房裡所有的人，最後對回過神來的小吳氏道：「吳姨娘，不知妳御下的本事如何？要是做得不好，我不介意幫妳調教一下。」

小吳氏臉色一正，深深地看著魏清莛道：「三姑娘放心，沒人敢出去亂說。」

「很好，不僅是剛才我們說的話，還有桐哥兒，」魏清莛冷笑道。「吳姨娘應該知道，桐哥兒對我意味著什麼，他要是出事，我就讓整個魏家陪葬，不要質疑我的能力，扶起一個家族很困難，可是要毀掉一個家族卻極其簡單。」

魏清莛對著母女三人咧嘴一笑，卻讓三人覺得遍體生寒。

說完，魏清莛就板著臉拉著魏青桐走在前面，小吳氏拉著臉色還有些蒼白的女兒跟在後面，所以她們沒看到，走在前面的魏清莛輕呼出一口氣。

桐哥兒一言不發，卻連續看了姊姊好幾眼，每次要開口的時候，魏清莛就抓一下他的手，桐哥兒就將到嘴的話咽回去。

到了老夫人的院子裡，大家對小吳氏一行人直接無視。

魏清莛見了有些無語，她被關在秋冷院，又不會宅鬥，這才落得這個下場，為什麼有著大太太之稱的小吳氏也被無視了？這混得也太差了吧？魏清莛深深地懷疑剛才那筆交易是不是虧了？

剛走到院子中間，魏清莛的腳步就幾不可見地停頓了一下，桐哥兒扭頭好奇地看著姊姊。

魏清莛嘴角一挑，繼續跟上小吳氏，耳邊卻細細地傳來老夫人的說話聲——

「……就算老大把她放出來又如何？王家一日不起復，她就得在我的手底下討生活，這樣也好，我有的是法子……」

小丫鬟等小吳氏在廊下站定，這才進去通報。

魏清莛不免譏諷道：「妳混得可真差，連一個小丫鬟都可以給妳們臉色看。」

小吳氏臉色難看，微微垂下眼眸。

魏清芍惱怒。「妳混得不難看，怎麼不見她們給妳屈膝行禮？」

魏清莛嘴角一挑。「我在秋冷院中一年也難得出來一次，這些小丫鬟估計都沒有聽說過我呢，我哪能和魏志揚的大閨女相比呢？」

「妳。」魏清芍氣急，卻不願這時候和她口角。

魏清芝好奇地看著兩個姊姊，她還是第一次看到二姊這樣惱怒，以前二姊都是或溫柔或嚴厲地對她……

一行人在廊下站了將近有半個時辰，小丫鬟這是一去不復返了。

魏清莛的身體不用說，直挺挺的，而魏青桐有時為了畫畫也是老半天都不動一下，她又一直鍛鍊他，只有小吳氏母女三人在南邊養尊處優多年，哪裡受得了這個？

小吳氏是兒媳婦，自然是沒話說，雖然搖搖欲墜，卻咬緊了牙挺著，魏清芍因為一口氣在，也白著臉站著，只有還天真懵懂的魏清芝，小心地揉著腿，幾乎要哭出聲來。

小吳氏低聲安慰她。「再忍忍，再忍忍就好了。」

魏清芝的一雙眼睛濕漉漉的。「娘，祖母怎麼還不叫我們進去呀，她在裡面幹什麼？」

「妳們祖母可能累了，在睡覺呢，我們既然來請安了，就得等著。」

魏清莛的耳朵動了動，直接揭穿小吳氏的謊言。「妳娘騙妳的，妳祖母正在裡面吃糕點呢，不信等一下妳進去看。」

魏清芝瞪大了眼睛。「妳怎麼知道的？」

魏清莛上下嘴皮一動，吐出兩個字。「猜的。」

魏清芝不信，扭過頭去不理她。

魏清莛抿嘴一笑。「我還可以告訴妳，妳祖母派了人來叫我們進去了。」

魏清芝回頭就要反駁，門簾子突然掀開，嚇了她一跳，進去通報的小丫鬟出來道：「大太太，二姑娘，四姑娘，老夫人叫妳們進去。」

魏清莛衝她一揚眉——看，我沒說錯吧？

在門前的丫鬟都看著這邊，她們都知道剛才幾人在說話，但因為幾人都壓低了聲音，所以也聽不到她們說什麼。

魏清莛拉著魏青桐跟在小吳氏的後面進去，小丫鬟手一橫，倨傲地道：「你們是誰？老夫人可沒叫你們進去……哎呀……」

一話未畢，魏清莛就一腳踢在她的腰上，直接將人踢進了房裡，門裡門外的人都嚇了一跳。

魏清莛冷哼一聲。「不知道我是誰？那妳今天就記住了，我是魏家的三姑娘，魏志揚魏大老爺的嫡長女，要是還不清楚，我不介意讓老夫人給妳講講我到底是誰！」

一回頭，魏清莛就衝小吳氏咧開嘴笑，明確的表示，看，這樣多快？

小吳氏震驚地看著魏清莛，這已經不是第一次了，以前，她都覺得是因為她壓抑太過才會動手，可現在看來，這完全是她的性子。

王氏的女兒怎麼會動手打人？她的女兒不是應該像王氏一樣兵不血刃的將人拿下，讓人拿不到把柄，甚至還要感謝她嗎？

內室傳來「啪」地一聲，聽著這熟悉的聲音，魏清莛知道是茶杯碎了。

咧嘴一笑，拉著魏青桐進去。

吳氏指著她道：「逆子，妳當這是什麼地方？竟敢在這裡撒潑？」

妳以為我想？魏清莛拉著魏青桐直接坐在椅子上，笑道：「老夫人不是正在睡覺嗎？怎麼這麼中氣十足，一點也不像剛睡醒的樣子，哦，糕點都用了三分之二了，看來老夫人是早就醒了……」

吳氏氣得臉色通紅，憤怒地抓起茶杯衝地上擲去，「啪」地一聲又碎了。

這個習慣真是好啊。

「妳這個不孝女，我要告訴族長，我們魏家怎麼會有妳這樣不孝的子孫……」

「好啊，」魏清莛高興的一拍掌。「老夫人現在就去把人叫來吧，嗯，最好把我們姊弟倆都逐出魏家，清莛一定會對老夫人感恩戴德的，快去，快去，順便把老太爺和大老爺也叫來，一起公證、公證……」

小吳氏母女三人張大了嘴巴看她。

屋裡的丫鬟、婆子目瞪口呆。

吳氏臉色紫紅，眼珠子幾乎瞪出眼眶。

魏清莛微微一笑。「您不敢！不管魏家怎麼說，外面的人只會有一個想法，老夫人，除非您想讓老太爺提前致仕，讓二叔一輩子不出仕，不然，我在魏家的所作所為，您就得給我捂嚴實了。」

皇上是不待見王家，可也不見得多待見魏家，更何況，魏老太爺在戶部尚書這個位置上蹲了這麼多年，不知擋了多少人的道，早就有人看不順眼了，要是再有人推波助瀾，相信有人很樂意看到魏家倒楣。

所以說，光腳的總是不怕穿鞋的！

吳氏忽的抓緊炕沿，陰沈地看著魏清莛。

「您想殺我？」魏清莛搖著手指道。「這個想法您很久之前就想實施了吧？只是老太爺是怎麼和您說的？」

吳氏額頭青筋爆出，老太爺說現在還不能與魏清莛撕破臉皮，要儘量善待她，不要傳出醜聞。

魏清莛面上平靜，心裡卻訝然，還真讓王廷日給說對了。王廷日說過，現在她漸漸長大，因為秦氏回來，魏家也不得不讓她在人前出現，所以魏老太爺不敢做得太過。

「好了，老夫人，」魏清莛拉起魏青桐畢恭畢敬地給老夫人行了個禮。「孫女給老夫人請安。」

桐哥兒緊接著跟了一句。「孫子給老夫人請安！」

這畢恭畢敬的態度卻同時讓除了吳氏之外的所有人嘴角抽搐。

小吳氏小心翼翼地上前給吳氏行禮，小聲道：「老夫人，兒媳聽說您身子不好，現在好多了嗎？要不要叫大夫來看看？」

這句話一出，吳氏頓時捂著胸口「哎呦、哎呦」地叫著。

屋子裡的人頓時「呼啦」全圍上去了。

魏清莛看著這場景目瞪口呆，半晌才反應過來，真是，原來電視不全是騙人的啊。

一轉眼卻看到桐哥兒眼巴巴地看著桌上的糕點。

魏清莛這才想起，他們從上午出來到現在，還沒有吃午飯呢。

魏清莛不客氣地拿走老夫人吃剩下的三分之一的糕點，遞給桐哥兒，其他的都是不安全的，要是有人在裡頭下毒怎麼辦？

魏清芍一直注意著魏清莛，看見他們這個動作，不由嫌棄地扭過頭去，心裡卻不由地有種物傷其類的感覺。

吳氏在炕上鬧著說身子不舒服，魏清莛和魏青桐好像全然沒有受到影響，該吃吃，該喝喝，完了魏清莛還把魏青桐拉到旁邊，讓他枕著自己的腿睡覺。

賴嬤嬤目瞪口呆，吳氏恨得牙癢癢，卻又無可奈何。

自從王氏過世後，魏家的門禁並不嚴，小吳氏剛帶著人站在外面的時候，府裡的其他主子就都知道了，大家都在暗處看著熱鬧，所以一看這邊鬧起來了，就興奮不已，以為是小吳氏和魏清莛姊弟吃了掛落，都跑來看熱鬧。

不怪大家這樣想，小吳氏雖是吳氏的姪女，卻是嫡庶有別，吳氏在吳家時，因為庶出的關係受過不少苦，對小吳氏自然稱不上多好。

當年為了打壓拉攏嫡長子魏志揚，吳氏特意將小吳氏接到魏家，兩家的婚事以口頭定下，後來魏志揚娶了王氏，吳氏為了壓制王氏，直接挑撥著小吳氏與魏志揚暗渡陳倉，吳家嫡女成了貴妾，吳家人心中惱怒，和吳氏、小吳氏一時斷絕了來往。

還是王氏死後，小吳氏被提為「平妻」，吳魏兩家才開始走動，但吳氏也因為沒了王氏這層顧慮，對小吳氏多方磋磨。

聞訊趕來的陌氏帶著一雙女兒，區氏也帶著女兒趕過來，一進門，滿臉的興奮就僵在臉上，吳氏的確是在折騰小吳氏，小吳氏滿臉汗的給吳氏遞茶送水。

可坐在椅子上打著瞌睡的姊弟倆是怎麼回事？

幾人一進來，魏清莛就聽到了動靜，只是她並沒有睜開眼睛。

區氏好奇地看著魏清莛姊弟，魏清莛突然睜開眼睛，眨也不眨地看向她，陌氏一愣，沒想到她會突然睜開眼睛，而且眼裡毫無睡意。

「三嬸。」魏清莛咧嘴一笑。

區氏扯扯嘴角。「是莛姊兒啊，怎麼在這兒睡著了？累了就先回去吧……」說完，區氏懊悔地想咬下自己的嘴巴，丈夫好不容易才將人救出來，她怎麼能這麼說？

魏清莛卻毫不介意，解釋道：「老夫人生病了，我和弟弟擔心，就留在這兒看看，要是老夫人出了什麼事，也來得及。」

屋裡頓時一靜。

吳氏軟下身子，這次是真的被氣病了。

小吳氏這下也是真的慌亂了，大叫一聲「老夫人」，連忙要扶住她。

陌氏快速上前擠開小吳氏，關心地給老夫人順氣，一邊呵斥魏清莛。「莛姊兒，妳說的是什麼話？妳祖母的身體好著呢！」

魏清莛眼裡露出迷惑。「二嬸，我說錯什麼了嗎？誰說老夫人的身體好的？我們來的時候，老夫人就在屋裡睡覺，哪有午飯未吃就睡午覺的？一定是老夫人生病了，真是可憐，滿府的人，除了吳姨娘，竟無一人在跟前侍疾。唉，我在秋冷院裡出不來，要是早知道，我一定過來給老夫人侍疾，二嬸千萬不要說老夫人身體好什麼的，我們進來也有半個時辰了，老夫人一直在喊頭暈，剛剛才好了一些，您才說老夫人身體好，看，老夫人又倒下了吧？」說完，還憂愁地感嘆一聲。「真可憐！」

陌氏眉頭一皺，心中不悅，到底是被關起來沒人教養的，這話說得也太粗俗了，只是自己已經沒心思去和她計較了，因為老夫人氣得臉都青白了。

「快，快去叫大夫！」陌氏嚇得大叫。

屋子裡伺候的丫鬟婆子對魏清莛的行事已經有些習慣了，聞言也不奇怪，能一言不合就踢人，甚至敢明目張膽地威脅老夫人的，說這一、兩句話算是輕的了。

大家進進出出的，但都下意識地躲開魏清莛，生怕她一個不高興又動手。

魏清芍早就乘機拉過母親，和她站在一旁，不讓人擠著，看著魏清莛擠兌吳氏和陌氏，眼裡閃過快意。

區氏目瞪口呆地看著魏清莛，實在不能把眼前的女子和當年那個溫婉聰慧的女子聯想在一起，她真的是王氏的女兒？這也太不像了。但想到她未滿七歲就被關在秋冷院，沒有受到過教養，隨即釋然。

大夫剛走進院子，魏清莛就叫醒了魏青桐，兩人沈痛地站在老夫人的炕前，滿臉擔憂地看著她。

當然，她和桐哥兒是做不出那樣的表情的，她只是拿著事前準備沾了辣椒水的帕子往眼下一抹，再讓桐哥兒低著頭站在她身後，在大夫進來的時候，抬起紅腫的眼睛看了他一眼。

魏清莛見大家都沒有回避的意思，也只好站著。

大家都緊張地圍著老夫人。

老夫人惡毒地看了魏清莛姊弟一眼，正想要當著大夫的面表示她都是被這個不孝的孫女氣壞的，誰知魏清莛接觸到她的眼神立馬瑟縮了一下，眼裡滿是恐懼地看著她。

老夫人氣悶，她這是什麼眼神？自己才是被氣的那一個好不好。

這些都被大夫看在眼裡，暗暗記在心中。

魏清莛怯弱地問道：「大夫，老夫人怎麼樣了？」

陌氏一把拉開魏清莛，皺眉道：「莛姊兒，妳祖母還不是給妳氣的，我早就說過……」

「二弟妹，」小吳氏打斷陌氏的話。「也許是最近操勞過度，母親的身體才一直不好，我今天只是帶四個孩子過來給母親請安，妳怎麼能這麼說莛姊兒呢？」

陌氏有心想反駁，只是到底記著風度，這種話在外人面前提一句還可以說是情急，可要是當著大夫的面和小吳氏爭執起來，她就算贏了也失了風度，過後老太爺更會因此而處罰她。

陌氏嚥下口中的話，魏清莛小心地看了她一眼，拉著桐哥兒膽怯地退到一邊，手無意識地抓著衣襬。

大夫因為職業習慣就朝她的手上看了一眼，眼睛微張，繼而一瞇，就若無其事地給老夫人把脈。

那位姑娘的手上滿是厚繭。

由小吳氏帶著，一對姊弟，男孩的最後一個字是桐的，那就只有魏志揚的嫡長子魏青桐了，沒想到魏家竟然是這樣的人家，果然豪門裡面齷齪多，難怪以前都沒見過這兩姊弟。

魏清莛感覺靈敏，察覺到大夫停頓的氣息，知道已經完成了王廷日布置的任務——王廷日讓她在魏家見到外人時要表現出乖巧孝順，讓外人知道魏家到底有多偏心。此刻她心裡一鬆，垂下的眼裡閃過笑意。

魏清芍一直關注著魏清莛，見她大相徑庭的作為，心裡一思索就明白過來，雖然粗俗，但不可否認的，的確很管用。只是如果是自己來做，一定會做得比她好，表現得更完美，可能連陌氏的反感也激不起。

魏清芍信心滿滿，眼裡閃過鬥志，要不是場合不對，說不定她會立即跳出去挑釁陌氏，好驗證自己的心得。

第三十一章　選人

魏清莛拉著魏青桐跟小吳氏回到她自己的住處，小吳氏有些狼狽，但看著天色，決定還是先解決魏清莛的事。

「我和妳父親說了，打算將梅園空出來……」

「不用這麼麻煩，」魏清莛打斷她。「我還住在秋冷院裡，只要能自由出入就好了。」

小吳氏眉頭一皺。「這怎麼可以？那裡太偏，我的意思是說，以後妳請安，桐哥兒上學都不方便。」

「在秋冷院附近不是有個小角門嗎，我們從那裡走就好。」

「那裡是廢棄不用的……」

魏清莛有些不耐煩。「先前不是有兩個婆子看著我嗎，現在不用了，直接用她們去看門就好了，不過是開一個角門，多大點事，行了，妳要是做不了主，我去找魏……我父親說也可以，話說，我還沒見過他呢。」

小吳氏心頭不悅，但還是溫婉地說道：「這件事我得和妳父親商量，今天也晚了，不如妳先回去休息，我們明天再商量好嗎？」

看著他們姊弟倆的背影消失，魏清芍揮退下人，看著懵懂的妹妹，問小吳氏。「娘，您為什麼那麼隱忍她？說是交易，我看她對您一點都不尊重。」

小吳氏苦笑。「因為我們在意的比她多，她說她的婚事可以去求四皇子，可是我看她那樣子，好像並不介意嫁給誰，她可以放任自己的婚事，妳和芝姊兒可以嗎？」

魏清芍臉色一白。

「所以啊，我們得讓著她，因為她不在乎，她唯一的弱點就是魏青桐，可偏偏我們也有竹哥兒，魏青桐是個傻子，這輩子就是混吃等死的，可竹哥兒以後要科舉，要入仕，這些都需要名聲，她用我們在意的這許多換魏青桐的一世平安，她知道我們投鼠忌器，所以才這麼肆無忌憚，好在，她並不是一個心機深沈的人，要是她像她的母親一樣……」

小吳氏眼中露出些微的恐懼，好像那清冷的聲音又迴蕩在耳邊。

「芍姊兒，妳要記住，暫時的吃虧是福氣，女子最多的還是靠娘家，她和娘家的關係搞得這麼僵，以後吃虧的還是她。」

「娘，我明白了，我會忍著她的。」

小吳氏點頭。「不僅妳要忍，芝姊兒也要忍。」

魏志揚回到家中，聽說魏清莛還要住在秋冷院，臉上浮起怒氣。「她這是和我打擂臺？」

小吳氏欲言又止。

魏志揚冷哼一聲。「她既然想住，那就住在那裡好了，這些事妳安排就好。」

小吳氏鬆了一口氣，看來老爺真的只是想把他們放出，並沒有將他們放進心底。

「是。」小吳氏剛應下，外面就傳來小丫鬟的聲音，見魏志揚微微皺眉，她連忙示意身邊的大丫鬟。

大丫鬟剛出去就面色不好地進來，看了小吳氏一眼。

小吳氏心中一跳，不由自主的握緊了手中的帕子，果然，沒一會兒，外面就傳來一個丫頭脆生生的聲音。「大老爺，麗姨娘病了，上吐下瀉的，您快去看看吧。」

「那還不快去請大夫？」小吳氏吩咐大丫鬟。「快去找二太太要對牌（注），給麗姨娘請個大夫，麗姨娘沒來過京城，估計是水土不服吧。」

魏志揚垂下眼眸，起身道：「我過去看看，妳先睡下吧。」說完不待她回答，就大步往外走去。

小吳氏軟倒在椅子上，看著晃動的門簾不語。

大丫鬟著急，連忙給小吳氏端茶送水，讓人去叫吳嬤嬤來。

魏清莛自然不知道小吳氏的愁苦，她現在正在將秋冷院的洞口堵上，既然已經解禁，就算是為了面子，小吳氏也會給她準備丫鬟的，誰知道誰會不會一不小心就發現這裡了，所以還是她提前處理好比較好。

魏青桐噘著嘴。「姊姊，我不喜歡她們，以後我們都要和她們在一起嗎？」

魏青桐敏感，一天下來，他就沒感覺到那些人的善意。

注：對牌，即奉命行事的授權書。

魏清莛摸摸他的頭。「以後我們少見她們就是了，你要記住，一定要拿好了黑黑，也不許讓人知道黑黑的秘密知道嗎？」

魏青桐點頭。

可魏清莛還是不放心，以後這個院子裡就會多出幾個人來，在別人的監視下，桐哥兒又心智缺陷，能躲過那些眼睛嗎？

「桐哥兒要進黑黑的時候一定要將門窗關緊……」魏清莛細細地囑咐著，心裡卻像火烤一樣焦急，沒有哪一刻，魏清莛如此的渴望擁有完全屬於自己的家，到那時，他們在自己的家裡做什麼不得？

魏清莛看著桐哥兒滿眼對她的信任，心中一酸，不由自主地抱住他，拍拍他的後背，眼睛看著外面。

剛開始的責任和互相依靠，多年的相處早就變成了親情。

第二天，小吳氏就告訴她，他們可以住在秋冷院裡。

「……角門的事我已經和妳二嬸說了，她沒有意見，妳看，妳和桐哥兒身邊也需要幾個丫頭，妳是在家裡面選，還是買外面的？」

「家裡面有誰會願意來伺候我們姊弟？還是從外頭買吧，妳把人牙子叫來，我自己選。」

小吳氏無所謂。「好，我正好也要選一些人，早兩天就通知人牙子了，等一下應該就來了，到時妳先選。」

魏清莛也不推辭。「好啊。」裡頭可是有王廷日給她準備的人，要是被小吳氏選去了怎麼辦？

人牙子很快就領著三隊人進來，走在前面的丫頭，中間的是婆子，再後面則是幾個八歲到十歲的男孩子。

小吳氏見魏清莛盯著他們看，就道：「那幾個是為桐哥兒準備的，桐哥兒要出去上學，少不了要準備書僮和伺候的小廝。」

魏清莛點頭。

小吳氏再接再厲道：「那樣你們姊弟倆一起住在秋冷院就不方便了，妳看……」

魏清莛眼睛一縮，笑道：「那還不簡單？秋冷院也多年未修繕了，雖然小些，但還是可以將它隔成兩個院子的，過幾天我和桐哥兒就搬出來，吳姨娘先把秋冷院修繕好，我們再搬進去好了。」

小吳氏眼睛一冷，垂眸看著手指道：「這些事得老夫人作主了，妳也知道我剛回來，這些事都是做不得主的。」

魏清莛理解的點頭。「沒關係，到時我和父親老夫人說去就是了，現在也不急。」

小吳氏側頭去看魏清莛，魏清莛就咧開嘴對她一笑，白白的牙齒差點閃瞎小吳氏的眼睛。

魏清莛怎麼敢把魏青桐交給他們？她身上的秘密還可以掩藏，可魏青桐一個不小心就會被發現的。

「大太太，這是經常在我們府上走動的紅婆子。」

紅婆子？魏清莛抬頭去看她。

紅婆子笑咪咪地給小吳氏和魏清莛行禮。「給大太太和姑娘少爺請安，多年不見，大太太越發威嚴了，姑娘和少爺長得也好……」

「行了，還是先看人吧。」小吳氏不大喜歡紅婆子，但老夫人經常從她手裡買人，她只好也透過她選人了。

「是是是，大太太看看，這幾個丫頭可齊整著呢，手上都有一門手藝。」

小吳氏偏頭去看魏清莛。「莛姊兒先選吧。」

魏清莛抬眼去看排在她面前的一排丫鬟，久遠的記憶就好像開了一個缺口，王氏站在臺階上，笑著教才五歲的魏清莛如何看人，選人，考人……

那段記憶不短，可也就是魏清莛一個恍惚的工夫，魏清莛重新看那些丫頭，一眼她就找到自己要找的人，但她還是照著王氏曾經所教的道：「妳們一個個來，將自己的名字，籍貫，會些什麼說清楚，就從這邊開始吧。」

被點到的丫頭有些緊張，但還是上前一步，小聲的將自己的情況說清楚，魏清莛點點頭，示意下一個……

魏清莛看著眼前的丫頭，怎麼看怎麼眼熟。「妳剛說妳叫什麼？」

大丫緊張地抬頭看了魏清莛一眼，又立馬低下頭去。「奴婢叫大丫。」

那一眼魏清莛看得清清楚楚，又熟悉無比，因為曾經就有一個人這樣看過她。

魏清莛點了幾個人，最後還是點了大丫，對小吳氏道：「就這幾個吧。」

「這才五個呢，怎麼也要選夠六個，你們姊弟一人四個丫頭……」

本來她只想要四個的，大丫還是預算之外呢。

「不用，五個已經夠多了，我們還是看一下婆子吧。」

魏清莛隨手點了兩個婆子，兩個小廝，起身對小吳氏道：「吳姨娘，要沒什麼事我就帶他們回一趟秋冷院了。」

「這——」小吳氏為難地看著那兩個小廝。

「哦，我有一些事要囑咐他們，等說完了話，他們自然會出去的。」

「好吧。」小吳氏有些無奈。

魏清莛將眾人留在外面，叫兩個小廝進門說話。

魏清莛看了看兩人，道：「阿力，以後你就陪在少爺身邊做書僮，我聽表哥說，你現在跟著師傅學了一些拳腳功夫？」

阿力洗掉了裝扮，看上去還和魏青桐有兩分相像，但因為低著頭，不刻意去注意，不會有誰留意到一個書僮和魏青桐相像的。

「是，只是時日尚短，阿力學藝不精。」

「你還小，以後可以再努力，只是你要好好學，以後少爺的安危就在你的身上。」

阿力一陣激動，姑娘這是認同他了。

視線定在另一個小廝身上，魏清莛誇了阿力不少話，只是他卻沒有什麼變化，面上恭敬如斯，眼裡順從如斯。

魏清莛很滿意，王廷日的眼光就是不一樣，這個小廝才是重頭戲。

「阿元？」魏清莛微微坐直了身子，目光炯炯地看著他。

「小的在。」雖然彎了身軀，卻還是顯得不卑不亢。

「你知道表哥將你安排在少爺身邊做什麼嗎？」

「是，」阿元目光純淨，堅定地看著魏清莛道：「小的要護少爺周全。」

「我只希望你記住，你的主子是我和桐哥兒。」魏清莛目光生寒。「誰要是敢做對不起桐哥兒的事，我就讓他求死不能。」

阿元直覺渾身一寒，打了一個激靈，低頭應是。

魏清莛看著走出去的阿元，眼裡有些擔憂，這人太過聰明，可現在他們在魏家的處境就是需要這樣聰明的人。

現在只能寄希望於阿力了。

幾個丫頭和嬤嬤都被叫進來，魏清莛也乾脆。「……妳們相互之間也是認識的，我處境不妙，需要各位同心協力，所以不要讓我知道妳們私下動別樣的心思，我雖然不會像表哥一樣懲罰妳們，可我不喜歡的人，從不將就，妳們從哪裡來就回哪裡去吧。」

幾人面色一白，她們要是從這裡被退回去……

「只要妳們對我和少爺忠心，好處也少不了妳們的，妳們知道我一向出手大方。」

屋裡，魏清莛在敲打下人，屋外，唯一剩下的大丫忐忑不安。

幾人從屋裡退下去，阿桔對大丫笑道：「妹妹，三姑娘叫妳進去呢。」

「啊？」大丫緊張地咽了一口口水，感激道：「謝，謝謝姊姊。」

大丫緊張地進去，沒有看到阿杏看她的那一眼。

阿桔警告地瞥了阿杏一眼。「別忘了剛才姑娘說的話。」

阿杏暗自咬牙，她的優勢在於她之前就伺候過姑娘，可最大的弱勢也來自於此。

當初姑娘只開口要了阿力，卻沒有要她，主子不知出於什麼考慮，把她也送進來了。

第三十二章　故人

魏清莛看著眼前緊張的大丫，讓她抬起頭來，看著相熟的面容，問道：「妳娘叫什麼名字？」

大丫驚愕地抬起頭，沒想到姑娘問的是這個。

大丫緊張地吞了吞口水，道：「我娘，我娘叫王麗娘。」

魏清莛控制著自己激動的心情，問道：「那妳今年多大了？」

「十歲了。」

魏清莛點頭。「那和桐哥兒差不多大呢，妳離開的時候也才三歲吧？要不然不會記不住的。」

大丫疑惑地看著三姑娘。

魏清莛苦笑道：「妳爹和妳娘可還好？」

大丫愕然地看著魏清莛，然後眼裡燃起些希望，「撲通」一聲跪在地上。

王麗娘是魏清莛的乳娘，當初因為王家突然出手要走王氏的嫁妝保管，激怒了吳氏，吳氏一氣之下將姊弟倆身邊伺候的人全發賣了。

王麗娘一家就在其列，後來若不是她買通牙婆將王氏交由她保管的盒子送回來，魏清莛和魏青桐也不可能擁有空間和賭石的能力。

但王麗娘一家卻被賣往礦區，在那裡受盡折磨，多年來，王麗娘的神志已有些不清，這次他們全家脫困，還是因為礦區的管事見他們可憐，殘的殘，瘋的瘋，小的小，將身契還給他們。

汪有才本是想回京求魏清莛收留他們的，誰知打聽到的消息卻是魏清莛被禁錮在魏家，而大丫的哥哥汪全因水土不服病重，王麗娘清醒之際跑去找紅婆自賣。

王麗娘雖然被折磨多年，但底子在那裡，紅婆就將人扣在手中想要養胖一些賣與人做妾。

汪有才聽說後要追回妻子，誰料大丫跟在後面，倒把自己也給賣了。

「……紅婆子說，這次要是還不上，我們就要被賣到幾個相熟的館子裡去，大家聽了都很害怕，奴婢也以為這次死定了，沒承想卻遇到了姑娘。」

「妳娘現在還在紅婆子手裡？」

大丫點頭。「紅婆子給了我娘五兩銀子，讓我娘簽了死契，我聽娘說，她再過一段時間可能就要被賣給路過的徽商或晉商。」

徽商和晉商，魏清莛自然知道，她還知道，這些商人因為常年在外，慾望被壓抑，但又不捨得去青樓楚館，所以就買一些婦人或是寡婦，帶在路上，等回到家鄉就再將這些人轉賣出去。

「去把阿元叫進來。」

大丫愣愣地看著魏清莛，連忙爬起來出去叫人。

魏清莛拿出一百兩的銀票，遞給他道：「你去紅婆子那裡把大丫的娘王麗娘贖出來，然後帶她回她家把她家裡安頓一下，她要是問起，你就告訴她我是魏家的三姑娘，我現在還不能出去，等我找到時間我一定去見她。」

阿元心下詫異，但還是接過銀票，溫聲對大丫道：「妳家住在哪裡？萬一我找不到妳娘，我也可以直接去妳家。」

大丫被這個驚喜砸中了腦袋，一時反應不過來，等阿元離開了，還是愣愣的。

魏清莛看著黑瘦得不成樣子的大丫，看上去只有八歲的樣子，心中疼惜，見對方忐忑，魏清莛就道：「妳娘是我的乳娘。」

「啊，您是三姑娘？」大丫瞪大了眼睛，癱坐在地上，驚恐地瞠大了眼睛。

魏清莛察覺有異，上前扶住她。「妳怎麼了？」

「三姑娘，我娘說過，不能來找三姑娘的。」可恨來之前牙婆沒告訴她是到魏家來選丫頭，只說是到大戶人家去，不然打死她都不敢來了。

「為什麼？」

「要是讓大老爺知道姑娘和我娘有聯繫，大老爺會殺了姑娘的。」大丫驚覺失語，連忙捂住嘴巴。

「這些事妳是怎麼知道的？」魏清莛微瞇起眼睛。

大丫卻不肯再說，只是一個勁兒地搖頭。

魏清莛不由自主地抓緊她的手。「現在我已經救了妳娘，妳要是什麼都不告訴我，若是出了事，大老爺很快就會知道的，妳說了，我現在趕緊補救說不定還來得及，要不然，大老爺狠心之下，只怕妳爹和妳哥哥……」

大丫打了一個冷顫，驚疑地看向魏清莛。

魏清莛衝她鼓勵地點點頭。

「我知道的不多，是在爹娘說話的時候聽到的，爹要帶我們來京城求大姑娘收留，娘卻一直吵鬧，不願意來，又不肯說緣由，後來還是大哥病得嚴重，娘才漏了口風，說是大老爺不讓我娘見大姑娘，後頭的話我就聽不清楚了，我娘第二天就去自賣了。

「我是知道三姑娘的，娘經常念叨，大哥的名字還是大夫人給取的呢，好像是什麼福祿雙全……」

魏清莛見她連自稱都忘了，而且對方眼睛清澈，顯見說的是真話了。

魏清莛鬆開她的手臂，魏志揚有什麼事這麼害怕她知道？或是，害怕王家知道？

她早幾年就讓王廷日幫她找麗娘一家，就是想將他們贖出來，可派出去的人卻總是才找到一絲線索就會斷掉。

「你們先前是在哪個礦區工作？」

大丫眼裡閃過迷茫。「我不知道，我們換了好幾個礦區呢。」

「換了好幾個？為什麼？」

大丫搖頭。「我不知道，只是每當那個時候爹娘都很不高興。」

看來是有人囑咐不能讓他們在一個地方久待，這是防止有人找到他們。一切還要等見到王麗娘才知道。

「從今天開始妳就叫阿蘿吧，先留在我身邊，等過一段時間我再帶妳出去見妳爹娘。」

大丫歡喜地點頭。

院子裡的眾人都老實的站在院子裡，沒辦法，三姑娘不發話，誰也不敢亂動。

魏青桐一個人坐在臺階上，好奇地撐著下巴打量眾人。

阿杏衝他討好地笑笑。

魏青桐對阿杏還有些印象，見狀抿嘴一笑，兩個淺淺的酒窩就顯出來，恍若皎月出水，竟比女孩子還要漂亮，看得院中男女老幼一片恍惚。

魏清莛一出來就看到這樣一幅景象，大家都看著魏青桐發呆。

魏清莛一靠近，魏青桐就知道了，歡快地跳起來，抱住她的胳膊。「姊姊，姊姊，我餓了。」

魏清莛看看太陽，已經正午了。

「廚房沒有送吃的來嗎？」

被選中的席嬤嬤出列，回道：「回三姑娘，沒有，要不要奴婢去領？」

「不用了，」魏清莛擺手，想也知道是有人故意為難她。「我們的小廚房裡還有一些東西，妳去規整規整，先弄一頓午飯出來再說吧。下午蘇嬤嬤再去找吳姨娘，我們這一房的事不是都交給了吳姨娘嗎？要是吳姨娘辦不了，就去找主持中饋的二太太，若是還不行，妳就去找老夫人，老太爺每天酉正都會回後院用飯，不用避諱其他人。蘇嬤嬤，我想妳知道應該怎麼做吧？」

蘇嬤嬤有些不贊同。「三姑娘，如此，要是傳出去……」

魏清莛露出一個奇異的笑。「妳放心，有人比我們更愛惜羽毛。」

昨天她那樣一頓大鬧，魏家又不是銅牆鐵壁，外面早就聽到了風聲，只是這幾年王廷日做這些事都熟門熟路了，雖然會有對他們姊弟不好的說辭，但還在可控制範圍之內。

蘇嬤嬤在王家的時候就接觸魏清莛了，那時她是作為魏清莛和王素雅的教養嬤嬤，只是……

蘇嬤嬤想起她固執的性子，還是點頭應下了，現在的確不是走迂迴路線的時候。

魏家的三姑娘，時隔七年後重新帶著魏家四少爺冒出來，不管是主子還是奴才都關注得很。

事情很快傳到外面去，就連午飯少供應了一餐，外面也傳得有鼻子有眼的，魏老太爺在外面聽到人議論，羞惱無比。

晚上，魏老太爺回來衝老夫人吳氏發了一大通的脾氣，不僅老夫人，二老爺和二太太也被叫到了上房狠狠地罵了一通。

現在正是考核換屆的重要時刻，魏老太爺坐這個位置這麼多年，下面的人早有怨言，這時候家裡鬧這齣，不是主動將把柄送到別人手上嗎？

「我不管你們想要幹什麼，這段時間誰要是敢再惹事，別怪我不客氣！」

吳氏被魏老太爺當著兒子兒媳的面這樣數落，面子上過不去，嘟囔道：「還不是老大，幹麼要把人放出來？」

魏老太爺氣得跳起來。「妳還有理了？那孩子都多大了？十四歲了，再過一年就可以說親，十八歲就能出嫁了，還有幾年？現在不教養，嫁出去丟的是魏家的臉面。我早就說把他們放出來，不過是兩個孩子，一個是女孩，一個是傻子，礙到妳什麼了？」

魏老太爺平息了一下怒氣，又道：「妳這段時間對他們好點，最好給他們補補，將他們補得白白胖胖的。」

「老太爺？」吳氏瞪大了眼睛看他。

魏老太爺煩躁不已，他怎麼就娶了這麼一個老婆？「聽說秦氏要來京城，到時少不了要見兩個孩子，現在耿三正在爭丞相的位置，不管是輸是贏，中書令總還是他。」

「秦氏？」吳氏臉色一青。

魏老太爺瞥了她一眼。「妳要是做不來就告病吧，把家裡的事都交給老二媳婦。」

陌氏心中激動，攏在袖子裡的手下意識地握緊，只是很遺憾，吳氏回道：「老太爺，妾身知道了，我會好好待他們的。」

魏老太爺這才滿意地點頭。

出了老夫人的院子，陌氏這才有時間問二老爺。「這秦氏對王氏所生的兩個孩子也太好了些，每年都派人送東西來不說，現在要回京了，老太爺竟然這樣忌諱，不知道的還以為她姓王呢。」

二老爺瞥了她一眼，道：「妳知道什麼？這秦氏和大嫂是表姊妹，聽說她幼年喪母，秦老爺怕耽擱她，就將她送回外祖王家教養，這秦氏就是由大嫂的母親教養的，和大嫂一塊長大，不是親姊妹，卻勝似親姊妹。」

陌氏撇撇嘴，不過卻不敢多說，說來也怪，家裡這麼多男主子，除了大老爺，其他幾位老爺對王氏都很尊重，都是尊稱她為大嫂，就是老太爺說到王氏的時候，語氣裡也帶了些不同。

賴嬤嬤連夜帶著人把米糧蔬菜送到秋冷院。

魏清莛看著院中堆著的東西，對賴嬤嬤「感恩戴德」道：「幸虧嬤嬤送來了，不然明天我們還得餓肚子，席嬤嬤，快，做些吃的，大家都一天沒吃東西了吧。」轉頭對賴嬤嬤道：「嬤嬤回去替我謝謝老夫人，秋冷院離大廚房遠，以後我們秋冷院就另起爐灶好了。」

賴嬤嬤來之前吳氏曾囑咐過，現在不是惹惱魏清莛的時候，對方有什麼要求就儘量滿足她，一切等老太爺坐穩了位置，秦氏離開京城再說。

賴嬤嬤笑著應下，只是他們都不知道，今天的這一讓步，讓她們徹底失去了對秋冷院的控制。

「我們這兒有吃的了，不知道阿力他們那裡如何了？」

阿桔不在意的道：「三姑娘給了他們銀子，難道有錢還怕吃不到東西不成？三姑娘還是快去洗洗吧，等下露水下來，天涼了反倒不好了。」

「嗯，桐哥兒呢？」

「四少爺可能累了，才梳洗完就打了哈欠，奴婢讓阿杏去哄少爺睡覺了。」

魏清莛腳步微頓，道：「以後這樣的活不用丫頭們去做，桐哥兒又不是打小嬌養的孩子，這些事他自己都能做。」

「這——」阿桔有些猶豫，但還是點頭道：「奴婢記住了。」

「妳先將院裡的事都記下，回頭再給幾個丫頭安排安排，每個人都分好各自的活計，寫好了再交給我。」

這話裡的意思是要她管著丫頭們了！阿桔心中激動，但聲線還算平穩地應了一聲。

魏清莛嘴角微翹。「阿桔，妳知道那麼多人裡面我為什麼獨獨點名要了妳和阿力嗎？」王廷日讓她選丫頭，她只親自點了阿力和阿桔，其他人則是王廷日點了一起送到牙婆那裡去的，大丫卻是個意外。

阿桔心中一顫。「奴婢愚鈍。」

「因為妳不愚鈍，我不是個聰明人，所以身邊需要個聰明人，而阿力是要留在桐哥兒身邊的，他不機靈，但他最大的優點就是忠心和聽話。」

阿桔眼裡閃過亮光，跪在魏清莛的腳下，額頭抵著地板。「奴婢願終身追隨少爺。」

「好，記住妳今天的話就好，起來吧，以後桐哥兒那裡妳多看看，不要讓丫鬟和他靠得太近。」

「是。」

魏清莛拿出一百兩的散銀給蘇嬤嬤。「院裡的開銷以後就歸阿桔管，這些錢是給妳額外備的，妳想做什麼就做什麼去吧。」頓了頓，又道：「院外面守門的趙婆子和閔婆子，明天妳各自給她們送一些東西去，這幾年她們也照料了我們不少，以後角門由她們看管，我們還要和她們多打交道。」

「是。」蘇嬤嬤上前領了盒子。

魏清莛看著所有人道：「來之前妳們應該已經知道了，以後妳們就聽蘇嬤嬤和阿桔的。行了，忙了一天，大家也累了，先去休息吧，剩下的東西明天再清理。」

阿杏看著阿桔，輕咬了一下嘴唇，就笑嘻嘻地上前擠開阿梨，挽著阿桔的手往廂房走。「阿桔姊姊，以後我們住在哪裡啊？總不能老住在廂房裡吧？那可是客人住的地方……」

被擠開的阿梨也不生氣，只是退後一步和阿桃站在一起。

阿桃撇撇嘴，嘀咕了一聲「馬屁精」。

阿蘿走在幾人最後面，嘴裡還在回味著剛才吃到的白米飯，她竟然吃到了白米飯！

第三十三章　秦氏

魏清莛是在搬進梅園的第二天見到她的父親魏志揚、和只比她小八個月的魏青竹的。

算來，魏志揚也有好多年沒見過這姊弟倆了，以前不管是為了什麼，對魏清莛和魏青桐他還算是關心的，只是王氏一死，他幾乎是立刻就和他們斷絕了來往。

魏志揚神情複雜的看著兩個孩子。

可兩個孩子看著他的眼神可一點也不複雜。

對魏清莛來說，魏志揚就相當於一個陌生人，除了知道他是這具身體的父親之外，她記憶中沒有關於他的多餘記憶，而魏青桐更不可能記得這個人。

所以，魏志揚見到的就是兩個乖巧的孩子默默地站在廳中給他行禮。

魏志揚自以為溫和地道：「妳與桐哥兒為母守孝多年，這個孝心，我與妳祖父都知道，這幾年，父親在南邊顧及不到那麼多，讓你們受了委屈，現在父親回來了，有什麼要求妳可以和父親說，至於家裡的僕婦，她們要是敢亂嚼舌根，妳告訴大太太，讓大太太處置就是了。」魏志揚說到這裡頓了頓，抬眼去看魏清莛。

魏清莛好像一時沒反應過來，良久才呆呆地應了一聲。

魏志揚皺眉，這孩子不會被關傻了吧？繼而釋然，這未必是壞事。

「妳秦表姨過幾天可能會來看妳，你們畢竟多年未見，好好敘敘舊也好，只是聽說妳秦表姨家的表哥身體不好，心情難免差些，妳和桐哥兒要懂事些，不要惹了她煩悶，知道嗎？」

魏清莛呆呆地應了一聲。

依然牽著魏青桐的手，老實地站在底下。

魏志揚有些頭疼，看向小吳氏，他說什麼，她應什麼，那她到底聽懂了沒有？

小吳氏苦笑，她的身分本來就尷尬，她總不能跟魏志揚說魏清莛不像她表現出來的這樣無害吧？

誰又能想到那個爆炭一樣的魏清莛，面對自己的父親時會這樣的乖巧，畢竟她在面對老夫人的時候可是針鋒相對的。

「好了，妳先回去梅園吧，等秋冷院隔開了你們再回去住，桐哥兒的小廝就安排在外院，正好秋冷院外不遠處就有一處和外院相通的角門，把那開開吧，以後桐哥兒要吩咐底下人做什麼也方便些。」

小吳氏欲言又止，魏志揚察覺到，問道：「怎麼了？」

「這樣不妥吧，那畢竟和外院相連……」

魏志揚不在意的揮手道：「有什麼要緊，角門處不會安排婆子守著嗎？兩個孩子又都還小。」

可外院又不是只住了兩個孩子，而且，魏清莛都十四了。

想到某種可能，小吳氏心跳如擂，強笑著應下了。那裡開著角門，不僅裡面的人出去方便，外面的人進來也方便，魏清莛都十四了，要是哪一天闖進一個男子來，那魏清莛十張嘴也說不清，魏志揚是有意還是無意？

魏志揚轉頭去看魏清莛，躊躇道：「莛姊兒有什麼要用的東西嗎？和父親說說。」

魏清莛道：「一切聽父親的吩咐。」

「那就這樣吧，妳與桐哥兒先下去休息吧。」

魏清莛拉著魏青桐退下。

秋冷院風風火火地開工了，這次魏家是下了血本，接下來，進出梅園的都是給魏清莛和魏青桐丈量身高，做衣服的，或是給魏清莛打首飾的。

一個外人秦氏的能耐竟然這麼大，可為什麼以前秦氏派人來看她的時候，魏家敢斷然拒絕呢？

只是可惜，魏清莛對這些彎彎繞繞都不大瞭解，現在出去又不方便，不然問問王廷日也好啊。

然而秦氏並不是魏志揚說的幾天後來看她，而是第三天就出現在了魏家。

秦氏昨日到的京城，連夫家的長輩都沒拜見完就急切的上魏家來了。

等老夫人收到消息時，秦氏已經到了二門。

這就是魏家，一個連內宅都管理不起來的老婦人，竟然將她妹妹的女兒壓得死死的。

秦氏目光沈靜的看著因為跑來迎接她而鬢髮微亂的陌氏。

陌氏在秦氏壓迫的眼光下強撐著蹲下福禮。「耿夫人，您快請進，我們家老夫人在屋裡，聽說您來了，正想出來迎您呢。」

秦氏嘴角微挑，上前扶起陌氏，笑道：「也是我不好，昨天剛到京城，按說不該這麼急著上門來拜訪的，只是我和兩個孩子多年不見，實在是想得緊，這些規矩禮儀竟全都拋到了腦後，還請老夫人不要怪罪才是。」

「哪裡？」陌氏強笑道：「夫人這樣疼愛莛姊兒和桐哥兒，老夫人歡喜還來不及呢。」

「那就好，」秦氏邊走邊問。「兩個孩子也在正房嗎？」

陌氏的額頭幾乎要滴下汗來，繡房的人昨天才給姊弟倆丈身量，哪裡做得這麼快？現在姊弟倆還是穿著昨天從秋冷院出來的衣服，莛姊兒還好說，穿二丫頭的衣服就是了，可桐哥兒卻沒有合適的衣服，上次去見老夫人穿的衣服明顯長出一大截，一看就知道不是他的衣服。

要是讓秦氏知道……

小吳氏到底比她機靈些，讓人翻出竹哥兒以前穿的衣服，雖然有些舊，但也比他本身的衣服不知強多少倍。

魏清莛歡樂的看著院子裡的人雞飛狗跳，拉著桐哥兒在一旁看熱鬧，而小吳氏的丫鬟滿頭大汗的給魏清莛梳頭髮。

外面跑進來一個小丫鬟。「太太，太太，耿夫人進了二門了，二太太帶著人往正院去了。」

小吳氏趕忙回頭看姊弟倆，見桐哥兒獨自坐在魏清莛的身邊啃著蘋果，而魏清莛則笑嘻嘻的看著她們，身後的丫鬟正手忙腳亂地給她梳頭髮。

魏清芍見了不免生氣，上前搶了丫鬟的梳子，三兩下給她綰了個髻，只在側邊給她戴上一朵珠花，顯出小女兒的俏麗。

魏清莛左右看看，點頭道：「不錯。」魏清莛對吳姨娘道：「吳姨娘，妳可要記得妳對我的承諾，我也不瞞妳，秦姨答應我，送我和桐哥兒進書院念書，不出意外，她今天就會提出來。」

小吳氏垂下眼眸不語。

魏清莛眨眨眼，笑道：「吳姨娘知道秦姨要送我們去哪個書院嗎？」

魏清莛輕柔地摸著魏清芍的手，道：「是聞名遐邇的岷山書院呢。」

小吳氏眼睛一亮。

「吳姨娘還不知道吧，現在岷山書院的秦山長是秦姨同族的侄子，秦家子嗣單薄，但都才能卓著，並不需要秦山長手中的名額，所以多年下來手裡倒是積存了不少，偏偏秦山長性格怪癖，只將名額給看上眼的人。」

魏清莛歪過頭去看小吳氏，調皮地衝她眨眨眼。

小吳氏內心激動，扭頭去看大女兒。

魏清芍脹紅了臉，一把就要甩開魏清莛的手，魏清莛看似沒用力，卻能穩穩地抓住，笑話，連一個小姑娘的手都抓不住，她不早死在岷山裡了。

小吳氏咬牙道：「好，我豁出這張臉也會給妳爭取到，只是妳要讓芍姊兒和竹哥兒都能進書院。」

真是獅子大開口，不過這也正合王廷日的心意。小吳氏的三個兒女都進了岷山書院，那他們的部分利益就掌握到了他手上，可以更好的牽制他們。

魏清莛點頭，一轉頭卻看到坐在椅子上和桐哥兒一起拿了個蘋果，正巴巴地看著她們的魏清芝，咧開嘴一笑。「吳姨娘，四妹妹和二姊姊待在一起慣了，要是二姊姊去了書院，四妹妹怎麼辦？」

魏清芝眼淚汪汪地看著母親和姊姊。

兩人頓時心軟。

「妳能將芝姊兒也送進去？」

魏清莛微微一笑。「我只能說我試試。」

即使是這樣，小吳氏依然開心無比。

「我們快走吧，正院的人估計等久了。」

小吳氏帶著四個孩子朝正院去，一進屋，魏清莛就感覺有一道炙熱的目光鎖住了她。

魏清莛抬頭看去，上座一個身著深蘭色衣裙，膚如凝脂，臉若銀盤的貴婦人正含笑的看著她，見魏清莛看她，眼角忍不住地濕潤起來。

魏清莛知道她就是秦氏了，帶著桐哥兒隨著眾人行禮，秦氏一把拉住她。「快來，讓姨媽看看。」

「秦姨。」

「好，好，」秦氏忍不住滴下淚來，看向桐哥兒，見桐哥兒呆呆的，心裡忍不住酸澀，拉住他道：「我們桐哥兒長得真像母親。」

秦氏拉著桐哥兒東摸摸西摸摸，好像確定桐哥兒完好無損後，這才扭頭對吳氏道：「老夫人莫怪，我也是好久未見兩個孩子了，想得緊。」

吳氏自然不敢怪，笑著誇了魏清莛和魏青桐幾句。

秦氏見人都到齊了，就讓貼身丫鬟將見面禮給孩子們，在屋子裡的除了桐哥兒和三叔家還小的魏青楓外都是女孩子。

秦氏給魏清莛的是一對羊脂玉手鐲，那對手鐲一拿出來，就是吳氏也移不開眼睛，秦氏笑道：「這對手鐲還是當年妳外祖母給我的，我戴了幾年，現在妳也長大了，妳外祖母沒留下什麼東西給妳，這東西給了妳也算是個念想。」

魏清莛沒想到這對羊脂玉手鐲還有這個故事，連忙推辭道：「這怎麼行？這是外祖母留給您的。」

「不要緊，當年妳外祖母可是給我留了不少東西，這個妳就收下吧，玉養人，妳戴著對身體有好處。」

秦氏給魏青桐的則是一套筆墨紙硯。

吳氏見了不免撇撇嘴，可小吳氏和陌氏看了一眼，卻是面色微變，吳氏以前是庶女，那時吳家也不太發達，區氏是商女，她們不知道，可小吳氏和陌氏卻是有一點見識的，那套筆墨紙硯的價值可是不比那對羊脂玉的手鐲低。

桐哥兒對這類東西很喜歡，一摸上去就開心不已，臉頰上小小的兩個酒窩盛開。

秦氏將兩個女兒介紹給魏清莛認識。「這是妳丹姊姊，這是妳紅妹妹，以後妳去了書院就和她們在一塊念書，不懂的就問妳丹姊姊。」

她雖然也很想將兒子耿少舟介紹給她認識，只是這個屋子裡可不止她一個女孩，只能讓兒子到前院去和魏家的幾個子弟在一起。

兩姊妹長得像秦氏，也許是因為年紀，耿少丹更顯端莊，對魏清莛這個表妹，她以前就見過面，不過那時年紀小，又時隔多年，早就不記得多少了，只是溫柔地看著魏清莛，兩人拉著手叫了聲「姊姊、妹妹」。

耿少紅也沒少聽母親提起她，所以對魏清莛很是不喜歡，但在母親面前她還是規矩地叫了一聲「姊姊」，只是好奇地看著她手裡抓著的魏青桐。

魏青桐進了屋就沒說過一句話，獨自一個人站在姊姊的身後，垂著頭不知在想什麼，即使剛才秦氏送他禮物，他也只是道了一聲謝。

這邊姊姊妹妹叫得親熱，那邊吳氏則在聽到書院念書的時候一驚，看向秦氏。「莛姊兒要去書院念書？」

小吳氏不由坐直了身體，她知道重頭戲來了。

魏清莛羞澀地站在秦氏的身邊，秦氏笑道：「是啊，」秦氏心疼地看著魏清莛道：「不只是莛姊兒，還有桐哥兒，他們姊弟倆為母守孝，這一守就是七年，連自己的功課也耽擱了，為了孝道外人自然是不會說什麼，只是現在莛姊兒也十四歲了，再不進學可就晚了。」

吳氏瞥了魏清莛一眼，笑道：「這還不簡單，回頭我和老太爺說一聲，請了先生在家，什麼時候學不成？」

秦氏訝異地看著吳氏，好像她說了多愚蠢的話似的，吳氏不自在地笑笑，難道她說錯了什麼？

「老夫人不知道吧，我們京城裡的女孩和別的地方略有不同，即使是女孩子也是要送到外邊書院念書的，有同學一起，不僅能討論長見識，也可以激勵孩子們更上一步，更重要的是孩子們也可以互相交個朋友，您看南北兩條書院路就全都是各式的書院。」

「可是，」吳氏看向二兒媳，在得到她的肯定回答後，有些尷尬的道：「這些事還要老太爺作主才是，而且，現在早已經開學，我們現在去插班怕是不好吧。」

秦氏似乎更是詫異，吳氏臉色越發不好看，她又說錯了什麼？

不過秦氏很快就掩掉神色，笑道：「也沒有什麼不好的，每年插班的人都不少，只要老夫人答應，我可以馬上找到書院讓兩個孩子進去念書，老夫人也不用擔心，書院裡的孩子都很溫和友好。」

陌氏低頭，不敢再提示吳氏。

小吳氏插嘴道：「是啊老夫人，莛姊兒自從住到秋冷院後就不再看書拿筆了，幾年下來都忘了差不多了，要是再不抓緊學習，只怕……更何況姊姊曾經是京城第一才女，要是莛姊兒連女四書都背不出來，豈不是打姊姊的臉？」

吳氏眼睛一亮，將剛才的羞惱拋到腦後，是啊，魏清莛恐怕連筆都不會拿了，要是送她去書院讓外人看著曾經享譽京城的王氏的女兒是一個草包，只怕丟的也是她和王氏的臉。兩個孩子，一個腦子正常，卻不會，一個乾脆就是傻子，還有比這更打京城第一才女的臉嗎？

吳氏看著低頭溫順的小吳氏，嘴角微挑，是誰說她不爭的？為了兒女就沒有不爭的人。

吳氏看著秦氏為難道：「耿夫人既如此說那就送去書院吧，只是桐哥兒還好說，年紀還小，莛姊兒這個年紀從頭念起，只怕……」

魏清莛額角跳動。

秦氏也有些猶豫，照她說，魏清莛沒有學過，自然是要送去小班，可小班都是八歲左右的孩子，最大也不超過十歲……

「這個，我去和山長商量商量。」

吳氏見為難住了秦氏，自然開心。「這是一定的，等您找好了書院，就來接莛姊兒和桐哥兒去就好了，」吳氏回頭和陌氏說道：「回頭妳和管事說一聲，將三姑娘和四少爺的束脩準備好。」

陌氏滿頭大汗，這老夫人怎麼也不問問是哪個書院就應下了？

小吳氏鬆了一口氣，和魏清莛對視一眼，視線一相碰，立馬分開。

只是秦氏對小吳氏那聲「姊姊」很不喜，目光深沈地看了小吳氏一眼。

第三十四章 岷山書院

秦氏拉著魏清莛姊弟去了梅園單獨說話，她摩挲著魏清莛手裡的厚繭，心裡像被刀剜似的痛。「都是秦姨不好，要是秦姨能早點來京城……」

魏清莛曾聽王廷日提過秦家的事，知道秦氏真的是迫不得已，對她能每年還派人來看她感激不已。

「秦姨，其實我的日子並沒有像表現出來的過得這麼慘。」

即使這樣說，秦氏依然不能釋懷，想起吳氏眼底的貪婪，秦氏心裡發狠，道：「莛姊兒，妳放心，只要我在京城一日，她們就休想再欺辱你們姊弟，小吳氏想做大太太，也得問問我答不答應，逼急了我，告到太后娘娘跟前，看魏家怎麼解釋以妾為妻的事實。」

「秦姨，吳姨娘的事並不急，她既然在之前的七年都不能成為魏志揚的妻子，往後就更加不可能了。」魏清莛道。「其實我更想知道另一件事，我總覺得母親去世得突然，所以……」

秦氏大驚。「這話怎麼說？」

魏清莛將王麗娘的異狀說了，道：「除了母親的事，我實在想不出父親阻止我見乳娘的原因。」

魏清莛看著魏青桐，眼裡閃過冷光。「只要魏家不想著傷害我和桐哥兒，一切都好說，至於娘親的死，這是一定要查清楚的。」還有「魏清莛」的死，這是她欠她們的。

「要是是妳父親……」秦氏躊躇。

魏清莛低下頭，輕聲道：「殺人償命天經地義。」

秦氏打了一個寒顫，看著魏清莛，嘴巴微合，心疼不已，這孩子這幾年到底是怎麼過的？竟如此的冷情冷性。

秦氏哭倒在炕上，嘴裡喃喃道：「三娘，我對不起妳……」

耿少丹連忙上前安慰母親，耿少紅聽到魏清莛說的話卻是眼睛一亮，問道：「妳也覺得父親做錯了事就要受到懲罰？而不是因為顧念什麼親情一再的縱容？」

自然不是，要是前世的老爸，她自然要考慮親情的。

比如說她老爹在林子裡坑了人家一把，對方找上門來，就算老爹做的不對，她也只能拿起棍子和人打起來，不過現在自然不能這麼回答。

魏清莛點頭。「做錯了就是做錯了。」

耿少紅「啪」地一聲拍在桌子上，豪雲壯志地道：「不錯，錯了就是錯了，憑什麼就因為他是我父親，我們就得忍著？」

這話與其是說魏清莛，不如是說她自己的切身經歷。

魏清莛看著少女眼中的怒火和傷痛，摸摸鼻子，她好像無意中觸到了別人的傷疤。

耿少丹拍了妹妹一下。「胡亂說什麼？妳莛姊姊已經夠難了，妳還在這裡添亂。娘，妳快別哭了，現在我們不是和莛妹妹與表弟見面了嗎？以後日子會越過越好的。」

秦氏擦乾了眼淚，笑道：「是了，丹姊兒說得對，紅姊兒，妳要是再敢胡鬧我就送妳回太原去。」

耿少紅撇撇嘴，不敢再說，但對魏清莛的態度卻好多了，很有一種知己的感覺。

秦氏看著魏清莛黑黝黝的眼睛，嘴巴微合，良久才道：「一切都順其自然吧，我只希望妳能定下一門好親事，順利出嫁，一輩子平和安順，桐哥兒也健泰安康，娶一個賢良的妻子，生育聰明伶俐的孩子。」

魏清莛也看向呆呆的桐哥兒，不由得握緊了拳頭，桐哥兒的婚事才是最困難的。

秦氏看看天色，道：「天色不早了，你們也快點休息，我將府中的事打理好就送你們去書院。」

「秦姨，不知書院的名額能不能再騰出來一些？」

「妳表哥這幾年積累下不少的名額，幾個倒是還可以，莛姊兒有朋友想去書院念書嗎？」

魏清莛聞言鬆了一口氣。「我想再要三個名額，將小吳氏的三個子女都送進書院。」

秦氏坐直了身體，不贊成的看向魏清莛。「莛姊兒，小吳氏的事是上一輩的事，妳不沾染是對的，可妳怎麼反而要去幫她？妳要知道嫡庶有別，如今她與她的兒女享受的一切本該是妳與桐哥兒的。」

「我知道，只是秦姨，我送他們進書院並不是為了他們，而是為了我和桐哥兒。」魏清莛垂下眼眸，低聲道：「王家的事雖然過去多年，近年來也有王家子弟出來科舉入仕了，可上頭到底還忌諱，要是魏家單送了我們姊弟進去，那裡藏龍臥虎，只怕……可如果我們前面擋了幾個人呢？」

秦氏沈思。

魏清莛繼續遊說她。「秦姨，岷山書院就是一把雙刃劍，他們要是選擇正確，自然是前途無限，可要是走錯了一條路，那就是萬劫不復。」魏清莛微微一笑。「所以，您說我是給他們機遇，但我也在他們的前路上挖了陷阱，端看他們能不能避過了。」

秦氏欣慰的摸著魏清莛的頭髮。「果然是三娘的女兒，想的要比秦姨要多。」

魏清莛臉色微紅，這哪裡是她想的，分明只是轉述王廷日的話。

魏志揚回來後特意到小吳氏這裡來，小吳氏知道他想聽秦氏到魏家來的情況，也不瞞他，將事情仔仔細細地說了，只隱下了她和魏清莛的交易。

聽到魏清莛姊弟要去書院，魏志揚眉頭就是一皺，小吳氏小心地觀察著，見了就笑道：「其實這樣也好，外面時常有人胡言亂語，要是莛姊兒和桐哥兒能出去走走，那些謠言不就不攻自破了嗎？更何況，我也打算送三個孩子去書院，要是只這兩個孩子不去，只怕外面又有閒言碎語。」

「哦？妳想送孩子們去書院？」

「是，」小吳氏打起精神道：「我聽說梧桐書院不錯，我派人去打聽過，以竹哥兒的成績插進去應該不成問題。」因為她和魏清莛有交易，自然不會在這時把真正要去的書院提前告訴魏志揚。

魏志揚也是精神一振。「我選中的也是梧桐書院，只是書院得到九月份才開始招生，現在才五月，恐怕還有的等，我就想著先請一個師傅在家教著，至於芍姊兒，她年紀大了，倒不用去書院了，直接請女先生在家教，我再打聽打聽京城有名的女子書院，然後送芝姊兒進去……」

梧桐書院是京城的二等書院，多是京中四、五品官的兒子在裡面讀書，在南邊的時候，小吳氏就選中了這所書院，只是沒想到魏清莛會幫她爭取到岷山書院的名額。

對於孩子的話題，家長是怎麼說也說不厭的，直到半夜，魏志揚在心裡給三個孩子都安排了一頓，這才打算睡去，對小吳氏道：「既然秦氏想送他們去書院，那就送去吧，莛姊兒年紀大了，也送不到什麼好的書院裡去，至於桐哥兒……」想起那個縮在魏清莛身後的身影，魏志揚實在想不起他長什麼樣，就甩頭道：「隨便他們吧，只是束脩一定要從外面帳上走……」

「這是一定的。」

有錢好辦事，加上魏清莛一個勁兒的催促，秋冷院很快就修繕好了，院子分成了前後兩邊，連那邊雜草叢生的後院也充分利用，中間是一條夾道，有兩扇小門連在一起，魏清莛知道魏青桐喜歡種些花花草草，就將右邊的院落給了他。

「名字不用改了，還是叫秋冷院，後面的廢棄的草地留給桐哥兒，讓他自己種些花花草草。」

「三姑娘，我去叫幾個婆子來把雜草除了吧。」

「不用，讓桐哥兒自己幹，」頓了頓，又道：「你們不要攔著，這些他都是做慣了的。」

因為只是修了夾道將院子一分為二，再就是在後面砌了幾間下人住的房屋，所以院中新落成的氣味倒不是很大。

魏青桐認院子，在梅園裡怎麼也睡不著，要不是有她在身邊陪著，說不定他還整夜整夜的失眠，所以，秋冷院一完成，她就帶了魏青桐回來。

外人看了，不免笑話他們不會享福。

魏清莛可不管別人怎麼想，她正帶著阿桔將小吳氏送來的一些擺設弄到桐哥兒屋裡去。透過半開的窗戶，阿杏安靜地坐在炕下的凳子上拿了魏青桐的一件衣服在做，時不時地抬頭去看熟睡中的魏青桐。

魏清莛眼裡閃過煞氣，阿桔見了心驚，拿著青花瓷瓶的手微微發抖，剛才的三姑娘好可怕，比主子，不，比表少爺不說話的時候還可怕。

魏清莛轉身離開，回到自己的院落。

魏清莛看著阿桔良久，阿桔僵立在她面前，額頭上沁出細細的汗來。

「我記得我說過，任何人都不能太靠近桐哥兒吧？」魏清莛眼裡閃過殺意，沙啞著聲音道：「是誰讓阿杏進桐哥兒的房間的？」

阿桔「撲通」一聲跪在地上，不住地磕頭道：「奴婢該死，回去奴婢一定嚴加管教。」

沒有推卸責任，魏清莛的心情好了一些，但還是看著不停磕頭的阿桔不語，直到她的額頭沁出血來，外面聽到動靜的人跑進來，都驚駭地看著阿桔，紛紛跪下，以頭點地，卻不敢求情。

魏清莛見，除了阿杏和蘇嬤嬤外全都來了，這才止住阿桔，冷冷地道：「我再說一遍，以後所有的僕婦都住在我這邊，除了一日三餐，誰也不准插手四少爺的事，誰要是再私自出現在桐哥兒的房中或院中，下次我就要妳們的命！」

幾人俱是一顫，這才知道緣由。

「下去吧。」

「是。」

這次魏清莛沒有安慰阿桔，也沒有遵循打一下給顆甜棗吃的原則，而是看著她們戰戰兢兢地退下。

桐哥兒的秘密是他們活在這世上最大的秘密，偏偏桐哥兒他又沒有自保的能力，如果被發現……

魏清莛想都不用想，不管是在這個時代，還是在現代，他們都別想活著。

為了活著，魏清莛不介意殺雞儆猴。

幾個丫頭扶著阿桔，阿蘿好像被嚇壞了，臉色發白的看著阿桔滿臉的血，阿梨推了一下阿桃，阿桃連忙拉過阿蘿。「別怕，快跟我一塊兒去找些止血的藥。」

席嬤嬤皺眉。「行了，妳們知道什麼止血的藥？還是我去吧，阿梨在這裡陪著阿桔，阿桃去找些布來，阿蘿去燒水。」

等將阿桔的頭包起來，眾人這才有時間問阿桔。「到底是怎麼了？姑娘怎麼突然發了那麼大的脾氣？」

阿桔咬緊牙根，恨恨地道：「阿杏……」

「阿杏？」阿桃眼裡閃過迷惑。「阿杏不是在少爺那裡嗎？她今天也沒做什麼呀？」

阿梨和席嬤嬤卻若有所思。

阿桔點著阿桃的額頭道：「我不是說過不許私自進少爺的房間嗎？誰讓阿杏待在少爺的房間的？」

阿桃更是迷惑。「阿杏沒有私自進去啊，她進去的時候少爺還醒著呢……」

阿桔氣急。

不怪阿桃迷惑，她們就是幹伺候人的活，從沒聽說過魏清莛這樣奇怪的命令。

阿桔鐵青著臉道：「去把阿杏給我叫來，我再細說一遍。」

魏清莛將阿杏交給阿桔處理，自己去找魏青桐。

她給魏青桐蓋了薄被。

小吳氏要給兩人換成床鋪，只是兩人都習慣了用炕，所以才沒有換。

魏清莛摸摸因為睡覺而紅潤的小臉，嘆息道：「真是難啊。」

飯。

晚上阿杏見到魏清莛的時候就膽怯的站在一旁，魏清莛也不理她，只管和魏青桐一塊吃

阿杏不夠聰明，但是心思太多，可阿桔又太聰明，魏清莛都不敢把她們放在魏青桐的身邊，見到阿杏後面站著的瘦小的阿蘿，心裡一動。

魏清莛拉著魏青桐。「桐哥兒，你一個人在那邊住怕不怕？」

魏青桐低頭看著腳下，不自在地挪挪。

魏清莛看了一笑。「我讓阿力陪你好不好？」

「真的？」魏青桐眼睛一亮。

「嗯，桐哥兒喜歡不喜歡？」

「喜歡。」

魏清莛是因為常年和玉石打交道，隨著接觸得越多，感覺越靈敏，而魏青桐是因為心思單純所以對善惡的感覺更強。

兩人都對阿力的感覺很好。

蘇嬤嬤見了就要勸諫，才要張嘴，魏清莛就看過來，微微一笑，就是這一笑止住了她到嘴的話。

姑娘的逆鱗是少爺。

蘇嬤嬤嘆了一口氣，算了，反正姑娘在魏家也沒有什麼名聲了，再壞一點也沒什麼。

「那老奴現在就去叫阿力進來。」

魏清莛點頭。

等晚上只剩下二人的時候，蘇嬤嬤就勸魏清莛。「一次、兩次還好，只怕長此以往，那頭的人知道了就不好處理了。」

阿力畢竟十歲了，又不是魏家的孩子，留宿後院實在是說不過去。

「妳放心，等我們去了書院就好了。」

第三十五章 名額

秦氏剛回到京城，要處理的事情很多，他們是要和耿家三兄妹一起進書院讀書的，這一等就過去了十天，在第十一天的時候，秦氏終於親自來了趟魏家。

魏清莛鬆了一口氣。

秦氏將入學文書交給吳氏，笑道：「我本來只是想試試，畢竟莛姊兒年紀大了，桐哥兒又還小些，沒想到我那侄子卻一直留著些名額，聽說我要二話不說就應下了。」

吳氏臉色難看，強笑了幾下。

陌氏和區氏卻對視一眼，眼裡都閃過狂熱，最後還是區氏忍耐不住，試探道：「既然耿夫人說秦山長手裡還有名額，不知可不可以為我們多爭取幾個呢？」

秦氏放下茶杯，視線在眾人臉上掃了一圈，道：「自然是可以的，而且，我將他手裡的名額都拿過來了，一共還有三個。」

陌氏和區氏眼裡閃過狂喜，正要開口拜託，秦氏就又從丫鬟手裡拿過三張紙，遞給吳氏道：「我想著，莛姊兒畢竟學識有限，在學堂裡還是要有姊妹們相幫才好，桐哥兒也要有個哥哥帶著才行。」

陌氏和區氏連連點頭。

只是秦氏一直不給她們說話的機會，見她們點頭，笑意加深，對吳氏道：「這個給莛姊兒三個兄弟姊妹的，明天就讓他們和莛姊兒一塊兒去上學吧，我和孩子們來接他們。」

說著也不等吳氏說話，就起身告辭。

吳氏雖然心中不快，但還是禮數周全的送秦氏出去，等秦氏的身影消失了，這才回過身來惱怒的盯著魏清莛。「是不是妳和她串通好了的？」

魏清莛眼睛也不抬，淡淡地道：「老夫人說的這是什麼話？您要是不願我去上學，和秦姨說一聲就是了，難道秦姨還能逼著魏家把孩子往書院裡面送嗎？」

吳氏氣惱，秦氏可不就是逼著他們把孩子往書院裡面送嗎？

吳氏向來不是伶牙俐齒的人，吵不過魏清莛就看向二兒媳，要是往日，陌氏就是不樂意，也會跳出來教訓一下魏清莛的，只是現在她正有求于魏清莛，或者說，現在她正要借著魏清莛的名號將兒子送進岷山書院，對老夫人的示意就當沒看見。

而魏志揚回來才知道他的兒女明天就能去岷山書院上學，他看著小吳氏，低聲問道：「這件事妳從一開始就知道？」

小吳氏低垂著頭，不語。

魏志揚就嘆了一口氣。「算了，為了孩子們，難道我還會怪妳嗎？」

小吳氏籠在袖中的手緊了緊。

魏志揚見了心中酸澀，他們是什麼時候走到這個地步的？

第二天一大早，秦家的馬車就過來接人，魏清莛和魏青桐坐上秦家的馬車，後面魏家姊弟三人卻另外坐了一輛車。

兩家人在書院門前下車，秦氏對魏清莛招手，對幾個孩子囑咐道：「等見到山長要乖一些，知道嗎？」

秦山長的書僮在門口候著他們，見秦氏過來，一邊恭敬地迎幾人進去，一邊低聲對秦氏解釋。「山長有一位貴客來訪，所以讓小的來接姑奶奶……」

秦氏點頭，柔聲問他。「我們現在是去源哥兒那裡等著嗎？」

「不敢，」書僮低聲道：「山長讓小的伺候姑奶奶直接過去，還說那位貴客姑奶奶也認識。」

「還是先將孩子們的事辦了吧，敘舊有的是時間。」桐哥兒的情況特殊，秦氏不想出什麼意外。

秦氏看了魏清莛姊弟一眼，其實她更願意私自給桐哥兒請一個先生慢慢學，桐哥兒情況特殊，根本就不適合書院，還是岷山書院這樣著名的書院，只是莛姊兒堅持……

一行人很快就到了秦山長住的地方，書僮給幾人上茶後就退下去找秦山長。

秦山長聽說姑姑來了，卻不願過來見「貴客」，對對面的人搖頭笑道：「我這姑姑還是這樣急性子，非得將一件事做完了才做另一件。」

姑侄倆年歲相當，小的時候一起玩，一起讀書，所以說話隨意許多。

對面的人儒雅地放下茶杯，笑道：「所以才如此寶貴，如此赤子非常人所能有。」

秦山長笑容一頓，眼裡的溫度消失。「只是可惜，有人不知珍惜。」

對面的人手中的動作也是一頓，笑容也寡淡了些，一會兒才笑道：「不是說你要收幾個弟子嗎？我倒要看看是如何的良才美質，竟讓你打破原則半途收進來。」

秦山長苦笑。「不過是幾個頑徒。」只希望姑姑不要太讓他難做才好啊。

秦山長起身帶他去見人，才進屋，秦山長就發覺身旁的人停下，秦山長回頭去看他，卻發現他眼睛直直的看著前面。

順著他的眼神看去，才發現他看的是自己的姑姑。

秦氏看到孔言措也微微吃驚，不過想到自家侄子從小和此人念書，現在有來往也不足為奇了。

「原來是言措兄，多年不見，不知可還好。」

孔言措回過神來，笑著揖道：「一切還好。」

目光轉向她身後的幾個孩子，在看到魏清莛和魏青桐時微微一頓，就若無其事地掃過。

「這就是妳送來的幾個孩子吧？」

秦氏點頭。

桐哥兒滿眼都是興奮，只是還沒等他喊出「先生」，姊姊就拉住了他的手，他疑惑地偏過頭，魏清莛微微搖頭。「你忘了我昨天晚上是怎麼說的了？」

桐哥兒委屈地噘起嘴，只好不甘不願地看著先生，為什麼不讓他和先生相認？

幾個孩子的歸宿是早有安排，秦氏的三個孩子是經過正規考試的，所以，秦山長都沒問他們，就將牌子給了三人，而剩下的這些，走後門都走得這樣光明正大了，秦山長也不大抱希望，只是象徵性地問了幾句，然後給幾人分班。

魏清芍被分到了大班，魏清莛和魏清芝卻被分到了中班，只不在一個班級裡，魏青竹倒也好安排，對方畢竟和先生讀過書，只魏青桐艱難些。

「魏青桐，你叫魏青桐？」

桐哥兒點點頭。

「你學過四書五經嗎？」

魏青桐眼裡閃過迷茫。

魏清莛連忙道：「就是『子曰：學而時習之，不亦說乎？』……」

桐哥兒眼睛一亮，立刻就著姊姊的開頭背下去，一口氣就將大半本《論語》背出來了。

秦山長含笑地聽他背完，溫柔地問道：「除了《論語》，桐哥兒還背過什麼書呢？」

魏青桐眨眨眼，就掙脫姊姊的手跑到門口找到阿力，吃力地將他藏青色的書包抱進來。

魏清莛眨眨眼，桐哥兒什麼時候把這個帶來了，她怎麼不知道？

魏青桐將一本本書都掏出來，一邊自豪地放在秦山長的面前，一邊驕傲地介紹他背到了哪裡。

最後魏青桐將一本《大學》掏出來，委屈地看了一眼先生，又看了一眼姊姊，小聲地道：「這本我背了四句，以後，以後會背的更多的。」

秦山長吃驚地看著魏青桐，這孩子有十歲了吧？怎麼？

秦山長皺眉看向秦氏。

秦氏早已淚盈於睫。

秦山長不說話，屋裡的氣氛頓時壓抑下來。

孔言措看了一眼忐忑的徒弟，咳了一聲，站出來，自以為很溫柔地問道：「桐哥兒，你除了讀書之外還有沒有其他的特長啊？」舉了實例道：「比如說畫畫啊、養花啊、吹笛子啊之類的。」

要不是怕人懷疑，魏清莛真的很想當眾翻白眼，你這老千當的也太不合格了吧？

孔言措每說一項，桐哥兒的眼睛就多亮一下。「我會，我會，這些我都會。」

「哦？那你給我們表現一下好不好？」秦山長很上道地讓書僮下去準備。

桐哥兒扭頭去看姊姊，魏清莛微微點頭，桐哥兒就抿嘴一笑，小小的酒窩在臉上若隱若現，秦山長覺得那股熟悉感越發強烈了。秦山長微微瞪大了眼睛，這孩子竟是與王氏如此相像。

桐哥兒擅長山水畫，但來之前孔言措就做了要求，要畫小動物。「……桐哥兒雖才十歲，但已初具畫意，其中山水畫尤甚，那一筆下來，都會知道桐哥兒學過，畫動物保險些。」一至少能瞞過一般人的眼睛，至於某些人，桐哥兒一下筆就知道有沒有，就不用妄想去蒙蔽他了。

「這，」秦山長吃驚地看著魏青桐，又看看他筆下的兔子，眼裡閃過亮光。「好！」

屋裡人也各自震驚地看著魏青桐。

孔言措滿意地點頭。

魏青竹只看一眼就知道自己自嘆弗如，魏清芍則是瞪大了眼睛。

秦山長欣喜不已，沒想到最大的驚喜在這裡，這畫裡的靈氣，他有多少年沒見過這樣的天才了。

他開口正要說什麼，瞥見他的孔言措臉色微變，連忙大叫一聲「好」，倒把秦山長嚇了一跳，將到口的話咽了回去。

孔言措就笑咪咪地道：「桐哥兒這畫的不錯，不如我做你的先生怎麼樣？專門教你畫畫如何？」

魏青桐歪著頭想，您本來就是我的先生啊？

魏清莛連連點頭，拉著桐哥兒道：「快給你師父磕頭。」

魏青桐麻溜地跪在地上，給孔言措磕了三個頭。

這麻利的動作讓秦山長根本來不及阻止，秦山長怒視老友，因為老友答應來書院任職的喜悅消失得一乾二淨。他好不容易才看上的一個徒弟，就這麼被搶了。

秦氏捧著手中的畫，驕傲得嘴角翹起來，自豪地道：「不愧是三娘的孩子，不管什麼時候，你們都不會比別人差。」

秦山長身子一僵，看向魏清莛姊弟倆。「這，他們是表姨的孩子？」

秦氏眼眶微紅。「不錯，不然別人怎麼會這麼優秀？」

娘，我才是妳兒子吧！耿少舟扭過臉去。

耿少丹笑著看魏清莛姊弟倆，一臉溫柔。

耿少紅則撇撇嘴，不過看了一眼魏清芍等人，還是低下頭默認了這個說法。

秦山長笑道：「那好，你們先去熟悉一下書院，有不懂的就問教員。」孔言措收桐哥兒做弟子過了明路，乾脆就讓人將桐哥兒的行李搬到自己的院子來，魏清莛本就擔心桐哥兒融入不了書院生活，見狀自然大為放心。

秦山長哼哼了兩聲，道：「這徒弟你只怕早就收了吧。」不然也不會才見了一面就這樣熟稔和熱情。

「不錯，我也不瞞你，總不能看著這兩個孩子被魏家給毀了。」

秦山長嘆息一聲，不再說話，只道：「有什麼事就來找我吧。」

耿少紅拉著魏清莛進教室，二十來人的教室頓時一靜，耿少紅乖巧地衝臺上的先生福禮。「學生耿少紅見過先生。」

魏清莛趕緊緊隨其後。「學生魏清莛見過先生。」

先生溫和地點頭。「妳們是今天新來的學生吧？位置已經安排好了，妳們就坐到那裡去吧。」先生指了靠後一些的兩個位置。

耿少紅道了聲謝，就拉著魏清莛入座。

教室裡面的學生都好奇地看著兩人，好在有老師在上面鎮壓，大家不至於交頭接耳，但即使如此，細細碎碎的聲音還是傳到兩人的耳朵裡。

先生敲了敲講臺，溫和的道：「我們現在繼續講琴藝，下月中旬就要考試，要是不過關，則是要上板書的，諸位還要講話嗎？」

魏清莛對這位溫和的先生感覺很好，聽到他的威脅抿嘴一笑。

耿少紅見了就湊到她的耳邊道：「妳可別笑，下次考試妳可保證一定會過？」

魏清莛拿著書的手一顫，她怎麼忘了？除了簫和笛子，她什麼樂器也不會。

耿少紅見了這才開心翻出課本，認真的聽老師講課。

一下課，就有幾個女孩兒試探性地過來交朋友。「妳姓耿？我姓陳，叫陳燕，不知妳可願意和我們一塊兒玩？」

耿少紅抬頭去看幾個女孩子，她們含笑回看著她，眼裡溫潤，即使有高傲的，但也凌人，就有些遲疑地看向魏清莛。

魏清莛笑笑，大方地說：「妳們好，我叫魏清莛，這是我表妹耿少紅，她有些害羞，不過妳們要是有好玩的可以來找她玩。」

大家都是十二、三歲的女孩子，即使家裡保護得好，在這個時代，也是個小大人了，她們見魏清莛說得爽快，心情也歡快起來，開始輪著介紹自己。

末了，有人好奇地問魏清莛。「魏姊姊，妳今年多大了？」

身後的一人就拉拉她的袖子，小女孩有些不情願的噘嘴，她只是好奇嘛，又沒有其他的意思。

魏清莛一點也不介意，驕傲地道：「我今年十四歲了。」每每想起這點她都很高興。

被魏清莛驕傲的語氣一影響，幾個女孩也莫名羨慕的看著她。

小孩總是想著快點長大，而大人卻又盼著能回到少年，人類，真是怪異！

說來，魏清莛的年紀還真的是這個班最大的，最小的十一歲，最接近她的年齡的也才十三歲半。

坐在左前方的女孩子聽到大家嘰嘰喳喳地說話，就哼了一聲，輕蔑地看了魏清莛一眼，仰高了脖子出去。

熱鬧的場面一靜，魏清莛眨著眼睛，好奇地問她們。「是不是我們說話吵到她了？」

陳燕冷哼一聲。「可不是我們吵著人家了，是人家門第高，看不上我們，以後妳就知道了，她對著我們總是眼睛不對眼睛，鼻子不對鼻子的。」

耿少紅一語中的。「她父親是誰，爺爺是誰？」

「她父親是禮部尚書，她爺爺現在致仕了，不過聽說曾經是王公的學生，受到……牽連，和現在的曾大人是同門，而且她姑姑就是嫁給的曾大人，所以她父親現在受到重用。」

魏清莛眉梢微挑。

王公底下人的處境好像也不像外人說的那樣艱難嘛，至少王公最得意的學生現在穩占門下侍中的位置，並且聽說最近正在爭著當宰相呢。

第三十六章　汪家

下一堂課是最好說話的歷史先生孫先生，孫先生一臉嚴肅，鬍子有些花白，看上去是個很嚴厲的老頑固，但從陳燕同學那裡得知，歷史老師是所有老師中最好說話的。

魏清莛眼珠子一轉，伏在耿少紅的耳邊說了幾句話。

耿少紅不贊同地看向魏清莛，低聲道：「我娘送妳來書院是讓妳來讀書的，第一天妳就請假往外面跑……」

魏清莛低聲解釋道：「我知道，可我的乳娘被救後我還沒見過她呢，也不知道怎麼樣了，進了魏家我可就出不來了。我娘還有一些話要囑咐我，只是當時沒來得及見乳娘最後一面，她就被遠遠的賣走了，現在好不容易才重逢……也就只有這一次，我以後定不會這樣的。」

耿少紅很猶豫，她可從來不說謊騙人的，更何況還是騙老師。

魏清莛低聲勸道：「剛才跟在我們身後的丫鬟就是阿蘿，妳看她都十歲了，還是七、八歲的樣子，她是乳娘的女兒，乳娘一向心慈，阿蘿都落魄成那樣，還不知道她怎麼樣了？」

耿少紅咬牙道：「好，我幫妳，不過，只此一次，下次妳別想我再幫妳。」

魏清莛趕緊點頭。

很快，魏清莛就臉色蒼白，滿頭大汗地伏倒在桌子上。

耿少紅嚇了一大跳，要不是她早就知道，一定會以為魏清莛是真的病了。

歷史老師也給嚇了一跳，趕緊就要請女僕來把人抬出去就醫。

魏清莛暗地裡掐了耿少紅一把，耿少紅反應過來，趕緊說，她要帶表姊回家，這是舊疾，並不十分嚴重。

在孫先生的再三囑咐下，魏清莛這才從書院裡出來。

魏清莛鬆了一口氣，古代的先生真是太體貼人了，竟然還要叫大夫進來給她看病。

「妳先回去吧，要不妳去玩玩？」

耿少紅冷哼一聲。「我要跟在妳身邊。」

魏清莛皺眉。「我又不是小孩子，哪用妳跟著？更何況我只是去見乳娘。」

「不行，我要看著妳，不然誰知道妳是不是說謊啊？妳會跟老師說謊，難道就不會跟我說謊？」

魏清莛摸摸鼻子，得了，這下遭到質疑了。「那好吧，不過妳可不能嫌棄啊。」

耿少紅哼了一聲，率先爬上了馬車。

阿元給王麗娘找的房子就在十里街裡面，那裡魚龍混雜，住著各式各樣的人，但是比起東城和西城的貧民區，南城和北城的貧民區要好很多了，即使這樣，大小姐耿少紅還是皺緊了眉頭。

阿元早在門口候著，見自家姑娘下來剛要請安，車上又下來一個穿著紅衣服的姑娘，阿元心一跳，完了，姑娘怎麼把大戶人家的閨女也給拐到這裡來了。

魏清莛看了看門口，問道：「他們都在裡面嗎？」

「是，」阿元不敢再看兩位姑娘，而是低頭回道：「王嬤嬤的情緒有些激動，小的沒敢說您要來看她。」

魏清莛點頭，回頭對耿少紅道：「我們進去吧。」眼睛瞥了一眼耿少紅身後的兩個丫鬟。

秋雁就瞪了一眼秋香，這個蠢貨，表小姐也是她們可以給臉色看的？

秋香臉色難看，低下頭去，乖乖地跟在耿少紅的身後進門，但緊皺的眉頭，眼裡的蔑視還是表露無疑。

汪有才正扶著腰要去給兒子弄些吃的，就聽到門口的動靜，抬頭去看，就見門口站了一堆人，當中一個就是給他們買房子請醫送藥的阿元。

「爹，」阿蘿擠開眾人，看了魏清莛一眼，魏清莛微微點頭，阿蘿就眼眶泛紅的上前接過汪有才手裡的東西，哭道：「爹，女兒回來了。」

「回來就好，回來就好。」汪有才也是眼眶泛紅，但還是強撐著看向門口的人，視線在魏清莛和耿少紅之間來往，最後定在魏清莛身上，遲疑道：「這……這是三姑娘吧？」

「嗯，就是三姑娘，三姑娘是來看娘的，爹，娘呢？」

「妳娘她……」

門「啪」地一聲打開，嚇了眾人一跳。

王麗娘有些失態的站在門口，看到大門處的魏清莛，頓時激動起來，跑過去推她。「出去，快出去，妳們怎麼能來這裡？快出去。」

魏清莛大力抓住她。「乳娘，妳怎麼了？我是莛姊兒啊！乳娘。」

王麗娘完全不聽她說什麼，只是一個勁兒地把魏清莛推出去。

魏清莛仔細地看她的眼睛，發現她眼底有些茫然，知道對方可能不清醒，手上的力氣更大了些。

王麗娘見推不動她，就哭喊道：「快出去，快出去，不能來這裡，快走。」

「為什麼不能來這裡？」魏清莛想起那天阿蘿說的話，低聲道：「是不是大老爺跟妳說了什麼？」

王麗娘渾身一震，眼裡的迷茫更重，喃喃道：「不能害三姑娘，不能害四少爺，要走，走得遠遠的。」

除了靠近兩人的耿少紅，沒人聽得見。

魏清莛聽她這樣一說，眼裡就閃過厲色，卻不忍再逼她。

阿元見有人往這邊東張西望的，連忙上前將門關了，低聲道：「姑娘，我們還是進屋說吧。」

魏清莛點頭，拉了王麗娘進屋。

汪全還不能下床，可能是前段時間病得太狠了，整個人就只剩下一副骨頭了，即使這十幾天來每天都精心的補著，但渾身上下也不見一點肉。

看見這麼多人進來，連忙要起身，阿蘿忙上前扶住哥哥，低聲道：「哥哥，這個就是三姑娘。」

汪全抬頭去看，嘴巴微開。

魏清莛朝他點頭，說來對方還是她的奶兄呢。「你躺著就好，我只是來找乳娘說說話。」頓了頓又道：「你要是願意，等你病好了，就還跟著我吧。」

汪全和汪有才的眼睛俱是一亮，只是很快就又黯淡下來。

魏清莛大概能猜出他們心中所想，冷哼一聲，道：「你們不必擔心，今時不同往日，乳娘，我還是護得住的。」

兩人眼裡才升起些許的希望，既然能護住乳娘，那肯定能護住乳娘的一家人了。

王麗娘好像突然被刺激一樣醒了過來，看見魏清莛，連忙要甩開她，厲聲道：「您怎麼在這裡？快出去，快回家去，要是讓人發現了怎麼辦？」

看到一旁站著的汪有才，連忙喊道：「相公，快，快把三姑娘送回去，要是讓人發現三姑娘來找我們，三姑娘就活不成了！」

魏清莛眼眶泛紅，腦海中卻閃現當初王麗娘給她送盒子的情形，那時的王麗娘雖然悲戚，卻並不絕望，眼裡還有鬥勁兒，還有活力，才七年不見，這中間到底發生了什麼事？

汪有才眼睛微紅，道：「他娘這些年整夜整夜的睡不著，一點小動靜都能驚醒，我們在礦山要幹許多活，我一開始也沒發現，只以為她是受不了這樣的日子，可後來情況越來越嚴重，開始總是忘記東西，後來連以前的事情也給忘了，又總是說胡話……我們得了賣身契後，我就想帶他們回京城，她就一下子瘋起來，鬧著哭著不讓回京……」

「這件事，和大老爺有關係？」魏清莛沈聲問道。

汪有才跪在魏清莛腳下。「三姑娘，這事麗娘從沒提起過，只上次我忍不住要去求姑娘，麗娘才露了一些口風，她總覺得夫人的死有些蹊蹺，後來又莫名緊張恐懼，說不能讓大老爺知道我們回京來找三姑娘……」

也就是說，汪有才什麼都不知道，一切只能等王麗娘清醒的時候才能相問。

魏清莛：「你們先住在這裡，我會給你們安排好，你們放心，如今你們是良民，又是我的人，不是大老爺想幹什麼就能幹什麼的。」

汪有才聽出魏清莛的自信，雖然不解被禁錮的她哪來的底氣，但汪有才還是放下一直提起的心。

魏清莛給汪有才留下了五十兩銀子。「我現在不缺錢，不用你們給我省著，該補身體的就補身體，給乳娘請一個好大夫，你告訴她，我不會再問她了，讓她不要擔心。」

當年她母親身邊的人不少，而乳娘的主要任務是照顧她，既然連乳娘都看出不同來，那其他人應該也可以，而知道最多的就是王氏身邊的兩個大丫鬟和她的乳娘俞嬤嬤了。

要找一個人可能有些困難，可要找一群人呢？

七年前的魏志揚還是個小官，他可沒有那麼大的能力讓這麼多條人命悄無聲息地離開。

至於他是只盯著乳娘一家，還是全都盯著，相信她很快就會知道了。

耿少紅正站在院子裡好奇地看著四周，見魏清莛開門出來，就轉過頭來，問道：「問完了？」

魏清莛點頭。「多謝妳。」

耿少紅的目光掃過她身後的汪有才，道：「不用。」

汪有才扶著腰要送幾人。

魏清莛止住他道：「你還是好好休息吧，阿蘿現在在我身邊，魏家有規矩，一個月可以回家一趟，下次要是有空，我就再帶她回來看看你。」

汪有才感激地點頭，囑咐阿蘿道：「要好好伺候姑娘少爺……」

耿少紅坐在車上，看著魏清莛欲言又止。

魏清莛放下書本，道：「妳有什麼話就說吧。」

「三姨的死真的和妳爹……有關？」

「我一直是這樣懷疑的。」

「那，那妳恨他嗎？」

魏清莛搖頭。「現在還沒有確切的證據，等我拿到了證據再決定。」

耿少紅鼓著臉不語，這恨不恨的，是這麼決定的嗎？

說恨倒不至於，畢竟她與魏志揚和王氏都沒什麼感情，可她會覺得噁心，覺得惡寒。

王氏是魏志揚明媒正娶的妻子，她為他生了兩個孩子，嫁給他之後也是兢兢業業，甚至在仕途上給他帶來不少的便利。

耿少紅低著頭，道：「如果是我，我一定會恨死他的，現在我就已經很恨他了，如果他敢害死我娘……」耿少紅有些咬牙切齒。

魏清莛看了一眼秋雁，見她鼻尖冒汗，眼觀鼻鼻觀心的坐在那兒，心裡不由得慶幸，幸虧她把秋香和阿蘿等人趕到了另一輛車上坐著。

「大人的事還是由大人來解決的好，要是大人不在了，我們這些小人才應該接手，對了，今天的事妳要瞞著秦姨，就連我們蹺課的事也不能說。」

「為什麼？」耿少紅瞪大了眼睛。

「秦姨要是知道了她會插手的，現在已經夠亂了，我不想更亂，更何況，秦姨插手魏家的事太多對她也不好。」

耿少紅雖然不願意，但還是應承下了。

魏清莛看了秋雁一眼，道：「我也不要妳和秦姨撒謊，等一下我們就回書院等妳哥哥和姊姊，回到家裡，秦姨也不過問妳，在書院裡先生怎麼樣？同窗怎麼樣？我還習不習慣？妳只要揀一些和她說就是了，我們又不是一節課都沒上。」

耿少紅不自在地看了秋雁一眼，點了點頭。

誘拐小孩子什麼的最討厭了，下次一定不要帶耿少紅了，一次兩次還好，次數多了把人家的好孩子給教壞了怎麼辦？

兩人回到書院的時候剛好放學，兩人對視一眼，快步往大班走去。

剛到大班的院落，就見耿少丹笑著從裡面出來，身邊還聚著幾個人，看見兩人還吃了一驚。

「怎麼了？」新認識的同窗看過來。「看著像中班那邊的，妳認識？」

「嗯，」耿少丹笑著說：「那是我妹妹和表妹。」

耿少丹將剛認識的朋友介紹給兩人，問道：「妳們怎麼到這裡來了？」

「放學了，我送表妹過來找表姊。」

「妳不去接桐哥兒嗎？現在只怕他等急了。」

「沒事，我不去接他不會走的，那表姊，我先走了。」

「好，明天我們去接你們上學。」

「這倒不用了，」魏清莛推辭道。「明天表姊和表妹直接來就可以了，我和桐哥兒坐魏家的馬車就好了。」

「那好吧，」耿少丹嘴角含笑。「明天記得不要遲到。」

魏清莛笑著點頭，想了想，就朝秦山長的院落走去。

魏清莛找到魏青桐的時候，他正端坐在椅子上作畫。

孔言措見她過來，就笑著點點頭。

魏清莛站在他後面看了一會兒，就和孔言措到外面去說話。

「妳想讓他和我長住？」孔言措吃驚過後就是憤怒，低聲問道：「魏家對你們做了什麼？」

魏清莛苦笑。「不是魏家的問題，是我們本身的問題。我們多年不和魏家的人來往，現在乍一出現在魏家人的視線裡，不管是哪方，大家都不習慣，我還好，我不習慣可以強迫自己去習慣，可桐哥兒他不一樣，他這段時間就沒有笑過，反正以後都是要離開魏家生活的，沒必要逼著桐哥兒去接受他們。」

孔言措皺眉。「魏家會答應？而且桐哥兒不見妳根本就不習慣，以前他只跟我住兩天就鬧著要回去找妳。」

「這次我也會搬出來，書院不是有學生宿舍嗎？我打算住那裡。」魏清莛深吸了一口氣，道：「而且，桐哥兒也要開始鍛鍊了，慢慢來吧，讓他習慣就好了。」

孔言措點頭，他也覺得桐哥兒太過依賴魏清莛，趁著這個時機改過來也好。

「妳放心，桐哥兒在我這邊，我會照顧好他的。」

魏清莛很想說，您只要照顧好自己就可以了。

「那是桐哥兒的書僮，就讓他在桐哥兒身邊聽課吧。」

孔言措看了阿力一眼，滿意道：「這孩子目光清澈卻堅韌，是個好苗子。」

第三十七章　住校

要住校找吳姨娘，魏清莛將弟弟送回秋冷院後，就去吳姨娘的屋裡找她。

正巧，魏清芍三姊弟都在，魏清莛笑道：「吳姨娘倒是齊全，你們在說什麼？」

吳姨娘猶豫了一瞬，道：「我們在說住校的事。」

魏清莛拿著茶杯的手一頓，還是仰頭將半杯茶水都喝了，問道：「住校？二弟要住校嗎？」

魏青竹臉色微紅。「嗯，二姊姊和四妹妹也想住校。」

魏清莛疑惑，她想住校是不想和魏家的人打交道，她們住校是為了什麼？

看出魏清莛的疑惑，魏清芍就解釋道：「我聽我同窗們說，在書院念書大部分都選擇住校，只有，只有那些窮得付不起房租的才會回家住。」

「為什麼？有家不住，幹麼住到學校去？」難怪她們今天去的時候沒看見馬車，原來人家都住校啊。

「這是傳統，以前還規定了學生一定要住校，一旬才能回家一次，只是這個規矩今年改了，學生可以選擇住校也可以選擇不住校，但大部分的人還是選擇住校。」

魏清莛點頭，正了正嗓子道：「那我也要住校，桐哥兒也要住校。」

魏清芝眼裡閃過輕蔑，道：「住校的人可不能帶下人，妳確定魏青桐可以自理嗎？」

魏清莛「詭」的轉頭看她，眼睛凌厲得幾乎將她千刀萬剮，魏清芝被她的眼神嚇到。

「啪」地一聲往後仰，撞到了茶杯掉在地上碎了。

魏清芝脹紅了臉，就要出口惡言，小吳氏連忙捂住她的嘴巴，對魏清莛道歉道：「三姑娘，四姑娘年紀還小，妳別介意。」

魏清莛冷哼一聲。「妳最好教好她，不然我不介意代為管教。」

吳姨娘的臉色脹得通紅，魏清芍和魏青竹戒備地看著魏清莛，魏清芝幾乎要哭出聲來。

魏清莛最後看了魏清芝一眼，起身道：「吳姨娘就順便把我和桐哥兒的住宿費也給準備了吧。」

小吳氏舌尖發苦，魏清莛去了岷山書院已經讓魏志揚氣急，要是讓他知道姊弟倆打算搬到學校去住，脫離他的控制，那……

只是拒絕的話在舌尖打了個轉又咽回去，不知為什麼，她寧願去面對魏志揚的疏離和怒火，也不願意去跟魏清莛爭執。

小吳氏看了看三個孩子，苦笑，現在三個孩子可都握在她的手裡了，她終於知道魏清莛為什麼要幫他們進書院了，這是讓她投鼠忌器。

即使知道了，但重來一次，她還是會這樣選擇，因為，這是三個孩子的前程。

「好，我會準備好的。」

魏清莛哼了一聲，甩袖離開。

第二天他們就如願以償地搬進了書院，只是女子在北院，男子在南院，魏清莛就是想照顧魏青桐也沒有辦法，好在魏青桐也不用直接去住南院，而是直接住到孔言措那裡。

孔言措看到姊弟倆時微微驚了一下，笑道：「妳的動作倒快，我還以為怎麼也要耽擱好幾天才能搬進來呢。」

「我也沒想到小吳氏辦事會這麼俐落，第二天就可以搬出來了，好在我們的東西不多，包袱一捲就能走了。」

「妳就不擔心妳的人？」

魏清莛毫不介意。「我又不要她們為我去搶佔地盤，只是在秋冷院裡活下去，在有錢的情況下要是還做不到，那表哥為何還要把她們放到我身邊呢？」因魏青桐是孔言措的徒弟，遊歷到一半突然被通知回來，他自然要瞭解清楚其中的事，連帶著王廷日要送他們姊弟進岷山書院的計劃也都知道了，為了徒弟，他也就打算跟著到岷山書院來。

魏清莛沒料到，王廷日給的這些人，不但在魏家扎根，還將魏家搞得天翻地覆，不得安生，著實讓魏清莛和魏青桐過了好一段舒心日子。

魏清莛見他面色疲憊，就關切地道：「先生這是怎麼了？是不是趕路太累了？」魏清莛有些愧疚。「都怪我們，不僅連累您不能拜訪好友，還讓您勞累奔波。」孔言措為了魏青桐可是專門跑到岷山書院來等的。

「哪裡就這麼差？」孔言措不在意地揮手。

魏清莛聽出他語氣中的一絲疲憊，好奇道：「是先生家出了什麼事嗎？」

「要是家裡出事還好，我也就不用這樣憂愁了。」

魏清莛眨眨眼，她是聽錯了呢，還是沒聽錯？
孔言措看著天際道：「國事難料，國事難料啊！」
「等等，」魏清莛偏著頭看他。「你剛的意思是說出事的是國家，而不是你家？」
「國難將至，百姓受苦，國事即家事。」
「國家要打仗了？」魏清莛疑惑，難道她一直搞錯了，其實她穿越的是亂世，而不是盛世？
「邊關一直不穩……」
魏清莛揮手道：「可那都是小範圍的戰役，年前那場在北地的戰役倒是大戰，不過我們不是贏了，四皇子打算歡喜返朝嗎？」
「現在說的就是這個，四皇子回京途中遭遇匪寇，下落不明……」孔言措憂心道。「奪嫡又要開始了！」
魏清莛撓了撓腦袋。「先生，皇上不是才四十二歲嗎？這時候奪什麼嫡啊？」
孔言措恨鐵不成鋼，含糊道：「國無太子，皇子們又成年了，自然開始積累資本，只是四皇子先前在邊關還不顯，現在他回來，自然就是開始了。」
魏清莛搞不清楚這和他憂愁有什麼關係，不在意地道：「先生，他們奪嫡跟你有什麼關係？哪朝哪代不奪，你只要不站隊不就好了，再說了，你一個教書匠，就是想站隊別人也不要你啊。」
「妳到底是不是王公的孫女？我朝每次更迭都會發生戰爭，先皇兵權上仰仗平南王，朝廷上仰仗妳外祖父，加之自身雄才偉略，這才躲過了那個宿命，可當今可沒有先皇的魄力，現在更是將平南王府給得罪慘了，平南王是一定會站在四皇子這邊的，而安北王雖然沒有表態，但看這幾年四皇子在北地建功立業，安北王至少是對四皇子滿意的，西寧王就是老狐狸，不到最後一步不站隊，但他手底下的人剽悍非常，一個處理不好，就會國亂，至於東順王……」孔言措臉色難看，那就是個攪屎棍。「只要他不參一腳，事情就不會更亂。」太祖皇帝分封了四位異姓王爺，除了平南王，還有安北王，平西王和東順王。

「偏偏幾位皇子在朝中經營多年，而四皇子早就被排斥在外，恐怕又是一場腥風血雨。妳外祖父當初就是為了避免再出現這樣的事，才一力規劃，想將四王兵權收回，只是可惜了……」

「等等，」魏清莛打斷他。「先生，你沒有發燒吧？照你這麼說，我外祖父應該和皇上是一國的吧，怎麼皇上反而會殺了我外祖父呢？」

「一國？」

「哦，口誤，就是他們倆是一夥的。」

對於外祖父造反，魏清莛聽過很多版本，但是據她分析、只有三個比較靠譜一些，其他的純屬群眾胡編。

第一種，外祖父不滿皇帝，要扶持太子，事發後自盡，這個版本就是說外祖父是真的造反了，魏清莛私心裡一點也不相信，可信度偏低，但還是有一點可信度。

第二種，皇帝對先皇留下來的外祖父怨言很大，找了很多種方法要剷除他，但是都被聰明絕頂的外祖父躲過了，皇帝惱羞成怒之下，拋出太子這個誘餌，將外祖父成功拿下，只是沒想到，太子惶恐，以為皇帝真的疑心自己，自己自殺了。

第三種，也是很多人認為的一種，包括魏清莛她自己，平南王府勢大，太子讓朝臣很滿意，又有一個兩代帝師，兩朝宰相為師，當爹的覺得受到了威脅，就設計了陷阱，不僅將太子剷除，把平南王府也剷除了，順帶著把外祖父這個老臣也拔了，只是外祖父發現後力挽狂瀾，保下太子，可惜，太子惶恐，自己自殺了，外祖父只好自盡以保下其他無辜受牽連的人。

現在，她聽到了第四個版本，這個版本是一直很靠譜的孔言措孔先生說給她聽的，就好像他就是當事人一樣。

事情要從本朝建立的時候說起。

前朝殘暴，本朝太祖就揭竿而起，當時，跟在太祖身邊的是他的四個異姓兄弟，也就是現在四王的祖先。

他們陪著太祖打下萬里江山，在還沒有打下江山的時候，太祖就戲稱要和四個兄弟平起平坐。

江山建立了，太祖很講義氣，當即實現諾言，封四個兄弟做了異姓王，還給了不少的封地，甚至還有兵權。

那一代，他們相安無事，甚至是團結一心向外，沒有什麼「飛鳥盡良弓藏」的典型案例發生，可是第二代的孩子們因為離得遠——東、西、南、北、中，大家感情都一般般，而且，新皇帝動了要削藩的念頭，於是，戰爭爆發了。
雖然最後還是原來的皇帝做了皇帝，只是他們再也沒有了太祖在時對天下的控制，而每次皇位更迭，四王都會參與，本來皇子們奪嫡就已經腥風血雨，有兵權的四王參加那更是刀光劍影。
每次發生的戰爭都在三年以內，外族經常趁著這個機會入侵，所以，不管是關內還是關外，每次換皇帝，最受苦的就是百姓。
在魏清莛的印象中，華夏古代的皇帝都盼著長生不死，而在這個朝代，盼著皇上長生不死的是百姓。
先皇為了搶奪皇位經歷了五年的內戰，後來又花費將近十年的時間使邊關安寧，十年的時間讓百姓們安居樂業，可隨著年齡的增長，他越發害怕他的後代會像他一樣因為奪嫡而發生戰爭，所以，他要削藩！
可是這個心思他沒有告訴任何人，除了王公。
魏清莛很想問孔言措一句——既然先皇只告訴了我外公，那你到底是怎麼知道的？
孔言措說：「還有一種方法叫推理。」
魏清莛很想扭過頭去不理他，但還是繼續聽他說下去。
照先皇和王公計劃的，削藩一事要慢慢來，首先要穩住下一代沒有戰事。
兩個老頭就選中了平南王府作為突破口。
讓太子娶了平南王的女兒，先皇過世後，外有平南王，內有王公，可以保太子順利登基。

這個的確是照著先皇的預想來的，他為了幫太子掃清障礙，極其寵愛另三個兒子，倒是對太子眼睛不是眼睛，鼻子不是鼻子的，在先皇還是壯年的時候，三個兒子那是鬥得你死我活，然後在先皇老去的時候，先皇當機立斷的將三個兒子都擼了。

太子的地位空前穩固。

如兩人所想，這一代沒有發生戰亂，太子順利登基了——沒辦法，先皇心太狠了，皇子都沒了，四王除了太子沒誰可以支援了。

照兩人的計劃，下一代帝王就是皇后所出的太子，削藩就要從他的手裡開始。

計劃很完美，先皇甚至直接將太子封為皇太孫，讓王公親自教導他，教他治國之道。只要太子不謀反，不管是什麼問題，當今都不能廢掉先皇立的皇太孫。

太子不負所望，才華橫溢，心胸寬廣，唯才是用……

王公成了三次帝師，先皇，當今，太子——要是太子能登基的話，都是他的學生。

可兩個智者忽略了一個人，那個人就是忠厚的太子殿下——也就是當今皇上，他似乎是不願意將這個豐功偉績讓給兒子，或是兒子的才幹讓他擔心，總之，他愚蠢地朝他最優秀的兒子下手了。

皇后被軟禁，太子被圈禁，平南王府涉及謀反，傻瓜都知道皇上這是想削藩呢。

話說皇上你才三十四歲，太子也才十六歲，父子倆前一天還和樂融融的，底下的兄弟還小，他地位穩固，他為什麼要去謀反啊？

一直不對盤的四王奇跡般的聯合起來，當年高宗皇帝的亂局眼看著又要發生，誰也不知道王公做了什麼，總之，他給四王寫了四封信，給皇帝上了一本罪己書，然後就死在了王家，外祖母隨後自盡。

兩個舅舅被發配邊疆，留下來的只有被休的舅母和殘疾的表哥以及年幼的表妹。王氏身死。

這場由皇帝發起的謀反案最後遭遇嚴重損失的只有王家和那個失去生命的太子。

「這都是你推測的。」

「不錯，」孔言措沒有反對。「但我堅信我是正確的。」

「那你覺得平南王府知道這件事嗎？」魏清莛可沒忘記，王公可是給她和任武昀訂了一門親，這幾年，任武昀年年都要給她送一筆錢。

孔言措搖頭。「這代的平南王忠實寬厚，不過二爺倒是鬼才，不管他們知不知道，這個情他們都得承，若真有戰事，平南王府將是損失最大的。」

魏清莛點頭。「是啊，當年皇帝要是快手快腳地把皇后和四皇子也給殺了，即使到最後皇帝削藩不成功，也不過是維持原貌罷了，只是平南王府損失的人卻回不來了。」

魏清莛感嘆。「果然是天家無父子，話說，皇子和皇帝總比外家親吧？結果，搞得這一個個。」

「這就是利益使然。」孔言措眉頭緊皺。「這次四皇子要是能活著回來，京城的水會越混，要是沒有絕對的魄力，當今勢微時，就是天下大亂時。」

魏清莛想，要不要在桐哥兒的空間裡多存一點糧食呢？還有上次王廷日送來的銀票，也要全都換成黃金比較好啊。

魏清莛邊想，邊和孔言措說話。「要是北地真的支持四皇子的話，只要他能活著回到京城，那他就有六分的贏面。」

「哦？」孔言措感興趣道：「此話怎講？要知道四皇子在朝中可沒多少人。」

「他有兵權，這就足夠了，兵權裡頭出政權。」

孔言措道：「得民心者的天下……」

「先生您真幼稚，現在又不是亂世，老百姓知道誰對誰啊，我每天和您見面，也就記住了四皇子是皇后出的，他最大的死對頭是徐貴妃出的六皇子，其他的皇子誰是誰我一個都不認識，不對，就是四皇子和六皇子我也不認識。」

孔言措：「……」

「更何況，四皇子要是有了兵權，趁著他兄弟們還沒反應過來的時候登上皇位，他又是皇后所出的嫡子，只要沒有皇帝的詔書，他就是名正言順，有也不要緊，詔書毀了，人死了，誰還知道這世上有詔書這一回事啊？」就算不名正言順，也可以搞得名正言順嘛。華夏歷史上最著名的皇帝好像都不怎麼名正言順，特別是唐朝的那位。可到最後還不是可以自圓其說？

「妳，妳這都是聽誰說的？」

第三十八章　集權與分權

「書上說的呀！」魏清莛鄙視地看他。「史書上不都寫著嗎？」

孔言措黑著臉，史書上什麼時候寫了這個？

「成王敗寇，史書都是勝利者書寫的，我們要透過現象看本質，先生，你們一心求著皇上收回兵權，讓皇位更迭的時候不至於再發生兵亂，可您又怎麼知道皇帝收回兵權後百姓會過得更好呢？」

「沒有禍亂，百姓自然會安居樂業。」

魏清莛搖頭，眼裡有些悲愴。「先生，您什麼時候變得這麼單純了？禍亂可不只有兵禍，這世上還有很多種禍亂比兵亂更恐怖，而最恐怖的一種叫暴君統治。」

在現代，到底是資本主義好，還是社會主義好，一直在爭論，但都是各說各話，誰也爭不過誰。

那麼，在皇權之下，到底是集權好，還是分權好呢？誰又能說得清？

「皇上一心想削藩，那就要有一個理由，他緊盯著四王，四王雖然會跋扈，但畢竟是自己封地裡的百姓，他們不會做得太過，皇上在找四王的不是，四王又何嘗不在緊盯著皇上？有四條毒蛇在盯著他，您覺得他就是荒唐，又能荒唐到哪裡去呢？

「當今那樣寵愛徐氏，為了她甚至和朝臣唱反調，可是您看，除了在後宮，當今肯為她在前朝做什麼？那些老頑固常罵皇上荒唐，可是您看，他除了寵愛徐氏，該上朝的時候上，該斬的貪官斬，該賑災的賑……說實話，我覺得這樣就好。」

孔言措自然不認同。「一代帝王之後就兵亂，每一個百姓一生中必定會經歷一次甚至是兩次，這樣也算好嗎？」

「我不知道，但是先生，如果沒有了四王，如果這天下就是皇帝一個人說了算，派出去的官員是貪官，他們搜刮民脂民膏，天高皇帝遠，那些百姓求告無門，可能一輩子都吃不飽穿不暖，甚至連最基礎的生存也沒有，皇帝如果是個明君，這些事都不會發生，但如果是個昏君或暴君呢？是他主導這樣的事呢？

「沒有了老虎在旁邊盯著，還不是想如何就如何，皇室都是一代不如一代的，百姓吃了幾代的苦，到最後實在受不了揭竿而起，到那時，戰爭就不是三年、五年就可以解決的，甚至是十年、二十年，甚至更長，那才是真正的亂世，那才是真正的『寧為太平犬，不為亂世人』。」

孔言措吃驚地看著她，沒想到她會說出這樣一番話來。

魏清莛苦笑。

這是事實存在的呀，在那個時代裡，華夏有百年的戰亂，列強們不把華夏人當人，將華夏割得四分五裂，而朝廷和百姓卻默認，暗暗地接受，不就是因為集權嗎？

因為清廷的極度集權，一朝的文武竟然聽從一個愚蠢的女人的命令而不知反抗，每每想起，魏清莛都覺得心裡火燒似地疼。

「先生，你說，到底是集權好，還是分權好？」

孔言措握緊了手中的茶杯。

魏清莛還想說什麼，耳朵動動，就笑道：「先生，您有客來了。」

孔言措這才收起表情，將剛才的問題暫且放下，和魏清莛說起桐哥兒的學習計劃。

這個時代雖然言論開放，但還沒有開放到魏清莛一口一個造反，一口一個兵權而沒事的地步。

兩人敢這樣明目張膽，是因為孔言措知道魏清莛有那個本事。尋常人一旦靠近她就會聽到動靜，耳朵靈敏得很。

孔言措在魏清莛提醒之後喝了第二杯茶，這才聽到來人的聲音——

「言措，我聽說你來了。」

孔言措看了一眼魏清莛的耳朵，要不是他注意觀察，說不定都發現不了，這都是什麼耳朵啊？

孔言措起身招待客人，魏清莛畢恭畢敬的站在他身後。

書院先生劉先生哈哈大笑道：「早讓你來岷山書院，你卻總是不肯來，現在來了也不告訴我一聲。」

王廷日請魏清莛到狀元樓，將帳本交給魏清莛，道：「妳看看吧，這是這半年來的分紅。」

魏清莛拿起來翻了翻，問道：「要是四皇子真的回不來了，你現在賺這麼多錢有什麼用？」

王廷日不在意地笑道：「難道當今只有這兩個皇子嗎？只要他有兒子，我就有得選擇。」

魏清莛嘆了一口氣，想起孔言措的推論，那樣一來，他們的仇人是誰？是外祖父自己，還是先皇？或是因為等不及而行動的皇帝？

魏清莛將那天孔言措的推論告訴了王廷日，王廷日卻一點也不吃驚，而是微笑道：「那又如何？害死祖父祖母和父親叔叔姑姑的，不就是那高高在上的人和徐氏嗎？」

「徐氏也不過是棋子……」

「既然是棋子，那就要有做棋子的覺悟，要不是她亂插手，太子不死，一切都還來得及！」

「不是說太子是自殺的嗎？」魏清莛吃了一驚，雖然她也懷疑過，但真正聽到還是吃了一驚。

王廷日冷哼一聲。「太子可不是會自殺的人。」

王廷日有些憤恨地握緊拳頭，他和太子同時接受祖父的教導，平時相處就和同窗一般，沒有人比他更瞭解太子，那根本就不是一個會自殺的主。

「當今雖然在這事上糊塗一些，但他不會動手取自己兒子的性命的，他將四皇子送到北地，一面是防備他，一面則是為了保住他的性命，他是搬起石頭砸了自己的腳，引狼入室了。」

和最高的權力做鬥爭，魏清莛想想都心寒，但王廷日好像就是為此而活著的，先前四皇子還活著，他牽繫著平南王府，兩人至少有五、六成的把握，可如果從頭來，重新選擇一個皇子，那個皇子未必領王廷日的情，搞不好最後成功了，王廷日是第一個被退出去的棋子，更別說為外祖父平反了。要是不成功，王廷日更是第一個被推出去的人。

魏清莛揉揉額頭。

王廷日看了一眼她手中的帳簿，道：「妳的錢是給妳存到銀樓去，還是存進錢莊？」

魏清莛想了想，道：「拿出一部分來買地，剩下的分作兩份，一份存進我們的銀樓，一份換成黃金白銀。」

王廷日手一頓。「怎麼想要換黃金白銀？」

魏清莛很喜歡買地，幾乎每次收到錢都會拿出一部分來買地，換成黃金白銀的也有，但不會這麼頻繁。

「因為這個天下有你們這樣的人，所以我要防備著戰亂，一旦戰亂，銀票什麼的很容易變成廢紙，還是黃金白銀牢靠些。」

王廷日嘴角抽抽，道：「這些東西可不好攜帶，一個不小心就被人給搶了。」

魏清莛點頭。「所以才要多備些，這裡藏一點、那裡藏一點，狡兔七、八窟，我就不信還全都能讓人都端了。」

王廷日咳了一聲，魏清莛一點也不介意，道：「今年開始，我的田莊出產的糧食一粒都不許賣，我要囤起來。」

王廷日有些猶豫。「全都囤起來？這一年的糧食可不少，妳……」

「沒辦法，亂世荒年，到時不知要死多少人，我留一些，到那時說不定還可以救多一些人。」魏清莛將帳本丟下，坐直了身子道：「現在原石的採購已經足夠了，兩年內是不用擔心，但接下來意外很多，賭石師傅找得怎麼樣了？」

「很難。」

魏清莛皺眉。

「現在北直隸就我們盛通銀樓可以和通德銀樓相抗衡，但人家通德畢竟上百年的底蘊在那兒，我們是怎麼也及不上的，加上我們這兒有妳在，那些老師傅們都不是很願意過來。」那些老師傅在任何一個地方都能得到很好的招待，但在盛通銀樓，因魏清莛的賭石技巧太好，他們擔心在這裡得不到足夠的關注。

魏清莛皺眉。「通德想做什麼？封殺我們？」

王廷日歪著頭。「封殺？」

「咳，現在不是說這個的時候，既然不行，那你就選幾個機靈且忠心的人出來，我來教他們。」

王廷日不大樂意。「這是妳的傳家本事怎能傳給外人？」

魏清莛沒有那個思想，在現代，要什麼配方沒有？要什麼技術在網上找不到？但是能學到多少卻是看各人的本事，魏清莛可不認為她教了，別人就能學到，要知道，她除了那本書和這幾年練下來的眼力，最主要的還是靠胸前的這塊玉珮。

「所以才讓你找個忠心的，我可不想辛苦教出來的人是隻白眼狼。」這樣的人並不難找，從王家的死士裡面就可以找到。

魏清莛見他還是有些不樂意，就道：「難道以後我的子孫要靠賭石吃飯不成？我會把秘笈傳下去，要是以後他們真的要靠賭石才能活下去，有自己的本事也不愁別人會搶了他們的飯碗，要是他們一家獨大，我還擔心呢，現在正好，有競爭才有進步嘛。」

王廷日點頭。「那我盡快將人選出來。」

魏清莛點頭。

其實王廷日比她更急，魏清莛已經十四歲了，在魏清莛十二歲的時候，王廷日就已經不樂意她再在市井中跑來跑去，可看著對方不開竅的樣子，他便著急，但他又生怕提出來反而讓她開竅。

市井中最多的就是男子，而當中的男子又有幾個好的？這個年紀最危險，王廷日不敢冒險，所以一邊請謝氏給她請教養嬤嬤管教一下，一邊約束她往市井跑的次數。

但是很顯然，效果不顯著，魏清莛該幹麼還是幹麼。

現在王廷日將她送進了書院，書院裡面雖然也有男孩，但總比市井裡好千倍萬倍吧，最關鍵的是，魏清莛大部分的時間還是和女孩子待在一起的，只希望，她能從中學習到一些女孩子應該做的事情。

等將外面的事安排妥當，魏清莛的心思再回歸到課堂的時候，才發現裡面有很多的知識她都是籠統知道，並不精通，岷山書院的考試可不是吃素的。

魏清莛沒辦法，拿出當年要參加高考的勁兒，整天捧著書本看書，耿少紅想拉著魏清莛出去玩的計劃再次胎死腹中，因為魏清莛實在是太努力了，讓耿少紅也稍微的有些不好意思。

具體表現在，她竟然將每天給魏青桐做飯的計劃改成了三天做一次，剩下的時候都是拉著魏青桐到食堂裡去吃。

魏青桐其實並不一定要姊姊給他做飯，兩人在外面上館子的次數也不少，只是他下意識地不喜歡魏家那樣的氛圍，不喜歡他和姊姊吃飯的時候身邊圍著一群人看著，讓他渾身的不自在。

而魏青桐還說不清那種感覺，他只能本能地喊著要姊姊做飯，只吃姊姊的飯。

可是食堂裡大家都是平等的，至少表面上是這樣，大家都在吃飯，姊姊又陪在他身邊，他有時也可以和自己新交到的朋友一起吃飯，所以，魏青桐很開心，自然也就接受了姊姊每三天做一次飯的提議。

魏清莛捧著書，嘴裡喃喃地念著，要是有人翻看她的課本就會發現，書上寫滿了字，全都是文章的翻譯和斷句。

魏清莛頭疼地背了一段，直到自己記牢之後，才繼續看下一段。

這是她向來背誦的習慣，先將句子翻譯出來，理解之後再背，不過前世她不用自己斷句，因為課本已經斷好了，但是，在這個時代，所有的字都是連在一起的。

好在她這時的記性很好，讀個五、六遍就能背下來了，再背個五、六遍就能記住很久一段時間，比起前世為了背一篇古文而用去好幾個早讀晚讀算是好的了。

旁邊的魏青桐正蹲在湖邊觀察荷花。

魏清莛丟下書，決定休息一下，問傻弟弟。「桐哥兒，你看這幾朵荷花已經看了兩天了，怎麼還看不夠呀？」

「可是我怎麼看也看不清楚。」

魏清莛蹲在他身邊。「你想看清楚什麼？」

「我要看裡面。」

魏清莛起身四處看看，發現有人在湖裡泛舟，也有人在湖邊垂釣，就道：「你等著。」說罷，魏清莛招手叫過坐在一邊看書的阿力。

阿力連忙將書塞進懷裡，跑過來。「三姑娘。」

「你在這兒看好四少爺，別讓他摔下去，更不許別人欺負他。」

阿力連忙點頭，看著三姑娘背影消失，這就蹲在四少爺身邊，也不敢打擾他，就眼也不錯地看著他。

魏清莛找到耿少紅的時候，一行人正圍在秋千旁邊，十二、三歲少女的笑聲幾乎飄滿全園，魏清莛也不由得笑開，跑過去。

幾人也看到了魏清莛，紛紛都有些奇怪，實在是魏清莛太不合群了，剛開始一個勁兒的往外跑，沒見她和同窗們玩，後來不往外跑了，又一個勁兒地捧著書，這讓不少人緊張起來，這份不同的行為也讓大家喜歡不起她來。

當然，那些同樣苦讀的女書呆子除外。

總之，大家看見魏清莛跑過來都很奇怪。

魏清莛可不知道大家的心思，她來是找耿少紅的。

「妳要找船？」耿少紅不解地問道。

「嗯，小船就可以，可以帶三個人就好了。」

「妳要和桐哥兒去遊湖呀？」耿少紅只能想到這個可能，耿少紅都沒有注意到，她說這句話的時候酸溜溜的。

「對啊，我想讓桐哥兒到湖裡去看荷花，然後給我和荷花們畫張畫，」魏清莛笑得眼睛都瞇起來了。「那些荷花我很喜歡，要是能把它畫到裡面一定很好看。」

耿少紅想起桐哥兒的畫技，也是心癢不已，問道：「那能把我也畫進去嗎？」

「妳也要去嗎？那就得找大一點的船……」

旁邊一直有人在注意她們在說什麼，聞言問耿少紅。「誰要給妳們作畫？是南院的學長們嗎？」

不怪幾個少女誤會，實在是魏清莛太興奮了，耿少紅也太期待了。

「不是，是我表弟，他作的畫可好了，連山長都誇他，現在他是孔先生的弟子。」

大家一聽「嘩」地就圍上來。「妳說的是新來的孔言措孔先生？」

「聽說他是孔家的嫡系，和山長還是同窗呢。」

「真厲害，他畫的畫一定很好吧，」小女孩小心地看了魏清莛一眼，道：「不知道可不可以讓他也幫我們畫一張。」

陳燕想的要多一些，猶豫地問道：「妳表弟多大了？」

大家都滿懷期待的看耿少紅，在心裡祈禱，但願不足十二歲。

「他今年才十歲。」耿少紅更是自豪了。

「哇，我要他單獨給我畫一張……」

「我也要，我把我最喜歡的那個多彩盒送給他……」

「多彩盒算什麼？我有一整串的彩色梅花鈴鐺，我要他給我畫和梅花在一起的樣子……」

「這些都是女孩子玩的，他一定不喜歡，我送他彈弓，他要先給我畫。」

魏清莛張大了嘴巴。

陳燕不好意思地笑道：「魏姊姊，不知道能不能請妳弟弟給我們畫畫？」

魏清莛想了一下，道：「這個得問他，不過等一下我們到湖裡去畫一張集體的吧。」

「好啊，我可以借到船。」

「不要大船，要小舟那樣子的，那樣才有意境。」

「對，但要容得下一張桌子和凳子，作畫怎麼能沒有這兩樣。」

「那樣的話，只怕就裝不下那麼多人了，還有船娘呢。」

「我會划船，交給我好了。」

沒有人問過魏清莛的主意，總之，六個小女孩嘰嘰喳喳地全都決定了。

魏清莛聳聳肩，好吧，她們都比她要熟，她就做一次甩手掌櫃好了。

第三十九章 融洽

魏青桐第一次被那麼多的女孩子圍著，有些羞澀地看向姊姊。

幾個女孩看到魏青桐的紅臉，紛紛尖叫一聲，就是最穩重的陳燕，也忍不住向魏青桐伸出了魔爪。

魏清莛一一打落伸向弟弟的爪子，道：「妳們再掐，他的臉就破了，趕緊上船，上船，遲了就不給畫了。」

幾個女孩紛紛上去。

魏清莛指揮著阿力把桌子搬上去，就拉了魏青桐上船。

桐哥兒雖然不是第一次坐船，但坐船的經歷並不多，所以還是有些膽怯地窩在姊姊的身邊。

幾個女孩可不一樣，她們每隔一段時間就會來遊湖，所以其中那個喊著會划船的，就是看船娘划多了看會的。

風向就是往湖中那一片荷花去的，大家並沒有控制。

魏清莛教著魏青桐將手放到湖裡去觸碰湖水。「是不是很涼？」

「嗯，不過不比黑黑裡面的水涼。」

魏清莛看了鬧在一團的女孩子一眼。「以後可不許在外人面前提黑黑。」

「我只和姊姊說。」

「就在這裡畫吧，」船因為密密的荷葉而停下來，陳燕指著前面一大片的荷花道：「把這一片畫進去。」

魏清莛問桐哥兒。「桐哥兒，你能畫嗎？」

「嗯，畫七個小姊姊。」

「對，這幅畫就叫七美圖，按照年齡來排，我就是第一美。」

小半天下來，大家對魏清莛也沒有這麼生疏了，聽她這麼說，就有一個女孩上前掐住她的臉。「就妳還第一美呢？要我說第一美是我，妳們有誰比我更白的？」

「瘦得跟個竹竿似的有什麼美的，還是我最美。」

「妳那是胖。」

「我娘說這是豐腴，人家娶媳婦最喜歡娶豐腴的。」

「哎呀，小雨想嫁人了……」

「妳才想嫁人了呢……」

魏青桐感到大家的快樂，也是開心地抿嘴一笑，小雨正被人掐著看向這邊，一下就看呆了。「這才是最美的呢……」

大家順著她的眼睛看去，一下也看呆了。展開笑容的魏青桐就如晨露中才開放的牡丹花，幾人就算知道牡丹花是形容女孩的，但此時也只有這個才能形容得了他。

魏清莛心中不安，身子一錯，就擋住了她們的視線，道：「到底還要不要畫呀，等一下晚了，我們去食堂就找不到好吃的了。」

大家聽她這麼一說，紛紛坐好，擺好姿勢，讓魏青桐畫。

魏青桐很少畫人物畫，但還拿得出手，他就跪坐在船上，看著面前的七個美女姊姊作畫。

這邊七個小美女一動不動地坐在那裡，早就引得大家注意，有幾個大膽的公子甚至還划船過來圍觀。

就是厚臉皮的魏清莛也覺得有些羞澀，更不說土生土長的少女們了，簡直就是粉面含春啊，本來八分的顏色也變成了十分，更是惹人。

魏青桐作畫要比別人快得多，很快就畫好了，大家爭先恐後地去看，都驚呼不已，畫上七個少女嘴角含笑，姿態各異，背後一大片的荷花襯得她們顏色嬌美，好像要從畫中走出來一般，魏青桐似乎對眼睛的描寫特別擅長，那眼裡的秋水幾乎就是真的。

幾個小女孩羞澀地道：「把我們畫得也太好看了些。」

幾人看向魏青桐的目光都閃著亮光，魏清莛姊弟算是徹底融入她們之中，這讓他們的書院生活開始變得有趣起來。

魏清莛直到魏志揚來找她的時候，才知道吳氏竟是先斬後奏地讓他們來住校的。

魏志揚話說的很好聽。「莛姊兒，妳也知道，桐哥兒情況特殊。他來書院上學父親就已經很擔心了，現在住在書院，只怕這裡的學生會欺負他，反正家裡離書院也不遠，不如你們姊弟倆搬回家裡，我每天讓人送你們來上學。」

魏清莛笑道：「父親，同窗們都住校呢，而且同學們都很好，不僅不會欺負桐哥兒，還會幫他，您是沒看見，桐哥兒來這兒以後變得開朗許多了。」

「有些齷齪事是暗地裡進行的，只怕妳不知道，桐哥兒又不敢說，這書院再好也沒有家裡好不是嗎？而且又不是沒有人不住書院，不會有人說你們什麼的，我已經叫大太太將梅園重新收拾好了，以後你們就住在父親左近，也讓父親好好照顧你們。這幾年父親奔波顧不上你們，一直是父親心裡的痛，如今好容易回來父子相見，難道莛姊兒就忍心再次父子相離嗎？」

魏清莛疑惑地看著眼眶微紅的魏志揚道：「父親您在說什麼呀？您為仕途奔波不也是為了我和弟弟嗎？我們怎麼會怪您呢？您的官越大，我們才能過得越好呀，至於父子相離什麼的更不可能了，家裡離書院又不遠，父親想什麼時候來看我們都可以來，而且我們每旬都可以回家的。」

魏志揚笑著拍拍魏清莛的頭，道：「可父親就是想每天下衙回來看見你們呀，我還想指導你們念書呢，我聽說桐哥兒的畫很好。」

「那二姊二弟和四妹呢？他們也要回家嗎？」魏清莛委屈地嘟嘴。「先前去問父親的時候，父親不是已經答應我們住校了嗎？怎麼現在又出爾反爾呢？」

魏志揚冷下臉來，不再維持笑容，冷冷地看著女兒，道：「妳二哥今年要下場，所以住在書院裡比較便宜，至於妳二姊和妳四妹，她們回不回去都不要緊，就這麼說定了，我下午讓人來接妳和桐哥兒，等一下妳回去就收拾收拾吧。」

下午放學的時候趙嬤嬤親自過來接姊弟倆，只是魏清莛並不願意與她離開。

趙嬤嬤臉上的笑容消失，道：「三姑娘，您最好還是快點和我們走，不然大老爺發起火來，老奴不確定您和四少爺是不是還可以回來上學。」

魏清莛輕笑，她要是真跟她們走了，恐怕就真的回不來了吧？「那我要是不跟妳們回去呢？豈不是就不用擔心父親不讓我上學的問題了？所以我還是不回去算了。」

趙嬤嬤眼神一暗，對身後的嬤嬤示意，兩個膀大腰圓的僕婦就要上來抓魏清莛。

魏清莛單手抓住其中一人的手，看著她痛苦的表情笑道：「趙嬤嬤，妳說我現在大喊一聲，不知道我的同窗們聽到後會如何？妳們可以說我瘋魔了，只是妳說秦姨知道後會怎樣呢？聽說朝廷已經確定耿三老爺接任宰相……或者，我可以告訴所有人，我和桐哥兒在秋冷院裡為母守孝七年的感人故事。」

趙嬤嬤眼裡閃過狠戾，一直觀察她的魏清莛眼裡閃過疑惑，她不止一次的在趙嬤嬤眼裡看到她對他們的厭惡以及狠戾，可每次她回轉頭去看到的都是對他們的憐惜和同情，但她心裡就覺得不對勁，因玉珮對她的滋養，她感覺敏銳，雖然之前趙嬤嬤表現得很好，但她還是察覺到她對他們的敵意。現在她與魏家關係漸漸緊張起來，她對她的厭惡也很少再掩飾。

可是為什麼？他們是魏志揚的孩子，就算她和王氏有仇，也不至於恨到如此地步吧。

趙嬤嬤控制住將眼前人殺死的衝動，不能讓大老爺陷入困難的境地。

趙嬤嬤控制住自己的情緒，強笑道：「三姑娘，大老爺也是為您和四少爺著想，今天您不是已經答應大老爺回家去住了嗎？怎麼又突然改變了主意？是不是有人在您耳邊說了什麼？」

「趙嬤嬤說錯了，我從來沒有答應過大老爺什麼事，只是大老爺自說自話罷了。」

趙嬤嬤噎住。「三姑娘怎麼能夠這麼說大老爺呢？」

魏清莛好奇地問道：「我怎麼說大老爺了？」

趙嬤嬤看看身後的人，又看看那邊的兩個婆子。

魏清莛早就放開那婆子的手了，她正站在一旁，膽怯地看著魏清莛，看到趙嬤嬤的眼色，打了一個寒顫。

「三姑娘，您不想回家不要緊，只是四少爺是必須要回去的，妳一個做姊姊的恐怕還做不得主吧。」魏清莛姊弟離開魏家住校，魏家對他們姊弟的控制更弱了，就算魏清莛不回去，魏青桐也必須回去，掌握了魏青桐，就等於掌控了魏清莛。

魏清莛點頭。「那妳們就去找桐哥兒好了，不過我可以好心的提醒妳兩點，第一，桐哥兒不在書院裡，他和他先生出去了，歸期不定；第二，書院不是妳們想來就來，想走就走的地方，要是讓教舍看見妳們，恐怕魏家又要丟一次臉了。」

趙嬤嬤冷哼一聲，看著外面人來人往的人，她們來的時候很多人都看見了，現在外面已經聚了一些人，她不願將事情鬧大，帶著四個僕婦離開北院，去南院找人。

魏清莛看著她們的背影消失，她知道她們一定找不到，不只因為桐哥兒出去了，也因為桐哥兒根本就不住在學生住的南院，而是住在老師的院子裡。

桐哥兒拜師的事，魏清莛沒說，秦氏母子幾人也不可能主動傳出去，奇跡般地，魏清芍三人也只告訴了小吳氏，四人都沒有告訴魏志揚，甚至潛意識裡瞞著他。

魏清莛知道他們想什麼，但是樂得他們給他們打掩護，雖然他們的動機不純。

但是她要的只是結果不是嗎？

趙嬤嬤找遍了南院也沒找到魏青桐，反而被南院的學子刁難了一番，有些狼狽地離開了。

雖然魏清莛已經低調處理，但還是有些話傳了出去，她已經見怪不怪，但魏志揚卻頗有些焦頭爛額，短時間內沒法來找魏清莛姊弟的麻煩了。

而此時，魏清莛正抓緊時間拿著書苦背、硬背、死背，沒辦法，還有七天就要考試了，課本上的知識她以前翻過一些，但都不熟，現在要考試，她當然要背下來。

感謝「前世」的應試教育，給她帶來的最大好處就是，她從小就總結了好幾套記憶方法，而古代，是沒有物理、化學的，所以除了術數和動手的，她都可以靠背的。

魏清莛瞭解了一下書院的考試制度，知道他們是按學分來計算的，而是否合格看的是總的學分。

滿分是一百分，不及格的沒有學分，及格的有一個公式計算學分。

魏清莛仔細算過，假設她歷史、策論、樂（文字）、四書五經等文字類的試卷都能拿到及格，那麼一定不及格的就是琴藝、畫，而書法，因為不知道他們考核的標準是什麼，魏清莛待定，保險起見，她至少要有三科在九十分以上，她最拿手的就是術數、射箭以及騎馬了。

術數和射箭完全沒問題，可是騎馬，她不是很敢肯定大家的水準，畢竟因為臨近考試，書院把這幾門風險性比較大的科目暫時關閉了，等到了考試的時候才開。

耿少紅一進門就見魏清莛捧著本書，嘴唇快速地上下翻飛著，可是坐在她身邊的人愣是聽不到她發出任何聲音。

教室裡面也有幾個人還在偷偷打量魏清莛，其他人都早已經習慣了，默默地低頭在心底默誦。

魏清莛放下課本，將剛才讀的背出來。

陳燕溱到她面前低聲問：「魏姊姊，妳背到哪兒了？」

魏清莛翻開書讓她自己看。

陳燕有些失望，又有些擔心地道：「妳這樣能過嗎？」

魏清莛用背書的間歇回答：「老天保佑！」

那幾個因為前段時間魏清莛極度努力而有些看不慣的女孩，用眼神向她表示了同情。

大家都知道了原因，知道魏清莛以前根本就沒看過這些書，現在抓緊背也只是求著不被踢出書院而已。

魏清莛根據考試時間做了一張表，充分將時間利用分配，其實經過高考和大學四年的臨時考試，魏清莛真不覺得有什麼，但是能不能別在時隔七、八年後突然這樣折騰她啊。

耿少紅將兩個荷包塞給魏清莛。

這是什麼？魏清莛眼裡露出疑惑，示意耿少紅回答，嘴裡卻還在背剛才記的東西。

耿少紅眼角抽抽，低聲道：「這是我娘送來的零用錢，我和哥哥姊姊都有，這是妳和桐哥兒的，哼，魏家以為不給你們錢，你們就會乖乖回去了？他們怎麼忘了還有我娘呢。」

魏清莛點頭表示贊同，不客氣地將荷包收了，秦氏手裡拿著王氏的錢，拿這些並不為過。

為考試而緊張的不僅有魏清莛，還有魏家魏清芍三人。

其中魏青竹最慘，因為魏志揚唯讀四書五經的教育，讓他在書院裡步步維艱，最後還是魏清芍站出來為他補課，這一刻魏青竹才知道他和姊姊相差多少，心裡羞愧不已。

魏清芍也有為難的，就是射箭和騎馬，除了這兩樣，其他的她都有把握，魏清芝因為是她從小教育的，也不成問題，所以到最後就是魏清莛和魏青竹比較困難了？

你說魏青桐？

人家根本就不是和你們一個檔次的，首先，桐哥兒已經算是個特招生了，其次，桐哥兒是有正兒八經的師傅，他只要完成了他師傅布置下來的作業，上交讓他師傅和書院的幾位評委滿意就可以了。

而他的作業向來離不開畫畫。

對於畫畫，魏清莛對他充滿百分之兩百的信心，這段時間只每天去看一下他的生活而已，而桐哥兒也正式融入了書院生活。

第四十章　考試

魏清莛第一門是考書法，她一手簪花小楷寫得還不錯，寧心靜氣地寫完，端坐在凳子上直到墨乾了才將卷子上交，她知道，書法兩天後出成績，到那時她就確定接下來要拚到什麼程度了。

只是很可惜，上天注定要考驗魏清莛，她的這手字擱現代算是很不錯的了，只是很可惜她現在生活在古代，書院先生給的評語是——形足而神不夠，在眾多從小學習書法的少女中落了下乘。書法不及格，魏清莛只能咬牙在術數和射箭，騎馬拿高分了。

魏清莛一身短打，英姿颯爽，引得同班同學不住的回頭看她，魏清莛習慣性地衝看過來的人善意的笑笑，那個女孩子就會紅著臉低下頭。

魏清莛很鬱悶地摸摸自己的臉，真的有這麼像嗎？她看鏡子的時候覺得這張臉和她在現代的時候差不多，只是更清俊一些、更白潤一些，這樣不是應該更漂亮嗎？為什麼少女們看她是一副臉紅害羞的樣子，而少男們則是警告外加嫉妒地瞥著她？要知道，她是女的，女的啊！

一組十人，很快就輪到魏清莛。

魏清莛將弓拉滿，毫不費力地十支箭都中靶心。

這個真不難，靶子不夠遠，而且還是死靶，要不是書法不及格，魏清莛也不想這樣突出的拿滿分。

負責統計的老師吃了一驚，不住眼地看魏清莛。

旁邊圍著的小姑娘「哇」一聲，紛紛崇拜地看著魏清莛。

魏清莛咳了一聲，轉身去找耿少紅她們。

陳燕對她這手射箭的本事很吃驚。「沒想到妳箭術這麼好！」陳燕沈思了一下，道：「不知妳的騎術如何？」

「還好吧，因為沒上過騎術課，我也不知道大家的水準如何。」當年給魏青桐買了小馬駒後，魏青桐只在上課和出外遊歷的時候才騎馬，大部分時間還是魏清莛在騎，不過，她對這方面要求不嚴，所以騎術一般般。

當然，這個一般般是孔言措說的。

陳燕點頭，斟酌地道：「妳的騎術要是也好的話，不如去報名騎射，那是額外加分的，妳要是越級考試，就是和學姊們，或是到男生那邊去考試的話，分數會更高的，這樣妳失去的分數應該就能補回來了。」

「還有這種考試？」

陳燕點頭。「因為書院裡有的人偏科偏得厲害，書院就設置了一些科目給予補充，而且，下次我們就要上大班了，大班可以選擇兩門額外課程，就是自己感興趣的，到那時考試的時候它們占分也會很高，可以給大家減緩不少壓力。」

魏清莛真心道：「謝謝妳，我現在就去報名。」

「我陪妳一塊去。」

魏清莛點頭。「要是能看一場男生的騎射考試就好了。」

「我知道，我知道，今天我哥哥他們那邊就有騎射考試，現在應該已經開始了。」那個叫小雨的女孩興奮地道，見魏清莛看她，還有些羞澀地低下頭。

魏清莛嘴角抽抽，笑道：「謝謝妳，只是不知道外面能不能進去看一眼。」

「可以的，可以的，我去叫我哥哥送我們進去，我們只要躲在臺下，不會有人注意到我們的，以前我哥哥就偷偷地帶我進去過。」

大家都有些頭疼地看著這個孩子，心裡同時可憐了一下小雨的哥哥——張宇。

張宇頭疼地看著妹妹。「這麼多人，我怎麼帶進去呀。」

「不嘛，哥哥，我們就想看看你們騎射，我都答應她們了。」

「騎射有什麼好看的，妳以前不是看過了嗎？」

「我雖然看過了，但魏姊姊沒有看過啊，而且魏姊姊要看過後才決定是不是要越級考試。」

「越級考試？」小雨哥哥眉頭微跳。「妳說她要越級考騎射？」

小雨鄭重地點點頭。

張宇「哈」一聲。「別在這兒搗亂，今天我還得下去練練手呢，明天才到哥哥，妳們要是進去被發現了，哥哥一定會很慘的……」

「再慘也不過是扣分而已，哥哥你又不是沒被扣過，哎呀，哥哥，你就幫我嘛，你要是不幫我，我就跟爹爹說你欺負我……」

張宇低聲喊道：「我才是妳哥哥吧……」

六個少女聽著兄妹倆的對話，齊刷刷地扭頭看向另一邊，對小雨的哥哥的眼神視而不見。

「小宇，你在幹麼呢？趕緊的，甲班要開始考試了。咦？你妹妹來找你啊，好多小美女啊，小宇，你不會丟下兄弟們吧？」

張宇殘笑一聲。「不會的，我們兄弟向來是有福同享有難同當。」

一刻鐘後，平臺底下齊刷刷地蹲了七個穿著短打的女孩。

張宇看了那個據說要越級考試的，笑道：「這下妳可要看清楚了。」頗有種咬牙切齒的味道。

魏清莛卻毫不介意，點頭道：「我一定會好好看的，謝謝小宇哥哥。」

張宇青著張臉蹲在自家妹妹的身邊，不遠處是他的兄弟們在把守。

考試很快就開始。

魏清莛瞇眼看去，問道：「小宇哥哥，這個考試的分數是怎麼算的？」

張宇說了一遍，看了魏清莛一眼，道：「妳不會真的要越級考試吧？那妳也應該去中班那邊吧，在那邊妳只要及格就能拿到四學分。」

魏清莛咧嘴一笑。「可是這邊能拿到八學分。」

為了以防意外，還是謹慎一些好。

看著場中的人，魏清莛嘴角上揚，這個時代的第一次考試，總算不會丟臉了。

「妳真的打算去南院大班？」

魏清莛點頭。

「妳有把握嗎？」耿少紅很是擔心，騎射太危險了。

「應該可以及格。」

耿少紅停下腳步。「明天我們能去觀看嗎？」

「應該可以的，剛才我問過先生了，考試的同班同學和同級同學都可以進去觀看。」

「那明天我叫上她們一塊兒給妳助陣。」

魏清莛點頭。

她第二天穿的是一身淡青色的短打，手腳都束起來，頭髮用一根髮帶繫著，要是十里街的人見了一定會認出她就是打了七年交道的「莛哥兒」。

魏清莛這副打扮又秒殺了一群蘿莉，讓魏清莛沒想到的是，今天因為是大班的最後一天騎射考試，不少人都跑來觀看，而經過小雨哥哥大嘴巴的宣傳，大家都知道今天有一個中班的小姑娘和他們一起越級考試。

一大早，不少男生都聚在考場門口堵著，甚至還有小班的孩子出現。

魏清莛扶額，這時候的孩子都這麼八卦嗎？

一群女孩子中，只有魏清莛是短打，其他的都是儒裙，用腳趾頭想也知道誰是主角了。

「好俊哪，比我哥還俊。」一個奶聲奶氣的聲音響起。

魏清莛看過去，就見一個六、七歲的小奶娃正板著臉看她，見她看過來，就挺起胸膛道：「看什麼看？等以後我長大一定會比妳還俊的。」

場面靜了一下，大家紛紛大笑出聲。

小奶娃鼓著臉，氣憤地看著他們。他哪裡說錯了？

魏清莛抿嘴一笑。「你說的不錯，你以後可能比我還俊。」

教授騎射的先生冷笑地看著他們，心中冷哼道：「今兒就給你們一個教訓，讓你們知道什麼叫天外有天，人外有人，我騎射課也不是這麼糟的。」暗暗給魏清莛遞過去一個期盼的眼神。

因為前來觀看的學生空前的增多，所以書院裡所有的教僕幾乎全都被抽調出去維持秩序，圍在場中保護學生。

魏清莛被安排和丙班一起考試，正巧就是小雨的哥哥張宇的那個班，張宇看見魏清莛牙疼了一下，魏清莛對幾個少年善意地笑笑，然後過去選馬。

「唉，小宇，看她這手選馬的本事好像還是有幾分能耐的。」

張宇點頭。「聽我妹妹說，她射靶的時候都中靶心。」

旁邊的人遲疑道：「北院設置的距離比較短，自然簡單些。」

「可是她十箭都中靶心。」

旁邊的人都沈默了，既然來看過了還敢來，那就是有一定本事的了。

很快就輪到魏清莛這一組，大家看到她的身影，都興奮了一下，特別是六個少女，直接喊了魏清莛的名字。
魏清莛坐在馬上，衝著她們一揚手，那張笑臉頓時閃瞎少女們的心。
鐘聲一響，魏清莛就跟著衝出去，前面已經有三個人，讓馬平穩地跑著，搭弓，瞄準，射箭，雙腿一夾，馬加速，魏清莛再次搭弓射箭……
後面有人超過她，魏清莛有些緊張，但還是穩穩地握住弓，眼睛微眯，緊緊地盯著遠處的靶子……
她的馬速比不上前面五個人，但她是唯一一個全都射中靶心的人。
魏清莛漂亮地下馬，呼出了一口氣
「哇，好俊哪！」
「全都是靶心呢……」
秦山長在樓上看著，摸摸鬍子，道：「果然是英姿颯爽，言措，她這一身本事是跟誰學的，馬術倒還罷，這箭術卻是讓人自愧不如啊。」
孔言措當然不會告訴對方是打獵練出來的，只是搖頭道：「對這兩姊弟的事，我也知之甚少，桐哥兒還罷，他這姊姊……」孔言措搖搖頭。
考試一結束，魏清莛就被女孩們圍住了。
男生們羨慕嫉妒恨地看著她，要是他們是她就好了。
魏清芝坐在看臺上，不可置信地看著被圍在中間的魏清莛，青白著張臉去找姊姊。
魏清芍想了一下，道：「這件事我們別管，更不能告訴父親，只告訴娘就行了。」

魏清芝一向是姊姊說什麼就是什麼。「只是姊姊，不是說她一直被關起來嗎？怎麼還學會了騎馬？」

魏清芍看著外面道：「所以我們才不要去惹她，她身上有太多未知的東西，王氏太厲害了，竟然能在魏家的眼皮底下安排人教魏清莛這些，看來魏青桐的畫藝也不是一蹴可幾的，難怪娘這麼害怕王氏……」

考試過後他們還要在書院裡收拾幾天，然後就是放假了，不過魏青桐要跟著孔言措出去，魏清莛也沒想回魏家。

魏清莛沒打算回去，就帶了魏青桐請六個少女和張宇那一幫人吃飯，算是感謝，地點定在書院路裡的狀元樓。

魏清莛早就吩咐人給騰下一個大包間，大家一去就能入座，不必像別人一樣等著。

張宇誇張地看著包廂，問道：「原來妳家是有錢人啊，這個包廂得花不少錢吧？」

大家紛紛看魏清莛。

魏清莛不在意地笑道：「是啊，花了很多錢，把我的荷包都掏空了。」

這句話除了桐哥兒沒人相信，要是魏清莛說不花多少錢，也許大家還會有些不好意思，但魏清莛一說這話，大家立馬心安理得地坐下，點的菜也是挑貴的點。

張宇一邊點一邊看魏清莛的神色，見她渾然不在意的模樣，就知道自己沒猜錯，笑得見牙不見眼地把以前饞的卻吃不起的都點上來。

其他人也不客氣。

半大的小子，還不知道太過客氣。

一番打鬧下來，大家的感情倒好了不少。

而這邊，桐哥兒正把自己的荷包解下來塞給姊姊。「姊姊，用我的。」

看著雙眼亮晶晶的弟弟，魏清莛笑著摸他的頭。「桐哥兒真好，那姊姊先用著，等姊姊掙錢了就還給桐哥兒。」

桐哥兒抿嘴一笑。「姊姊不用還，桐哥兒還有很多呢，都是姊姊的。」

魏清莛更開心。「我們家桐哥兒真好。」

樓下，掌櫃的滿頭大汗地攔住六皇子，低聲解釋道：「六爺，奴才另外給您安排一個包廂如何？您放心，只有更好的。」

六皇子似笑非笑地看了他一眼，道：「本王還真就看不起其他的包廂了，爺就想要這間。」示意後頭的侍衛。

侍衛大爺得到主子的暗示，上前一腳就把包廂門踢開了。

包廂裡的人也全都曝光了。

魏清莛沒想到會有人闖進來，眼神一厲，不動聲色地看過去，看到來人，魏清莛微微皺眉，六皇子？

應該是吧，她在王廷日那裡見過他的畫像。

他身上有一股暴虐的氣息讓魏清莛很不喜，敏感的桐哥兒更甚，直接就躲到了魏清莛身後。

包間門一打開，六皇子就後悔了，這裡面坐的都是半大的孩子，看他們身上明顯沒有換下來的岷山書院的校服，六皇子就知道他們都是岷山書院裡的學生。

想到這兩天岷山書院正在考試，看來是出來慶祝考試成功之類的。

剛才掌櫃的這樣阻止，他還以為裡面坐的是哪家的紈袴子弟呢。他欺負欺負他們是看得起他們，可裡頭坐的要是岷山書院的學子就完全不是這樣的了。

六皇子不知道岷山書院的這些孩子身上什麼時候有這麼多錢了。

六皇子擠了一抹笑，道：「打擾諸位用餐了，剛才我還以為裡頭坐的是我一個朋友，所以想給他一個驚喜，沒想到卻是認錯了，還請諸位原諒。」

魏清莛是主人，見大家驚嚇的樣子，而南院那邊已經有幾個人面露不愉，王廷日說過，六皇子心胸狹窄，她可不願意她帶來的人出什麼事，連忙站起來行禮道：「不要緊，我們也只是同窗相聚。」

六皇子沒想到接話的卻是個女孩子，只是大家都穿著書院的衣服，他倒是看不出什麼來了，只是見她身上也沒有幾件首飾，就有些好奇，她竟然能代表廂房裡的所有人說話。

六皇子起了興致，就上前一步步入包廂。「在下對岷山書院仰慕已久，既如此，諸位不介意加我一個吧。」

魏清莛眉頭微皺，張宇已經不悅地道：「這位公子，今天是我們同窗相聚，公子在這裡怕是不方便吧。」

「哦？那你們是有私密話說了？不知是什麼好玩的事，在下也想聽聽。」六皇子不客氣地坐在張宇的座位上。

魏清莛本來是沒料到張宇會這麼直接，但是更沒料到六皇子會如此的厚顏無恥。

包廂裡的少年都有些憤憤不平，但是大家都不是傻子，看剛才掌櫃的態度和這青年身上穿的衣服，就知道此人出身不低，都是敢怒不敢言。

掌櫃的有些吃驚，他向來擅長察言觀色，剛才六皇子明明已經想退出去了，怎麼又進了包廂？

掌櫃的幾不可見的朝魏清莛使眼色，魏清莛皺眉去看六皇子，發現他的目光正似笑非笑地看著張宇。

而張宇脹紅了臉，少年清秀的臉上紅通通的。

「我們認識你嗎？」張宇不客氣地說道。他身後的少年也跟著起哄，他們還真沒見過這麼厚臉皮的人。

魏清莛見六皇子眼裡閃過玩味，背後抓著桐哥兒的手一緊。

趁著包廂裡轟動，魏清莛將桐哥兒推到耿少紅幾個少女身後，岷山書院的男女校服都是月白色，桐哥兒身子又嬌小，藏在她們中間，不細看的話是看不出來的。

魏清莛上前一步擋在張宇身前，行禮道：「既然公子看上了這個包廂，那我們就讓給公子就是了，公子不用這樣消遣我們，我們岷山書院自然比不上朝廷裡的大官，但也不是隨便供人消遣的。三哥，叫上大家，我們走。」

張宇一愣，他在他們這幫裡排行第三，所以兄弟們習慣叫他「三哥、三弟」，怎麼魏清莛也這樣叫？先前她可是一直叫著「小宇哥哥」的。

六皇子眼睛微瞇，這個女孩子是不是知道些什麼？

魏清莛給張宇使眼色，大家見她這樣忌憚青年，都紛紛起身。

魏清莛轉頭卻看見包廂外小二送來的菜，心痛不已，這可都是錢呀！

魏清莛回頭去看六皇子。「公子，你看，因為我們把這個包廂讓給你，現在飯也吃不成了，這些菜單就由您幫我們付了吧，為了這次聚餐我們可是都掏空了荷包。」

所有人聽了俱是無語。

六皇子決定收回剛才的懷疑。「其實你們也不必走，這頓飯就算是我請你們了，我只是想聽聽書院裡的生活罷了，諸位應該不會太介意吧？」眼睛滑過張宇的臉時還停頓了一下。

魏清莛搖頭。「我們很介意，公子要是想聽書院裡面的事，每旬書院都會開放一天，想來，以公子的身分地位想進去並不難，而我們是好容易才抽出這一天的時間來，實在是抱歉了。」

魏清莛的目光停頓在六皇子的衣服上，六皇子的隨從頓時有些自得。

六皇子對魏清莛的識時務也很滿意，對她的拒絕反倒生不出多少氣來，想到來日方長，已經知道了對方是岷山書院的人，難道還怕找不到對方嗎？

六皇子看著他們的背影消失，招手叫來隨從。「去，查查剛才那個對我衝聲的少年。」

第四十一章 燒烤

掌櫃的送魏清莛等人下去，擦了一把汗，其實他可以將六皇子勸出來的，只是表姑娘好像很急的樣子，根本不想和六皇子多待，而要勸服六皇子只怕要花費很多時間，所以他才沒有插嘴。

魏清莛停下腳步。「你們先上車等我，我和掌櫃的說幾句話。」

幾人點頭，魏清莛既然能定下那個包廂，說不定是托了什麼人情，和掌櫃的說一聲是應該的。

魏清莛帶著掌櫃的到角落，吩咐立在旁邊的小二。「你到廚房裡拿一些上次我們出去燒烤用的架子、煤炭和一些食材，多準備一些肉食，另外再弄一輛馬車給我。」

小二看向掌櫃的，掌櫃的微微點頭，小二連忙退下。

魏清莛壓低了聲音。「六皇子是不是有什麼嗜好？」

掌櫃的疑惑，再略一思索，臉色微變，他們這樣的人消息最是靈通，更何況，狀元樓裡來往的什麼人都有，其中讀書人和官員最多，自然會聽到一些別人不知道的私密事。

掌櫃的想起曾經聽到的話，打了一個寒顫，點點頭，想起表少爺那張臉，好像剛才六皇子沒看見表少爺吧？

「只是模糊聽到一些傳言，六皇子府中養了幾個男寵……」

心裡的猜測得到了證實。

六皇子看張宇的眼神她再熟悉不過了，在市井中就有不少人對她和桐哥兒露出過那種神色，不過六皇子做得比較隱蔽罷了。

魏清莛心裡發寒，她可以將那些人暴打一頓，然後狠狠地一腳踩在那個器官上，算是教訓，但她對六皇子也能那樣做嗎？

答案是否定的。

隨著接觸到的玉石越多，魏清莛直覺越準，她知道是那股氣體的影響，見到六皇子的時候她下意識地想保護好桐哥兒。

「我知道了，你回去吧。」

魏清莛爬上有桐哥兒的那輛馬車，耿少紅見她上來，就關心的問道：「沒事吧？」

「沒事。」魏清莛拉過桐哥兒。「桐哥兒，剛才你有沒有讓人看見？」

桐哥兒搖搖頭。「我一直聽姊姊的話低著頭，沒讓人看見我的臉。」

魏清莛鬆了一口氣，從明天開始，她不僅要將桐哥兒藏起來，還要桐哥兒認真習武，總之要變得陽剛一些。

耿少紅和陳燕好奇。「幹麼要桐哥兒低著頭？」

魏清莛苦笑。「我怕別人問桐哥兒問題。」

大家了然。

「我們怎麼到這兒來了？」

小雨人來瘋似地跳到一旁，對著小河張開雙臂，喊道：「這兒真漂亮！我就喜歡這兒，青青的草，綠幽幽的水。」

張宇翻了個白眼。「這兒是挺好的，可青青的草，綠幽幽的水又不能當飯吃，現在早過了飯點，要再不吃飯我可就要餓死了。」

大家都是半大的少年，最不耐餓的時候。「要不我們回城隨便找一家飯館就是了……」「魏姑娘怎麼帶我們到這兒來了？難道這兒有好吃的？」

魏清莛止住大家的說話聲。「今天本是為了感謝大家前幾日的幫助，誰知中途會遇到那樣的事，倒是掃了大家的興致，我想起上次來這兒燒烤的時候還不錯，就叫了狀元樓的小二給我們備了些東西，都放在最後一輛馬車上，大家自己動手，豐衣足食。食盒裡有一些冷盤和點心，實在餓得狠的就先拿些填填肚子。」

「燒烤？我還是上次到心怡郡主的宴會上才參加過一次呢……」幾個女孩興奮起來。

魏清莛指揮著大家搬東西、支架子，食材是已經打理好的，只要生火，塗上作料就能烤著吃，只是大家都是少爺千金出生，有誰做過這些？都是束手束腳的，女孩子還好些，天生就比較敏感，感覺一下，就算做得不好吃，也不會太慘，男孩子的大多數是黑乎乎的一片。

魏清莛看了，覺得照這樣下去，大家肯定是吃不到了，就一口一個動作的站在那裡統一行動，總算不會再烤焦，雖然比不上她手上的，但還是能入口，更何況，是自己做出來的東西，大家都很興奮，打打鬧鬧的倒把中午的鬱悶一掃而光。

魏清莛將自己烤好的東西給桐哥兒吃。

桐哥兒一手抓了五根，另一手抓了三根塞進嘴裡，鼓鼓囊囊的，偏還瞪大了眼睛看魏清莛，魏清莛一烤好東西，只要姊姊不吃的，他立馬跑到姊姊身邊，伸出手。

魏清莛拿手絹給他擦了一下嘴。「慢點吃，又沒人跟你搶，你還想吃什麼？姊姊給你烤。」

魏青桐警惕地看向耿少紅，指著羊肉和青菜道：「吃這兩個。」

魏清莛點頭，將羊肉串和青菜拿在手上。「姊姊慢些烤，你先把手上的吃完，不然冷了就不好吃了。」

魏青桐連忙舉起手中的烤串塞到姊姊的嘴邊，魏清莛熟練地張嘴咬了一口。

耿少紅跺著腳丟下手中已經烤糊的羊肉串，陳燕連忙遞給她一串自己烤好的。「先吃我的吧。」

耿少紅扭過頭去。「我不要。」咬咬牙，跑到魏清莛和魏青桐身邊，抬高了脖子對魏清莛道：「餵，我餓了，我也要吃羊肉串。」

魏青桐擋在魏清莛身前，氣鼓鼓地瞪著耿少紅。「是我的，都是我的。」

耿少紅嗤笑一聲。「又不是你烤的，而且你手上還沒吃完呢。」

魏青桐將抓著烤串的手背在身後，堅定不移地站著不動。「姊姊烤的都是我的。」

耿少紅跺腳。「你還是不是男人，這麼小氣？」

魏清莛淡定地看著他們鬥嘴，一會兒工夫，手上的羊肉串又好了，魏清莛給了魏青桐三串，自己留下一串，還有兩串就遞給耿少紅。

魏青桐見了就要伸手去搶。「桐哥兒，這是給表姊吃的。」

「我不！」魏青桐大聲地喊道：「這是我的！」

大家聽到喊聲都看過來。

魏清莛微微有些不好意思，低聲喝道：「不要胡鬧，你一個人吃不了這麼多，讓一些給表姊，等一下姊姊再給你烤好不好？」

耿少紅得意地衝魏青桐揚手中的羊肉串。

魏青桐頓時紅了眼，眼淚啪啪地落下來。「那本來就是我的，姊姊烤的，就是我的！」

魏清莛連忙拉他進懷。「你怎麼哭了？這兒還有很多呢，姊姊又不是不給你烤了。」

耿少紅見他哭了，就神色莫名地放下手，盯著他看。

魏青桐狠狠地瞪了她一眼，掙開姊姊的手跑掉了，魏清莛連忙要去追他。「你們先烤著吃，等一下我們就回來了。」

張宇聞言點頭道：「妳放心，我們不會亂跑的。」

耿少紅卻攔住魏清莛。「妳別老是慣著他，讓他哭一頓就是了。」

魏清莛揮開她的手。「妳也在這裡待著別亂跑。」

看著消失的背影，耿少紅氣得跺腳。

陳燕見了好奇道：「我怎麼覺得妳在吃醋呀！」

「誰在吃醋了？她又不是我什麼人，我有什麼好吃醋的？」語氣卻酸酸的。

陳燕莫名。

耿少紅看著樹林紅了眼眶，有心將手中的羊肉串丟掉，卻又不捨得，喃喃道：「要是我也有這樣一個姊姊就好了……」聲音很小，沒有人能聽得見。

即使慢了幾步，魏清莛還是很快就追上弟弟了，她拉住魏青桐，蹲在他面前，認真地問他。「桐哥兒，你在害怕什麼？」

桐哥兒不安地挪挪腿，低頭不語。

魏清莛嘆了一口氣，拉著他坐在自己的身邊，傷心道：「桐哥兒長大了，都不願意和姊姊說心裡話了嗎？」

魏青桐趴在魏清莛的腿上哭得異常傷心，斷斷續續地說道：「他們……他們說，姊姊要嫁人……不要我了，我以後都是一個人……少紅表姊最討厭，每次我和姊姊在一起的時候，她都要拉姊姊走，她是壞人。」

「這些話是誰跟你說的？」

魏青桐抬著紅紅的眼睛看魏清莛。「很多人都這樣說，表哥也這樣說。」

魏清莛的眼睛危險的瞇起來，心裡升騰起怒氣，別人倒還罷了，王廷日為什麼也這樣說？

「……表哥說，要好好念書，以後姊姊出嫁了做姊姊的靠山，不然要被人欺負的，姊姊，既然他們欺負妳，那妳就不要走了，不嫁了好不好？」

魏清莛爽快地點頭。「好，姊姊不嫁了，姊姊陪著桐哥兒。」

「真的？」魏青桐懷疑地抬頭。

「真的！」魏清莛肯定地點頭。「桐哥兒不答應，姊姊就不嫁人，以後桐哥兒就養著姊姊好不好？」

魏青桐眼睛一亮。「嗯，養著姊姊，我有錢，很多錢。」說著還拍拍左手上的手鐲。

魏清莛眼裡閃過笑意，知道他說的是藏在裡面的黃金。看了看左右，小聲道：「以後這話只能和姊姊說，可不能再在外面這樣了。」頓了頓，又道：「那些錢以後就是我們活命的東西，你一定要保護好它，但是，前提是一定要先保護好自己。」

魏青桐堅定地點頭。

魏清莛看他這樣子，也不知道他聽懂了沒有，就胡亂點頭。

撩開他額前的頭髮，露出一張精緻的小臉，魏清莛嘆息，這王氏長得可真漂亮，幸虧她長得像王公，若是頂著這樣一張臉，沒有足夠的權勢，就是不在外面惹事，魏家也不會放過她的。

今天見到六皇子讓魏清莛心中有些惶恐，她撥下桐哥兒的劉海，低聲道：「一定不能叫人看見你的額頭，知道嗎？」用劉海遮住額頭的桐哥兒就已經夠漂亮了，掀開劉海，桐哥兒的漂亮加上他清澈的眼睛讓他恍若天人。

魏青桐雖然懵懂，但還是應下。

魏清莛在心中暗想，最壞也不過桐哥兒被強搶，大不了，她帶著魏青桐躲進岷山，難道他們還能在大山裡找到他們？

魏清莛冷哼一聲，有了空間的他們，要躲避追緝的人應該要容易得多。

魏清莛摸了摸魏青桐的頭。「桐哥兒放心，只要有姊姊在，沒人能欺負得了你。」

等兩人再出現在眾人面前時，魏青桐已經笑顏逐開。

魏清莛重新給他烤了吃的，耿少紅又蹭過來，魏青桐惡狠狠地攔在魏清莛前面，滿臉戒備地看著她。「姊姊說了，她再也不理妳了，以後妳都不能搶走姊姊了。」

魏清莛拿著烤肉串的手一僵。「……」好弟弟，她什麼時候說過這句話？

耿少紅壓根兒就不信他，冷哼一聲，上前抓了一把烤串，示威的揚手。「你除了扒著你姊姊，你還會什麼？連吃的都不會弄，小心你餓死。」

魏清莛不悅地皺眉。

魏青桐驕傲地仰著脖子道：「姊姊做的東西都是我的，我說給誰就給誰，我就不給妳吃，就不給。」

魏清莛及眾人聽了默默無語。

耿少紅咬牙。

陳燕趕緊上前拉住她，小聲勸道：「魏青桐是孩子，妳說妳個大人跟他計較什麼？」

魏清莛烤了不少東西，魏青桐一邊往自己嘴裡塞東西，一邊往姊姊的嘴裡塞東西，好像是為了和耿少紅作對，在自己吃飽、餵姊姊吃飽後，他拿著魏清莛烤得香香的烤串分給眾人，獨獨沒有耿少紅的分。

眾人看了一眼鐵青著臉的耿少紅，還是在美食的誘惑下接過來了，實在是自己烤的東西和魏清莛烤的相差太遠了，不能怪這些連午餐都沒得吃的娃呀。

就連和耿少紅最要好的陳燕也在猶豫了一下後果斷地接過烤肉串。

魏清莛看著弟弟幼稚的行為，卻不願去阻止，進入書院後魏青桐雖然變得更開朗的，相對的，他也更沒有安全感，時常跑過來找她，為此還被教舍抓了幾次，要不是秦山長和孔言措給他頒了通行證，光這些事，他就被開除了。

魏清莛隱約能猜得出來，可能是因為她的交際圈也變大了的緣故，這孩子生怕自己被搶走。

魏清莛下意識地縱容他的行為，在他高興地再跑回來時，就將手上新烤好的東西給他，低聲笑道：「桐哥兒，少紅是你表姊，不管你多討厭她，都不應該這樣當眾給她難看，來這兩串給她，桐哥兒是好孩子哦。」

桐哥兒不情願地點頭，拿了東西給耿少紅。

耿少紅雖然也很生氣，但還是冷哼一聲接過，當著魏青桐的面狠狠地吃。

魏清莛嘆了一口氣，怎麼都這麼幼稚啊！

第四十二章　提醒

燒烤很盡興，大家最後都腆著肚子上馬車，張宇打了個飽嗝，在路口分岔處揮手。「你們幾個都是要回家的？那就只能在這裡分開了，五天後我們再在書院裡見了。」

馬車裡鑽出一顆頭。「張宇，小心你爺爺到書院裡揪你回去。」

張宇打了個寒顫，瞪著眼道：「你不要胡說，我可是和家裡說好了的，家長都同意我和妹妹留在書院了。」語氣裡卻有些心虛。

有人嗤笑一聲。「張宇，是只有你娘同意吧。」

張宇脹紅了臉，縮回車廂，喊道：「快回書院，快回書院，我懶得和你們說。」

魏青桐早已經趴在魏清莛的腿上睡得香甜，到了書院，魏清莛小心的將桐哥兒移到坐墊上，對耿少紅小聲道：「妳幫我看一下桐哥兒，我下去和他們說件事。」

耿少紅看看魏青桐，不太情願地點頭。

魏清莛下了馬車，叫住剛要往回走的張宇。「小宇哥哥，我想和你說件事。」

張宇疑惑地回頭。「什麼事？」

「我們到那邊去說。」魏清莛指了空蕩蕩的庭中間，張宇叫了幾個好友等著，自己走過去。

耿少紅只看到兩人靠近說些什麼，魏清莛不僅將聲音壓得很低，就連頭都壓得很低，她連她的嘴唇都看不見。

她只看見張宇的臉色微微一變，然後凝重地點頭，魏清莛好像又說了什麼，兩人這才分開。

「妳和他說了什麼？我怎麼覺得他的臉色不大好？」耿少紅趕緊問回來的魏清莛。

「沒什麼，只是告訴他今天和我們起衝突的是六皇子而已。」魏清莛小心地接過魏青桐，熟練地將他揹到背上，回頭對耿少紅道：「我們快走吧，今天好好休息休息。」

張宇則急匆匆地撇下同學，帶著不情願的妹妹趕回家去。

剛魏清莛和他說，他們今天得罪的人是六皇子，暗示說六皇子心眼小，讓他回去找他祖父拿主意，一切以穩為要。

可他不明白的是，好像從頭到尾和六皇子交流最多的是魏清莛吧，為什麼聽她那個語氣，像是六皇子專門會找他茬似的？

今天老張大人正好沐休，正在家裡閉目養神，一睜眼就看見唯一的孫子恭恭敬敬地進來。

「怎麼今兒回來了？不是說要在書院裡待幾天嗎？」

「將同學們送回去就回來了，祖父，孫兒有事要稟報。」

「嗯。」老張大人指了指對面的座位。「惹禍了？」

張宇臉色微紅，偷偷地看了祖父一眼，不知是該認還是不該認，坐在對面小聲地將今天發生的事說了，末了道：「孫兒覺得，不過是一場小矛盾，後面魏姑娘也將包廂讓給他了，應是無事，只是不知為何，魏姑娘又提醒孫子小心六皇子，還讓孫子回來找您拿主意。」

老張大人臉色漸漸變得凝重。「你仔細和我說說，當時六皇子說話時的神態，或是，他是盯著誰看的？那位魏姑娘站在什麼位置，說話時的神態如何？」

張宇眨眨眼。「當時包廂裡女孩多，六皇子自然是盯著我們這邊看了，神態？似笑非笑，不過魏姑娘卻站到了我的左前方，將六皇子的視線擋了一半……」

老張大人「謔」地起身，臉上閃過惱怒，心裡如驚濤駭浪般洶湧，轉頭卻看見孫兒茫然卻關切地看著他，心中微平。「這件事你做得很好，沒事了，雖然得罪了六皇子，可我們張家也不是任誰都能欺凌的！」最後一句話說得頗有些咬牙切齒的味道。

張宇不懂，不代表他不知道。

更何況，他還是御史大夫，有誰比他更瞭解這些皇子們的缺點？

六皇子喜愛男童，這些事並不是太大的秘密，仔細一打聽就能知道。

而且他最喜歡的便是官宦人家教養出來的孩子，老張大夫眼裡閃過怒火。

「你們今天也累了，先下去休息吧，這件事你就不要管了。」

張宇心裡雖然還疑惑，但仍是點頭應下。

老張大人在孫子走後，就將關於六皇子的事想了一遍，心中漸漸有了主意。

此時，魏清莛正和孔言措說習武的事，她想讓魏青桐學一些拳腳功夫。

孔言措揮手道：「哪裡需要另外請一個先生？我來教他就好了。」

「您？」魏清莛懷疑地看向他。

孔言措哼了一聲。「怎麼，不信我？」

看著面白無鬚的孔言措，魏清莛的確不太願意，她將狀元樓的事與他說了一遍，道：「我想讓桐哥兒學拳腳功夫，就是想讓他多一些男子的英氣，我們並不能時刻待在他身邊，而且書院裡人雜，要是真有人動了什麼心思，也難防。」

孔言措臉色難看地點頭。「從明天起我就開始教他。」孔言措看向後山的方向，那裡是岷山，穿過岷山就是北地。「也不知那位四皇子如何了？」

魏清莛動作一頓，垂眸問道：「還沒有消息嗎？」

孔言措搖頭，孔家自有自己的消息管道。

「沒有消息就是好消息。」

孔言措點頭。

魏清莛看著岷山發呆，任武昀是四皇子的小舅舅，從小焦不離孟，這次他也一定在四皇子回來的隊伍中吧？也不知當年那個憨頭憨腦的少年怎麼樣了？

這幾年他每年都給她送一百兩銀子，雖然後面她已經不需要了，但那一百兩卻是讓他們姊弟記住了他的恩情。

京城和京城附近這麼多的人，沒有人想過要給他們姊弟送錢，沒有人想過他們會不會挨餓受凍，那份情義……

希望他能平安歸來吧。

成績在第三天的時候發下來，耿少紅跑來拉了魏清莛過去看，南院北院的榜單一塊放在中庭的院落中，大大的兩塊石壁，上面貼著這次考試的成績單。

魏清莛很快就找到了自己的名字，耿少紅張大了嘴巴。「妳的術數竟然拿了滿分？」

魏清莛笑著點頭。「我也沒想到這麼高分，這下不會被刷下去了。」

魏清莛的術數滿分，射箭滿分，騎術高分，雖然書法、琴、畫都不及格，好在她越級考試都平了過來，她這個總分屬於中下。

可魏清莛不知道，她雖然不及格多，但她滿分的也是最多的，特別是術數，全書院就只有她一人滿分，所以她也算是出了一把風頭。

魏清芍的成績就要好得多，在南院排在第九名，中間插班進來能得到這個成績算是非常棒的了。

魏清芝的成績也不錯，屬於中上，魏青竹和姊妹比起來卻要遜色得多，成績在南院屬於中下，名次比魏清莛還不如。

最讓魏清莛滿意的是桐哥兒的成績。

桐哥兒是特招生，他的成績肯定比這更好，只是考慮到桐哥兒的安全，孔言措還是讓人將魏青桐的名次下放。

耿少紅的成績也不錯，排在十五名，更讓魏清莛吃驚的是耿少丹竟然進了前三，魏清莛對時刻跟在自己身後的耿少紅笑道：「妳姊姊取了這樣的好成績，妳不去恭喜她，怎麼還跟在我後面？」

「我這不是怕妳傷心在這裡安慰妳嗎？」耿少紅垂下眼眸。「行了，我是那麼脆弱的人嗎？看了成績就快回去吧，還有兩天就又要來書院了，秦姨那邊妳也要回去看看，這段時間妳都沒回家看過。」

「我娘巴不得我跟在妳身邊呢。」雖然如此說，耿少紅還是轉身去找耿少丹了。

魏清莛看著她的背影若有所思。

從魏清莛的角度看過去，耿少丹正被一群同齡人圍在中間，看到妹妹過來，就笑盈盈地向周圍的人介紹她，然後繼續笑著和眾人說話。

魏清莛大約明白了，耿少丹自始至終，嘴邊的笑容，眼裡的笑意就沒變過。

魏清莛一見到桐哥兒就會不由自主地露出溫柔的神色，魏清芍見到魏清芝和魏青竹，眼裡就會有暖意，周遭的人都可以感受到她的變化，可耿少丹……

從來都是溫柔的女子，從不變化的態度……對她的母親和弟弟妹妹與對別人的態度並無不同，而秦姨眉宇間總有散不去的愁緒，雖然不知道其中發生了什麼事，可秦姨顯然在耿家過得並不太好。

這個思緒一閃而過，魏清莛轉身去找桐哥兒，這畢竟是耿家的家事，並不是她能管、可以管的。

桐哥兒正嘟著嘴收拾行李，他要跟著孔言措去大岷湖采風，說是采風，其實就是去那裡玩的。

魏青桐不是很想去，魏清莛承諾會每天都給他們送飯，桐哥兒的情緒才好些。

大岷湖在岷山北面，因環繞半個京城岷山而得名，湖邊景色秀美，栽種不少花木果樹。前朝時，高宗皇帝就將整個大岷湖初步建好，並下死令，大岷湖歸天下百姓所用，不得在大岷湖附近圈地建房，經歷幾朝幾代，這個規矩一直被延續，所以大岷湖周邊只有一些出租的茅草屋，而且價格不菲，每間草屋只配有一小塊地給人種花種菜，一旦被發現拿來種植的土地上面建了東西，茅草屋就會被收回。

每年朝廷光靠租這些茅草屋給那些文雅之士就賺了不少錢，更別說還有租船、每年賣出去的花之類的收入。

好在進入大岷湖不要門票費，普通人也是想進去就進去，只要不毀壞裡面的東西，你哪怕在裡面席地而睡也不花錢。

幾個先生都是文雅之士，茅草屋平時拿來住都不夠，怎麼還會闢出一塊來做廚房呢？

所以，幾位先生的那裡是沒有廚房的，而在大岷湖周圍內不能建飯館之類的，要想吃就只能走出大岷湖，可那樣一來，從茅草屋到最近的飯館，也要花費大約一個半小時的車程，沒辦法，大岷湖太大了，而他們的茅草屋在大岷湖深處。

魏清莛答應給魏青桐送飯，魏青桐自然高興，他最喜歡吃的就是姊姊做的飯菜了。

不怪魏青桐不喜歡去大岷湖，幾個先生聚在一起自有他們的話題，魏青桐還是個孩子，只能自己玩自己的，而幾個無良的先生想起來就會逗他。

魏清莛牽走桐哥兒的馬，坐馬車要一個半小時，可騎馬只要一半的時間呀。

書院的後山就是岷山，從岷山到大岷湖的時間更短，魏清莛一向是個尋求高效率的人，在城裡騎馬有諸多限制，可在山裡騎馬並沒有這些彎彎繞繞，她想怎麼騎就怎麼騎，只要不被猛獸襲擊就成。

所以在慎行看來是苦差，在她看來就沒什麼了，就當是練習騎術了。每天給幾人送完吃的，魏清莛就會再從岷山回來，在後山的那裡停下狩獵。

魏清莛心裡有一種不安全感，總覺得賭石所帶來的財富也不安全。賭石，她靠的是胸前的玉珮，可要是有一天玉珮不存在了呢？

多年的經驗告訴她，雞蛋，不能放在一個籃子裡。

這也是為什麼她在桐哥兒擁有空間的條件下，還將一部分金子埋在地下的原因，一旦失去空間，他們在外面也有支應的錢財。

和空間一樣不確定的就是她賭石的本事，來到這個世界，除了打獵，她實在是拿不出其他的手藝了，所以，她必須時時保持並提升這項本事，這也是為什麼這麼多年來她在賺了這麼多錢後，還堅持每天都要上山打獵，在進學院後，堅持每次放假或有空就進山。

太陽西斜，魏清莛坐在地上快手快腳的將繩結打好，布置好陷阱，這才起身。

這邊是北岷山，她向來只在岷山的南面打獵，所以對這邊不熟，她不敢太過深入，只在周邊進入內圍這裡打轉。

她現在不指望著這點錢生活，自然是把野味留下來自己吃了，魏清莛將獵到的兔子、野雞掛在腰上，嘴裡咬了一口摘來的野果，正要去牽馬離開，耳朵一動，疑惑的看向森林深處——剛才，她聽到了刀劍相擊的聲音，聽這動靜，好像還在遠處。

魏清莛好奇地側耳聽著，想了想，丟下身上的東西，往裡走了一段，聽見聲音漸大，就站住腳。

四皇子一行六人被圍攻，看著交疊在一起的十五個黑衣人，四皇子捂著胸口的傷口挨痛，再往下一點、再往下一點就是岷山書院，會不會他們死在岷山裡也不會有人知道？

一個黑衣人趁著四皇子愣神的一瞬間刺過來，眼見劍就要刺進四皇子的脖子，斜刺裡就殺出一把劍擋住，一腳將黑衣人踢開，任武昀滿身是血地喊道：「快保護四皇子！」

說著將四皇子推到中間，自己衝進黑衣人的包圍圈，他一個人就牽制了五個黑衣人。

六個人，每個人身上都或多或少的帶了傷，最關鍵的是他們已經三天三夜沒有合眼了，長時間的拒敵和奔逃讓他們幾近崩潰，他們進入岷山的時候身邊有二十五個侍衛，可現在活下來的只有三個，還個個身受重傷。

三個侍衛對視一眼，眼裡有悲痛，更有決心，三人快速地聚在一起，喊道：「四皇子快走，屬下擋住他們。」

竇容拉住四皇子，扶住他的胳膊就往外逃。「快走。」

因為有了必死的決心，三個侍衛一下子就牽制住了八個黑衣人，還有兩個奔著四皇子而去。

任武昀咬牙，不顧身後砍過來的刀劍，快速回身攔下兩人……

魏清莛早在聽到「四皇子」的時候就臉色一變，拿著弓箭的手正要進去，想了想，還是停下側耳聽了聽，這是多年來練就的本事，只靠耳朵就能分出敵我雙方的人數。平時是拿來分辨野獸的。

魏清莛聽出來兩方的人數，想也不想，轉身就走，雖然四皇子活著對他們很有好處，可再大的好處也沒有自己活著強。

只是才走了五、六步，就聽到裡面的人喊道：「先殺了任武昀，四皇子逃不掉。」

魏清莛停下腳步，手緊了緊，想起每年都送到她面前的荷包和信，咬咬牙，從背上箭筒裡取出一枝箭，快速地奔向聲音來處。

第四十三章 救人

魏清莛輕巧的隱在樹木背後，快速的搭弓射箭，看也不看，一枝箭就奔著任武昀身後的一個刺客而去，等黑衣人察覺到，再要躲時，箭一下子射穿他的咽喉，釘在後面的樹上。

魏清莛的手抖了抖，心裡不住的恐懼，腳下快速的移動，離開剛才的地方，閉了閉眼，讓自己努力地回想桐哥兒的笑臉，她一定得活著，為了她自己，更為了桐哥兒。魏清莛眼裡閃過堅毅，再回身時，又快速地射出一枝箭……

四皇子看著倒在他面前的黑衣人，眼裡閃過亮光，喊道：「孤乃本朝四皇子，哪位英雄相救，孤感激不盡。」

魏清莛乘隙翻了個白眼，又放了兩枝冷箭。

三個侍衛見來了救命的人，手下的動作更加凌厲。

黑衣人雖然還不至於吃虧，要殺四皇子卻一時辦不到，惱怒不已。

「哪裡來的縮頭烏龜，有本事給大爺滾出來，藏頭縮尾的算什麼男子漢？」

魏清莛弓拉得滿滿的，將喊話旁邊的一個黑衣人射了個透心涼，心道——小女子本來就不是男子漢。

任武昀哈哈一笑。「你們連臉都不敢露，又算是什麼男子漢？不過是一百步笑五十步。」

魏清莛的手一頓，看向那個哈哈大笑的鬍子大漢，她這是被罵了？

四皇子和竇容暗罵一聲，心中隱隱焦急，那暗中人不會因此惱羞成怒不管他們了吧？

好在沒過一會兒，魏清莛就用兩條生命向他們說明了。

除了任武昀，逃亡的五人都鬆了一口氣。

帶頭的黑衣人眼見著他帶來的人一個個死在魏清莛的箭下和任武昀的劍下，知道今天想取下四皇子是不可能的了，和自己人使了個暗號就想退下。

四皇子見了，連忙喊道：「昀哥兒，不能讓他們逃了。」

現在的黑衣人只剩下五個，憑著幾人的狀況，要殺了均帶著傷勢的六人不是不可能，只要給他們時間，可關鍵是暗中還有一個人，黑衣人手中只有刀劍，而且魏清莛受現代狙擊槍的影響，放一箭就快速地換一個位置，讓黑衣人根本摸不著她的方位。

黑衣人不能殺掉四皇子，而四皇子要留下他們同樣艱難，四個受重傷的人怎麼可能攔得住五個受輕傷的人。

魏清莛掃過四皇子胸前的血跡，心中了然。

她到後山來打獵，這件事她不可能瞞著，只要仔細打聽就有人知道。

魏清莛眼中閃過狠戾，一下搭上兩箭，瞄準兩個黑衣人就射了出去……

黑衣人首領回身一劍擊退任武昀，不再管身後快速地奔逃，只是他快，魏清莛的箭更快，快速地越過任武昀，從黑衣人的後胸射進，黑衣人的動作一頓，可就是這一頓就讓任武昀追上，快速地結果了他。

四皇子見狀癱在竇容的身上，任武昀拖著疲憊的身體回來，三個侍衛跪在四皇子的周圍，呈保護姿態。

魏清莛站在暗中看著這一切，覺得他們竟然還能活下來真是奇跡。

任武昀的眼睛銳利的掃過周圍的樹叢，喊道：「還不快出來，這人都死光了，還躲什麼躲？」

「小舅舅！」四皇子不贊同地喊了一聲，扶著竇容的手艱難地站起來，朝周圍拱手道：「多謝壯士相救，睿不勝感激，還望壯士出來相見，讓睿略盡心意。」

三個侍衛緊張地圍在四皇子身邊。

魏清莛見他們已是強弩之末，恐怕連走路都困難了，也不知道還會不會有危險，想著，朝前踏出幾步。

幾人馬上戒備地看過來。

此時天已經黑下了，但四皇子還是一眼就看到了她的臉，驚疑不定地道：「王太傅？壯士是王家人？」

魏清莛翻了個白眼，她的臉已經成了標誌了，女裝還好，男裝……

魏清莛沈聲道：「我們快走吧，說不定等一下還有人來。」

魏清莛看了一眼四皇子胸前的傷口，皺了皺眉。

四皇子疲憊地點頭。

幾人雖然對魏清莛還有戒備，卻因為她剛才的救命之恩和她的臉去了一些戒備之心。

「砰」地一聲，幾人大驚失色地看著倒在地上的任武昀。

「昀哥兒！」四皇子撲到任武昀身邊，手顫抖地摸了摸他的鼻息，發現還有輕微的暖意，心下微鬆。

魏清莛也快速地試了試，看了一眼他身上的傷，心裡有些佩服。「他是失血過多和疲勞過度才暈過去的，我們不能再在這裡耽擱了，快走吧。」

看了看連站都站不穩的幾人，魏清莛只好認命地把任武昀揹到背上，快速地走在前面。她連兩百斤的野豬都揹過，一個任武昀還是不成問題的。

只是任武昀不是豬，豬她可以橫著揹，可任武昀只能半拖在地上走了，誰讓他太高，而她太矮呢。

身後的幾人緊隨其後。

魏清莛到周邊的時候，將自己扔在地上的野味撿起來掛到腰上，對身後一眾目瞪口呆的人催促道：「快走啊。」

幾人這才知道，這少年原來是進山打獵的。

四皇子和竇容見魏清莛巧妙地躲開巡視的教舍，帶著他們往北院去，兩人的臉色更加驚疑。

魏清莛帶他們回到自己在書院的宿舍，反正也瞞不住，不如大大方方地讓他們知道，現在天剛黑，還有不少人在外面，好在魏清莛的宿舍就在最後一排，她帶著人從後面過去，趁著沒人的時候快速地溜進去。

魏清莛將任武昀放在她的床上。

四皇子仔細地觀察魏清莛，發現她的衣服領子將咽喉遮住，有些遲疑的問道：「妳、妳是女兒身？」

除了竇容，三個侍衛都瞪大了眼睛看魏清莛。

魏清莛點頭。「四公子，這是我的宿舍，你們先休息一下，我去給你們弄吃的。」

竇容腳下一移，擋住魏清莛的去路。「還未請教姑娘芳名？」

這話很不客氣，在古代哪有男子問未婚女孩的名字的？

「我姓魏，叫魏清莛。」魏清莛毫不介意，轉身認真地看著四皇子道：「我去給你們弄吃的和熱水，抽屜裡有傷藥，你們自己上，放心，我不會告訴別人，也不會讓別人起疑心的。」

四皇子看了一眼她的臉，問道：「王公是妳什麼人？」

「是我外公。」

猜測得到證實，四皇子看了一眼躺在床上不知死活的任武昀，意有所指地問道：「妳知道？」

魏清莛點頭。「我知道。」

竇容視線在兩人之間轉了一圈，摸著下巴道：「知道什麼？」

「不用你管。」兩人相當的一致。

竇容知道對方可信，也就沒了盤問的心思，一切來日方長，他扶著四皇子坐在椅子上。

「現在學院食堂已經沒飯菜了，妳到哪兒去弄？」

「你別管，我有辦法。」魏清莛從抽屜裡拿了一個荷包，將野味都帶走了。食堂是沒吃的了，但教舍一般都住在書院裡，這幾天留在書院的幾乎沒有幾個，要找教舍幫忙很容易，只要給錢就夠了。

而教舍也知道她每天晚上都要熱水洗澡，送對方一隻野味借廚房用一下還是可以的，明天就是學生回校的時間，只要她找個藉口混過去就是了。

竇容小心地給任武昀的傷口上藥，其他三個侍衛，其中一個守在門口，一個給四皇子上藥，一個自己給自己上藥。

竇容看著四皇子鎮定的表情，低聲問道：「睿見過她？」

「沒見過。」可卻聽說過，一直聽了七年。

四皇子看了眼躺在床上的任武昀，沒想到他們還真有緣，這下算是板上釘釘的婚事了，魏清莛可是一路上把任武昀揹下來的。

竇容沒想這麼多，只是見魏清莛久久不回，有些擔心地道：「要是被人發現……」

四皇子想起他讓人查到的，搖頭道：「不會的，論起隱瞞，沒人能比得上她。」魏清莛能在魏家的眼皮子底下在外做了七年的王莛，可不是吃素的。

四皇子早在任武昀第一次給魏清莛送銀子的時候就派人去查了，自然知道魏清莛在魏家的處境和在外的作為。

在魏家裡住，卻每天跑到山上打獵，不僅養活了自己和弟弟，還能供弟弟上學，到現在四皇子都沒有接到魏清莛被魏家發現的消息，說來也是，魏家要是真的發現她混跡市井，只怕早就迫不及待地將兩兄妹除族了吧？

只是沒想到魏清莛的箭術竟然這麼好。

魏清莛還在為如何解釋她能救下他們而糾結，卻不知道四皇子心裡已經有了解釋。

四皇子精力有限，手下也不多，自然不會太過浪費在魏清莛身上，只知道七年前手下帶回來的報告，打獵以及在玉石街打工為生。

四皇子想到最好的兄弟及小舅舅竟然要娶她，心裡就有些不樂意，雖然魏清莛救了他們，可魏清莛可是混跡市井的。

魏清莛一手提一大桶熱水，一手提著一個大籃子。

門邊的侍衛確定無誤後給她開門。

魏清莛將盆放到地上，低聲道：「你們最好快點，假期裡留在書院的學生們就快回來歇息了。」

四皇子和竇容都曾經在岷山書院待過，自然知道岷山書院的規矩，聞言示意身邊的人。

魏清莛就出去將空間讓給他們。

等她再出現的時候，雖然幾人身上的衣服還是血跡斑斑，但卻沒有那麼狼狽了。

四皇子坐直了身體，等著魏清莛問話，魏清莛卻只衝他點點頭，上前查看任武昀的傷勢。

她可是因為任武昀才下手救他們的，總不能其他人都活著，他卻死了吧。

四皇子眼裡詫異，他還以為魏清莛會問他什麼呢。

「魏姑娘，孤有幾個問題想請教妳。」

魏清莛見任武昀呼吸正常，就坐到四皇子的對面，給兩人倒了一杯茶。「您有什麼問題就直接問好了，能說的我一定會說。」

四皇子和竇容對魏清莛的直白有些詫異，不過四皇子還是很快開口問道：「妳怎會在岷山中？」

「我去打獵。」

「妳何時入的岷山書院？」

「就是今年，」魏清莛頓了頓道：「文英伯世子夫人秦氏回京，是她求了秦山長讓我們姊弟入院的。」這件事人盡皆知，魏清莛並不怕人知道。

「太原耿家大奶奶？」

「是。」

太原耿家比文英伯這個名頭要響亮，畢竟文英伯只是本朝朝廷的一個認可，可太原耿氏卻是世代積累下來的名聲。

四皇子了然地點頭。「孤記得，王公的嫡長孫王廷日當年留在了京城。」

「是，表哥因腿疾，朝廷恩典，留在了京城。」

「你們知道是朝廷的恩典就好。」

「我們自然知道，雷霆雨露俱是君恩，就是太子殿下和殿下您都如此，更遑論我們區區小民。」

四皇子眼角鋒利地看向她，竇容也是微微皺眉，房間裡的人大氣也不敢出，外面的聲響就清晰的傳進來——學生們回來的嬉鬧聲，閨秀們盈盈的笑聲。

房間裡的氣氛壓得讓人透不過氣來，魏清莛好像沒有察覺一樣地喝了一口茶，她兩輩子一直沒有丟掉的本事，就是在各種環境下想走神就一定能走神。

「妳的膽子倒是大……」

魏清莛此時卻想起了剛才林中死在她箭下的人，那是她第一次殺人，握著茶杯的手抖了抖，魏清莛無措地放下茶杯。

四皇子和竇容看著臉色蒼白的魏清莛，心中錯愕，這反應，也太慢了吧？難道她此時才想起害怕？四皇子和竇容看向床上的任武昀。

竇容驚訝，這特性竟然能出現在女子身上？難道是因為剛才魏清莛揹了他一路傳染的？

四皇子則是覺得有些頭疼，要是魏清莛的反射弧真的這麼長，任武昀也是差不多的粗心，以後這兩口子可怎麼過呀！

四皇子自以為理解了魏清莛鎮定自若的原因，就收了冷氣，開始仔細地詢問這兩年京城發生的事。

魏清莛混跡市井，得到的消息自然沒有四皇子多，卻也有四皇子不知道的事，加上她有屬於自己的一套理解，最重要的是，四皇子關注的事是有側面的重點，而魏清莛知道最多的是某家的主母因為嫉妒乘著丈夫不在家，將最得寵的小妾給賣了，或是哪家的大人就因為一點雞毛蒜皮的小事和同僚打起了「官司」，就連哪家大人為了嫖賭特意去借貸都知道。

四皇子微眯起眼睛。「這些事妳都是打哪裡知道的？」

魏清莛不在意地揮手道：「這有什麼難的？您隨便一打聽就知道了，我平時在十里街逛街的時候還不想聽呢，只是劉掌櫃他們就蹲在我旁邊，不想聽也得聽，聽得多了也就記住了。」

四皇子和竇容對視一眼，眼裡閃過亮光。「妳騙我的吧？這些事他們怎麼會知道？」

魏清莛翻了個白眼。「這有什麼好騙的？又不是什麼大不了的事，十里街在南城，南城住的都是官宦人家，那些丫頭、婆子、小廝什麼的最喜歡到十里街去買東西，大家混得熟了，說一些八卦，我是說講一些閒話什麼的很正常。」她還不想聽呢，只是她擺攤的位置好，而且她賣的是野味，除了酒店飯館就只有那些有錢人家才買得起，她是老熟人，加上她又不愛和人說八卦，因此那些人都喜歡跟她說那些事，為了買賣她也就忍了，多年下來早習慣了。

「還有什麼稀奇的事，說來聽聽。」四皇子引著她說話。

魏清莛奇怪地看了他一眼，沒想到皇子也這麼八卦呀。「你們不累嗎？還是先休息吧，明天開學，所有的學生都要回書院，大家有一天的整理時間，你們必須得離開，不然會被發現的。」

四皇子和竇容商量了一下，發現他們能找到的地方都不大保險，眉頭都緊皺起來。

四皇子受了重傷，撐到現在已是極限，只是不能確定明天的住處到底不安心，白著臉歪在床邊，一張臉毫無血色。

魏清莛看了心下一軟，對方也不過才十九歲，在她那邊，念書晚一點的，也就是個高中生，現在卻已經經歷了生死。

「我表哥底下有不少產業，你們要是不介意，我可以通知他，你們先到他那裡去躲一陣。」

兩人自然知道魏清莛的心思，只是他們對王廷日都不太信任，僅僅靠八年前的王公維繫，這種關係太危險。

現在幾人都受了不少的傷，就是武功最弱的竇容，腰側也中了一刀，傷得並不比四皇子輕，不過是他比四皇子更會裝。

「多謝魏姑娘，只是現在多有不便，就不打擾王公子了。」

魏清莛看了任武昀一眼。「我那還有一個地方，裡面沒人，不過卻簡陋得很，你們要是願意，就去那裡吧。」

竇容眼睛一亮，和四皇子對視一眼，四皇子幾不可見地點點頭。他們現在除了她，也沒有人可用了。

「那就多謝魏姑娘了，只是令表兄那裡……」

「放心好了，你們沒有那個意思，我自然不會多嘴。」魏清莛有些鬱悶，但還是起身從櫃子裡拿了兩床被子出來攤在地上。「你們將就一下吧。」自己找了張毯子鋪在門邊，就坐下倚著門框閉上眼睛。

屋裡還睜著眼的五個大男人都瞪大了眼睛，這、這女子也太膽大了些，雖說本朝男女之防不甚嚴，可她竟然敢和五個，不對，是六個成年男子待在一個屋裡睡覺。

四皇子輕咳一聲。「早點休息吧。」

幾人聽了，都找了一個位置合上眼睛。

第四十四章　轉移

魏清莛說的那處地方就在十里街裡，那是一處帶著院子的店鋪，是她前兩天才買下打算給乳娘一家安身立命的地方，只是汪全的病還沒好全，店鋪也沒確定好到底要經營什麼，所以空著，現在正好給四皇子他們居住。

鋪子的地段不錯，出門向右拐不遠處就是劉老闆的糧鋪，當初魏清莛買這個鋪子的時候就是走的他的路子。

魏清莛在天還未亮的時候就帶著幾人往馬車停靠的中庭而去，讓幾人藏好後，魏清莛就出門租了一輛馬車，自己駕著馬車回來，守門的拿著魏清莛的牌子好奇地看了看。

魏清莛仰高了脖子，驕傲道：「快一些，我可是和她們打賭的，要是輸了，你替得起我受罰嗎？」

守門的了然。

岷山書院的先生們每年寒暑兩期的實踐考試五花八門什麼都有，連帶著學生們打賭比試也是千奇百怪，守門的見魏清莛拿著北院的牌子，卻穿著男裝，再駕著馬車，以為又是一場奇怪的比試，就揮手放行了。

魏清莛鬆了一口氣，幸虧這段時間和耿少紅混，聽她說了不少書院的趣事，要不然她還找不到這樣的藉口呢。

幾人上了馬車，魏清莛就帶著他們出去。

因為有了第一次，第二次，守衛也沒怎麼檢查就放行了。

到了地方，天已經大亮，十里街聚了不少一大早來買菜的人。

魏清莛直接將馬車趕到側門，從側門進去。

後面的院子有四間房，魏清莛安排他們把任武昀放到床上，將鑰匙交給他們。「這個鋪子是我前兩日才買下來的，除了我，沒誰知道，你們可以安心在這兒住，附近有一家糧鋪，老闆姓劉，當初走著他的路子，他要是好奇問起，你們就說是我遠房的表哥，暫時住在這兒，對了，我在外頭叫王莛，小子王莛。」

竇容驚詫。「女扮男裝？」

魏清莛不理他，繼續道：「吃食我去給你們弄，只是你們身上的傷怎麼辦？」魏清莛雖然沒看過他們的傷口，但憑著衣服上的刀痕和身上的血跡也猜出一二，要是不及時治療，只怕真的會沒命在。

四皇子虛弱道：「孤這兒有兩張藥方，還得麻煩魏姑娘。」

魏清莛煩躁地揉揉頭，認命的點頭。「還有什麼要交代的，一併說了吧。」

三個侍衛中的一個瞪了魏清莛一眼，四皇子對魏清莛的無禮卻並不介意，溫煦道：「還請姑娘幫孤送封信。」

竇容從懷裡掏出一塊玉珮、一封信交給魏清莛。

魏清莛接過。「送到哪裡去？」

「請送給禮部張主事。」

魏清莛挑眉，她還以為會送到平南王府呢，沒想到只是送給一個六品官，魏清莛點頭。

「對方要是問起其他的事呢？」

「魏姑娘儘管放心，他們懂得規矩。」四皇子猶豫了一下又道：「魏姑娘，只怕後頭會有人跟著……」

魏清莛不在意的揮手道：「放心好了，他們只要不動手，想跟著我？哼！」自信的樣子讓四皇子都忍不住有些想試試她。

魏清莛擔心地看著任武昀道：「真的不用請大夫？我看他傷得很重的樣子。」

「魏姑娘不用擔心，我們會照顧好他的。」

竇容奇怪地看了四皇子一眼。

等魏清莛離開，竇容就問道：「你們認識她，她和昀哥兒是什麼關係？」語氣很肯定。

四皇子瞥了他一眼。「等小舅舅醒來，你問他好了。」

魏清莛一路掃蕩過去，衣服鞋子之類的，還有米麵蔬菜肉，她都要買好，為了不引起懷疑，她還跑了不少的藥店才分批將單子上的藥買完。

魏清莛將東西給他們送回去，這才去給他們送信。

禮部的衙門很冷清，沒辦法，這就是個清水衙門，守門的官衙奇怪地打量魏清莛。

常年在市井中混跡的魏清莛立馬掏出幾十個銅板，微微有些肉痛的塞給官衙，這不是裝的，這些夠她買好多東西了。「麻煩大人給通報一聲，小的是張主事老舅家的，實在是事情太急，等不及張主事下衙。」

「等著。」官衙倨傲地點點頭，收了銅板。

「哎，哎。」魏清莛低垂著頭站在一旁，等了良久，人還沒出來，倒是不遠處行來一輛馬車，魏清莛看到從車上下來的人，心中暗罵一聲，不著痕跡地轉過頭去，背對著來人。

吏部和禮部八竿子打不著，魏志揚怎麼會跑到這裡來？

魏志揚整整衣服，邁著八字步朝禮部走去，在路過門口時，眼角撇到一個熟悉的身影，魏志揚腳步一頓，微微偏頭去看，卻只看到一個側臉，他覺得很熟悉，卻一時想不起來在哪裡見過，隨行的同僚試探地喊了一聲。「魏大人？」

魏志揚笑著和同僚說話，將疑惑壓在心底，和同僚朝禮部侍郎那裡走去，在路過院子的時候，一個主事和一個官衙恭敬地立在一旁給他行禮。

魏志揚點點頭，開始全神貫注地應對接下來的事。

張主事覺得很奇怪，他沒有老舅啊？他母家那邊剩下的都是一些遠房的親戚，難道是他們？可有什麼事用得著千里迢迢的上京找他？

魏清莛一看到張主事，就喊道：「哎呀表少爺，小的終於找著您了。」說著將人拉到角落。

張主事看到她手裡的玉珮，臉色微變，從懷裡掏出另一個一模一樣的玉珮。「主上有何吩咐？」

魏清莛在心裡翻了個白眼，將信遞給他。

對方點點頭，收好後什麼也不問。「大人回去的時候小心些。」

魏清莛眨眨眼，點頭應下了。

五個大男人，熬藥還可以，吃的，卻幾乎都是一鍋燉的，想到昨晚上的美味，五個人都面有菜色地嚥下嘴裡的東西。

只是現在特殊時期，他們是不敢提什麼要求的，所以魏清莛一回來，大家都如狼似虎地盯著她看。

魏清莛嚇了一跳，邁出去的腳步遲疑的收回來。「怎麼了？我可沒有帶尾巴回來。」

「尾巴？」竇容想了一下，了然道：「這個形容倒是貼切。」

四皇子優雅地放下手中的碗，抱歉道：「魏姑娘誤會了，他們是想起了昨晚姑娘做的美味。」

魏清莛看向桌上一鍋亂七八糟什麼都有的東西，嘴角抽抽。「信已經送出去了，我這就給你們做一些吃的。」

五個大男人鬆了一口氣，齊齊放下手中的碗。「煩勞魏姑娘了。」

魏清莛咬著牙道：「不煩勞。」

魏清莛做到一半的時候才想起她今天沒有給桐哥兒送午飯，魏清莛看了眼太陽，桐哥兒身邊有三個堪稱博士後的老才子，應該不會讓他餓肚子吧？

魏清莛做完一道菜就有一道被端出去，等最後一鍋湯出現在餐桌上時，桌上的東西也被消滅完了。

魏清莛留了一碗給任武昀。「給他灌下去吧，不然他這樣不病死也會餓死的。」

而此時，魏清莛以為會自己找食的三大一小，正齊齊坐在茅草屋中大眼瞪小眼。

桐哥兒看看這個，又看看那個，就朝自己最熟悉的師傅委屈道：「師傅，我餓！」

孔言措嘴角抽抽，看著李先生。「我也餓。」

李先生偏頭去看秦山長。「山長，我也餓。」

秦山長扭頭去看天上的太陽。「是不是出什麼事了？怎麼莛姊兒還不送吃的來？」

孔言措和李先生齊齊鄙視他。

桐哥兒不解地看看這個，看看那個，再一次委屈的喊道：「我餓！」

孔言措只好回房將吃剩下的糕點拿出來給桐哥兒。「桐哥兒先吃這個填填肚子。」

魏青桐不滿意地拿起一塊。

秦山長眼珠子一轉，道：「離我們最近的茅草屋是壽山伯的？」

三個老男人對視一眼，咳了一聲，孔言措道：「我昨日做了一幅畫，聽說壽山伯素喜花鳥畫，不如大家一起去探討探討？」

秦山長和李先生同時在心裡鄙視孔言措，誰不知道壽山伯最愛的就是吃喝玩樂，最討厭的就是琴棋書畫啊！

不過兩人面上都是很贊同地點頭，收拾收拾，孔言措就牽著魏青桐的手往壽山伯那裡走去。

桐哥兒正坐在院子裡把玩秦山長送給他的玩具，見姊姊過來，有些生氣地想扔掉手中的禮物，只是想到姊姊說過這對人不尊重，只好收回手，將它丟在桌上。

魏清莛討好地蹲在桐哥兒面前。「桐哥兒，昨天晚上姊姊回來的時候碰到了一些事情，今天早上和中午都在處理，等姊姊想起的時候已經過了時間了，是姊姊不好，你今天是在哪裡吃的午飯？吃了什麼？好吃嗎？」

桐哥兒被哄了一陣，這才道：「師傅他們帶我去蹭飯，但他很生氣，只給我們吃青菜，沒肉吃。」

魏清莛皺眉。「是誰這麼沒有待客之道？」

「是一個黑鬍子叔叔，長得壯壯的。」魏青桐皺著鼻子道。「我不喜歡那裡的味道，好臭。」

魏清莛疑惑，孔言措幾人認識的人，又能在大岷湖裡住得起茅草屋的應該不會「臭」才對啊。

「什麼臭？」

「好臭，好臭，黑鬍子叔叔身上臭，坐在他身邊的那些小哥哥們身上也很臭，那些臭味都是從他們身上發出來的，我打了好幾個噴嚏呢！」

魏清莛眼裡迷茫，見孔言措出來，連忙起身行禮。「先生，今天你們去了哪裡吃飯啊？」

孔言措瞪了魏清莛一眼。「妳還說呢，要不是等妳的飯菜，我們至於餓得口不擇食嗎？」

魏清莛誠心誠意認錯。「今天確實是清莛的錯，應該早點通知先生們的，只是忙起來就忘了時間。」

「妳今天忙什麼了？」孔言措很好奇，要知道魏清莛可是將魏青桐看得很重的，從沒有出現過這樣的情形。

魏清莛就忍不住嘆了一口氣，她那都是嚇的，只要知道自己身邊帶的幾個隨時會給自己帶來滅頂之災，哪裡還有時間概念啊。

「是生意上出了些事，清莛急著去處理，關在屋子裡一時忘了時間，等想起來的時候時間早就過去了。」

孔言措一點也不相信，但也不再問。

魏清莛舊話重提。「先生，你們今天去了哪裡吃飯啊？桐哥兒怎麼說那兒的人有些臭？」

孔言措老臉一紅。「妳別聽桐哥兒瞎說，那不過是胭脂的香味。」

魏清莛笑臉一僵，立時橫眉倒豎。「先生，您剛才說是什麼香？」

「胭脂香啊，怎麼了？」

魏清莛跳起來。「您帶他去了哪裡？男子身上怎麼會有胭脂香？還不止一個？」

孔言措有些尷尬。「我也沒想到壽山伯這麼不忌諱，桐哥兒在他那裡見到的是他身邊的幾個小廝。」

魏清莛的臉色更加難看，不過孔言措是桐哥兒的先生，她不能衝他發脾氣，魏清莛只好鄭重地告訴孔言措。「先生，以後您最好不要帶桐哥兒去見這些人，哪怕讓他餓上一、兩天也不帶他去。」

孔言措問道：「這是為何？」

「先生，桐哥兒長得太好看了，除了表哥，我也就相信您了，雖然那些人不一定有那個心思，可防人之心不可無，我和桐哥兒現在無權無勢，那些人要是強搶，就是拚了我的命也不一定能保下桐哥兒，所以最好的辦法就是遠離斷袖，珍愛生命。」

孔言措沒想到魏清莛想的是這些，張大了嘴巴看她。

魏清莛就拉過桐哥兒，將他額前的頭髮往上撩。「先生。」

孔言措這是第一次看到魏青桐的全貌，桐哥兒聽不懂姊姊和先生在說什麼，但是知道姊姊是為了他而和先生起了爭執，一雙大眼睛正迷茫卻又溫暖的看過來。

孔言措倒吸一口冷氣，那眼睛清澈如清亮的泉眼，孔言措眼中就只剩下魏青桐的一雙眼睛，其他的再入不了眼。

魏清莛放下桐哥兒齊眉的劉海，鄭重地道：「所以先生，一定不能讓那些人靠近桐哥兒，哪怕只是見面也要防備著。」

孔言措這才回過神來，望著自己唯一的徒弟說不出話來。

魏青桐長得漂亮精緻，他是一開始就知道的，他一直覺得他們姊弟倆的相貌是顛倒過來了，哪有姊姊長得像外祖，弟弟長得像母親的？

桐哥兒小時候留著劉海，他並沒多在意，因為孩子們都這樣，隨著年紀的增長，桐哥兒的劉海就一直蓋著眉毛，他雖然覺得這樣沒有男子氣概，只是認為桐哥兒還小，以後再改就是了，只是現在看來，這是魏清莛故意為之了。

孔言措有些艱難道：「桐哥兒長成這樣，還有誰知道？」

魏清莛低下頭細聲道：「只有我表哥在他八歲那年見過一次，還是因為他給桐哥兒擦臉……先生，桐哥兒心思簡單，而京城水太深，過兩年恐怕更是混亂，這也是為什麼，桐哥兒是這樣的情況，我依然求著秦姨將他放到書院裡來的原因。」

孔言措也很快想通其中的關鍵，岷山書院是獨立於朝廷的存在，百年來，岷山書院對朝廷的爭鬥並不參與，這幾年甚至有沒落的跡象，可它依然是全國學子心中的嚮往和神。

平時，岷山書院學生的名頭也只是讓學生獲得旁人的羨慕與尊重，但要真發生那樣的事，這個身分就是桐哥兒救命的法寶。

沒有人敢當著天下人的面這樣侮辱岷山書院的學生，包括權勢最頂端的當今。

孔言措呼出一口氣。「妳放心，以後我再不會帶他去見那些客人，今天其實也是意外。」孔言措看了眼還迷糊著的徒弟，建議道：「要不，再把劉海留長一些。」

「這倒不用，再長就遮住眼睛了，這樣剛剛好。」魏清莛將他額前的頭髮弄好。

「行了，我們快去吃飯吧。」魏清莛打算等一下再去十里街一趟。

第四十五章　療傷

而此時，魏清莛惦記的十里街的人正悄悄的打開後門，放進一個人後左右看了看，這才快速的關上門。

「任六，主子怎麼樣？」

「主子受了傷，不過不要緊，軍師已經給處理了，只是任將軍一直昏迷不醒……」

四皇子正坐在廳堂的上座，來人一進來就趕緊下跪請罪。「臣罪該萬死。」

四皇子撫著胸前的傷口，讓人將他扶起來，溫聲道：「我們突然改道，你們接不到也情有可原，怎可怪罪你們？只是，」四皇子森寒道。「就算我們進了岷山，後面的追兵依然窮追不捨，我底下的那些兄弟都是多年來陪著我出生入死的，不把內奸找出來……」四皇子看著他的目光好像帶了實質的怒火。「那麼，我不介意讓你下去給他們賠罪。」

來人的額頭上滑下汗，不斷的磕頭道：「臣明白，臣一定會找出那人，只是……」來人擔心地看了一眼圍在旁邊的人，猶豫道：「只是殿下，您的行蹤一直避不過對方的眼線，會不會是，會不會是……」

四皇子「啪」地一聲砸掉手中的杯子。「你是懷疑我身邊的人？」

來人以頭點地。「臣不敢。」

「可你就是那個意思，」四皇子冷哼一聲。「我身邊的人陪著我出生入死，要是連他們都不信，那這世上還有誰是可信的？跟蹤不是只有隨身跟隨這一條。」

「是。」來人不敢再多說。「殿下，臣在城外找了一個莊子，您轉到那裡去養傷吧，任將軍也需要一個好大夫，那個莊子是一個鄉紳的，是臣兩年前就備下來，不會有問題的。」

「等你把人抓到了再說吧，我們就暫時住在這裡，我不通知你，你就不許再來，先下去吧。任六，送他出去。」

「是。」

等人出了大門，竇容這才從後面出來，站在四皇子的身邊。「睿信他？」

「他對哥哥忠心耿耿，不會背叛大哥的。」所以不會為了徐貴妃而出賣他。

「只是我們住在這裡也不是長久之計，阿昀需要大夫。」

「等一下魏清莛過來，請她去請一位大夫來。」

竇容皺眉想說什麼，卻突然眼睛一亮。「我明白了！」

魏清莛聽說要請大夫，就皺緊了眉頭。「任武昀中的都是刀劍傷，我怎麼跟大夫解釋？要是他出去亂說怎麼辦？」

「所以妳就要請一個嘴巴嚴實而醫術又過得去的。」四皇子無賴道。「小舅舅每年都給家裡送信，隨信送了不少東西回京，妳就忍心看著這麼孝順的人受苦？」

魏清莛氣結，任武昀這個大笨蛋，送點東西都被人知道。

竇容眼珠子轉了轉，心裡萬分肯定，此人和任武昀的確有聯繫，可昨晚上看阿昀的態度，沒見他露出異樣啊。

嘴巴嚴實，醫術又好的，魏清莛只能想到一個人，只是那個人恰恰是最難請的。

魏清莛狠狠地瞪了他一眼。「你們在京城應該有地方吧，您今天早上不是讓我送信出去了嗎？難道不能搬到自己的地方去？」

「不能，」四皇子臉色微肅。「我們裡面有內奸，只有等抓到那人我們才能現身。」

接下來的話就不是她能知道的了，魏清莛擺手道：「知道了，我這就去找人，不過能不能請來我可不知道，而且，您要給我保證，我把人請來後，您不能殺他滅口，也不能囚禁他，我可以保證，他是不會說出去的。」

四皇子看了她良久，魏清莛堅持地看著他。

四皇子撇撇嘴，真是不懂規矩，有哪個女孩子說話會直直地看著對方眼睛的？就是男子也不敢這樣看著他的眼睛。

但還是點了點頭。「妳只管把人請來，只要他不亂說，我不會把他怎麼樣的。」

魏清莛點頭，起身出去，她得抓緊時間，必須在學院關門之前回到學院。

魏清莛到同仁堂的時候，于大夫正在後院拿著戒尺狠狠地抽著小于大夫，滿臉怒色。

小于大夫「哎呦，哎呦」地叫著，伸出來的手卻不敢縮回去。

魏清莛見了抿嘴一笑，站在旁邊看，小于大夫看見魏清莛眼睛一亮，叫道：「莛哥兒，快來救救我，叔叔，侄兒再也不敢了。」

于大夫怒道：「這句話你說了多少遍？做到了幾次？今天誰求情都沒用，我看你就是不打不長記性。」

「于大夫，您這句話卻是說錯了，」魏清莛板著臉道。「小于大夫不是不打不長記性，而是記吃不記打。」

小于大夫本來以為魏清莛是為他求情的，誰知她說的是這樣一句話，頓時氣得說不出話來。

于大夫更怒，「啪」地一聲狠狠地打在他的手上。「既然記吃不記打，那打了也沒用，你給我到後面跪著去，我不叫你起來不准起來。」

小于大夫狠狠地瞪了魏清莛一眼，魏清莛就翻了個白眼小聲道：「好心幫你，你還瞪我，小心下次我讓老大夫多打你幾下。」

小于大夫嚇得趕緊低頭看地。

魏清莛倒是笑盈盈的。

于大夫看過任武昀，開了藥方子給魏清莛，道：「他傷得嚴重，好在身體壯實，只要好好養上一段時間就好。」

魏清莛拿著藥方看了四皇子一眼，四皇子就笑道：「還要煩勞魏姑娘幫忙抓藥熬製，我與于大夫有些話要說。」

魏清莛只好任勞任怨地去抓藥熬藥。

任武昀還昏迷地平躺在床上，她正要捏開任武昀的嘴巴餵他喝藥，一雙手快速地箝住她的，魏清莛只覺得危險，手迅速地一擋，等她反應過來的時候，手上已經和那隻手過了兩、三招。

魏清莛低頭就對上兩隻圓溜溜的眼睛。

魏清莛不客氣地打掉抓住她的手。「喂，我是餵你喝藥的，不是謀殺你的。」

任武昀眼中的怒氣轉為疑惑，魏清莛將另一隻手上的藥給他看。「你既然醒了，就不用我撬開嘴巴餵了吧？」

任武昀頓時黑了臉，扭過頭去粗聲粗氣的質問：「你是何人？」

魏清莛挑眉。「是救你們的人，行了，趕緊喝藥吧，看來于老大夫的針灸還是很不錯的，剛扎完沒多久就醒了。」

任武昀仔細地打量魏清莛，盯著她的臉看了看。「是你啊，小兄弟，你的箭術不錯，是跟誰學的？」

這下輪到魏清莛黑了臉。

魏清莛略微惱怒的將藥塞到他的嘴邊。「張嘴，喝藥。」

任武昀顧左右而言他，魏清莛微微瞇眼。「你不會是怕喝藥吧？」

任武昀有些心虛，卻大聲反駁道：「誰說的？我堂堂……男子漢，連死都不怕，難道還怕喝藥嗎？」

魏清莛了然地點頭，任武昀剛鬆了一口氣，就聽見魏清莛淡淡地道：「人越心虛的時候說話就會越大聲，從剛才你的表現來看，是這樣的。」

「……」

隔壁的房間裡，于老大夫正仔細地給四皇子清理傷口，低聲給他交代注意事項，竇容也在房間裡，他的情況比四皇子好像還嚴重些，和昨晚上完全不一樣，正臉色蒼白的躺在床上。

「大夫，容公子的藥何時能到？」

于老大夫低頭回道：「起碼要到後天，最快也要到明晚上，只是坊市關閉之後，我們就出不來了。」

四皇子不在意地道：「那您盡快將藥準備好，我派人去取。」

于老大夫面上雖然還是沒有什麼變動，但卻鬆了一口氣，抬頭不經意地看了一眼四皇子和躺在床上的竇容，心思複雜難辨。

他也不知道自己是不是做對了。

魏清莛找他來給他們看病，嚴明表示對方的身分不能告訴他，對方的人受了很嚴重的傷，滿京城可能除了他再沒人能治。

醫者父母心，這麼多年來他雖然心硬了不少，但想想對方好幾人可能因此而喪命，他還是忍不住心軟了。

可魏清莛接下來卻告訴他，要是被發現說不定還會喪命，不可否認，那時候于老大夫猶豫了，可猶豫過後卻是更堅定的堅持。

危險向來是和機遇共存的。

醫，被定義為匠人，地位卻略高於匠，可不管多高，和讀書人、農都是不能比的，其中又以御醫的身分為最高，于家就是御醫發家，只是從他叔叔告老還鄉，于家的子弟能進入御醫院的就很少了，這幾年甚至都只能在御醫院打雜，同仁堂在京城的地位也受到了極大的威脅，去年，家族就關了太原的一家醫館，只留下了一家。

于家背後也靠了幾家權貴，那幾家平時沒少從同仁堂拿好處，只是到真正需要他們的時候又推三阻四的，偏偏他們也不能拿那些人怎麼辦，只得打落牙齒往肚裡咽。

魏清莛是王公的外孫女，近幾年，瞞著魏家和王廷日在京城混得風生水起，上面的官僚可能還沒發覺，可他們這些時常在下九流中走動的人哪裡不懂，只是鮮少人知道王莛就是魏清莛，只以為王莛是王家派來協助王廷日的堂弟。

她瞞著要救的人一定也不簡單，剛才他給任武昀檢查傷勢的時候就起疑了，對方長久習武，身上卻除了一道舊傷外都是新傷，除了手臉，身上其他部分都白皙，加上把脈時脈搏的情形，他猜得出對方雖然常年習武，卻也養尊處優。

見到四皇子的氣度時更是大驚，直至看見竇容他才肯定對方的身分，他年輕的時候曾隨叔叔去鎮國公府給公爺請脈，竇容和鎮國公府的公爺有五、六分相像。

要是四皇子有幸坐上那個位置，那麼他們于家也可以重新站起來，這是一場豪賭。

于老大夫心思波動，手上的動作卻穩穩的，一絲不苟地幫所有人處理傷口。

四皇子見于老大夫低垂著頭，卻滿臉認真嚴肅，讚許地點點頭。「明天還請于老大夫再來幫我們換藥，老大夫到這裡來看病的事還請不要聲張。」

于老大夫頷首道：「是。」

于老大夫離開後，四皇子才回身惱怒地瞪著竇容。「要不是把大夫請來，你是不是打算一直瞞著我？」

竇容苦笑。「我們身上的藥不多，我的功夫連你都比不上，真是百無一用是書生。」

四皇子冷哼一聲。「當年是誰說的沒有他，我們怕是連京城都出不了？現在倒來說什麼百無一用是書生。你這是打算堵我的心？」

竇容只好閉緊嘴巴，四皇子卻不放過他，直對著他冷嘲熱諷，手上卻給他端茶送水。

竇容知道，短時間內他的耳朵是不可能清靜了的，睿就是這樣。

竇容儘量轉開話題。「這個于老大夫信得過嗎？」

四皇子哼了一聲。「他看見你的時候眼裡的神色微變，想來已經確定我們的身分了，他要是聰明，就會替我們保守秘密，不然……」

徐家要是一舉把他們滅了，大夫會被滅口，徐家要是不能一舉滅了他們，他們會殺大夫洩憤，所以他只能給他們保守秘密。

任武昀自打能下地走路，就一瘸一拐地過來找四皇子和竇容。「你們問清楚那個小子師從何人了沒有？這兩天他都沒過來，害我想找他切磋都沒辦法。」

竇容上下打量了他一眼，笑道：「你這樣子能把弓拿得起來嗎？說句公道話，你就是全盛時期也未必敵得過她，而且，我一直忘了告訴你，她可不是……」

「阿容，」剛才還面色怪異的四皇子突然打斷他。「你去看看廚房裡的情況，我和阿昀有話說。」

竇容邊起身往外走，邊在心裡思索，這阿昀到底和魏清莛有什麼關係啊？看阿昀的樣子，也不像是認識的呀。

四皇子示意任武昀坐下，給他倒了杯茶，在他喝茶的時候慢條斯理地道：「王莛是女兒身。」

任武昀剛到嘴的茶噴了出去。

「她的名字叫，魏清莛。」

「你說王莛是誰？」任武昀眼睛瞪得滾圓，指著四皇子的手微顫。

「是魏清莛，王公唯一的外孫女。」

任武昀不顧身上的傷跳起來。「怎麼會是她？我是說魏清莛怎麼會是這樣子？她不是書香門第嗎？不是應該走一步搖三搖，時不時的流眼淚嗎？怎麼會……」

四皇子被他的話逗笑了，搖頭道：「你每年給她送銀子送信的，都沒有派人去查她的底細嗎？這幾年她可沒有像大家小姐一樣生活，而是和她弟弟被關在一個廢棄的小院子裡，她就靠著在岷山上打獵養活她弟弟和她，多年下來才練就了這一身本事。」

任武昀的臉色一寒。「這魏家果然和二哥說的一樣，真夠無恥的。」

四皇子深以為然地點頭，這也是他一直不贊成兩人婚事的原因，只是兩家早已定下，而且這些年任武昀殷勤的厲害，所以他才沒有從中插手。

任武昀有些扭捏。「那，那她知道我是誰了嗎？」

四皇子肯定的點點頭。「自然知道，不然她也不會這麼心急地給我們請大夫。」這句話說的非常肯定。

四皇子可以拿自己的人格發誓，魏清莛對他有畏，卻無敬，而那些畏懼還不足於讓她對他們如此照顧，再聯合她這幾天的作為，四皇子可以肯定對方是看在任武昀的面上。

四皇子仔細地看了一眼任武昀，心裡微嘆，看來太子哥哥真的說對了，任武昀就是他的福星。

「你和魏姑娘的事阿容還不知道，不過他應該能猜出一些，你看看，要不要告訴他？」

任武昀疑惑道：「為什麼不告訴阿容？這又不是什麼了不起的事。」

四皇子氣得倒仰，合著這許多天來他是白白得罪阿容了？

「你就不怕阿容打趣你？」

任武昀撇撇嘴。「我又不娶她，有什麼好打趣的？」

四皇子瞥了他一眼，心中並不信，這幾年他給魏清莛的信不少，要說沒有情義，打死他都不信，也就是他此時自己沒有意識到罷了。

任武昀自己在一邊嘀咕道：「她竟然是女的？要是穿上女裝是什麼樣子？」

四皇子奇異地一笑，他也沒見過魏清莛女裝的樣子，不過看她和王公有五、六分相像，想到她穿上女裝，臉上的笑容更是怪異了。

第四十六章　賭石大會

王廷日放下近幾日記錄下來的訊息，敲了敲桌子問道：「最近表姑娘都沒來，她在忙些什麼？」

王三躬身回道：「表姑娘剛考試完，最近桐少爺要跟著孔先生出去采風，所以……」

魏清莛很緊張在乎桐哥兒，王廷日了然地點頭，拿起桌上的一張請柬看了又看，遞給王三道：「把這個拿去給表姑娘，問她是否有時間去看看。」

王三拿著請柬去書院找魏清莛，卻被告知魏清莛不在，王三想了想，拿著請柬去了十里街。

他知道魏清莛在十里街新買了一個鋪子，是打算給她乳娘一家的，他有一次看見魏清莛去那裡，他這次去碰碰運氣，要是不在，只能去玉石街看看了。

魏清莛正在廚房裡給他們做吃的，她一連兩天都沒來，大家吃的都是三個侍衛做的東西，要是沒有魏清莛做比較，四皇子覺得他們做的東西還是可以入口的。

聽到敲門聲，所有人都緊繃了身子，這個宅院，只有魏清莛會來。

魏清莛在廚房聽到敲門聲，連忙跑出來止住他們的行動，低聲道：「也許是鄰居來串門，你們在旁邊等著，我去看看。」

幾人朝四皇子看去，四皇子點頭，幾人迅速隱身。

任武昀皺眉道：「要是不對，妳就閃到一邊去，我去扭斷他的脖子。」

魏清莛現在只想趕緊去開門，也沒聽清他說什麼就點頭了。

竇容和四皇子對視一眼。

站在門外的王三微微皺眉，舉手又要敲，魏清莛突然就開了門，王三鬆了一口氣，行禮道：「表姑娘。」

「王三？你怎麼找到這裡來了？」

王三將請柬遞給魏青桐。「表姑娘，這是少爺要小的交給您的，說讓您看看那天是否有時間去看看。」

魏清莛挑眉。「賭石大會？」

「是，聽說上玉閣把收藏的不少原石都拿出來了，請了全國各地的賭石大師來參加，少爺的意思是，您去不去都可以不去。」

魏清莛轉了轉手上的請柬。「上玉閣一直和表哥相安無事，這次怎麼？」

魏清莛可不會認為，上玉閣無緣無故地會辦一個什麼賭石大會，而聽王三的意思，表哥似乎並不大在意。

魏清莛有些煩躁，現在王廷日很多事都瞞著她，上玉閣不可能在短期內就辦到這些，王廷日早就知道，為什麼要在上玉閣給她送請柬之後才說？

「我知道了，我會去的。」魏清莛沒有聽王三的解釋，直接要關門。

「表姑娘——」王三一手撐住大門，有些焦急地看了一眼她的身後，他是暗衛出身，對氣息很敏感，剛才他聽到了裡面有五道氣息，除了兩道，其中的三道都對他產生了很大的威脅，可讓王三心驚的是，他真正感到危險的卻是另一種感覺，他並沒有抓住那道氣息。

「沒事你先回去吧。」魏清莛眼神凌厲地看向他。

王三眼睛微閃，點點頭。

魏清莛側耳聽了一下，知道王三真的走後，這才轉身去找四皇子。「這裡已經不保密了，我表哥很聰明，王三一說，他一定會猜到什麼的。」

四皇子敲敲桌子，感興趣的問道：「才短短七年，妳表哥卻有了自己的勢力，竟然還有了這樣厲害的人跟隨在身邊。」

魏清莛點頭。「表哥的確很厲害，」頓了一下道：「四皇子就沒有考慮過和我表哥合作？」

「合作？」四皇子挑眉。

幾人也詫異地看向魏清莛。

話一出口，魏清莛就知道自己又說錯話了，這個時代良禽擇木而棲，根本就不算合作，在成功之前甚至之後，都可能只是單方面的付出。

雖然王廷日有這個打算，但她並不能替他拿主意，她向來不是一個會談判的人。

魏清莛嘆了一口氣。「是我說錯話了，四皇子不要介意，不過你們要是不想被我表哥發現，最好是換個地方。」

四皇子沈吟道：「魏姑娘還有其他的住處嗎？」

「四皇子，我所有的住處我表哥都知道，他只要想瞭解，就一定有辦法。」任武昀不悅道：「妳表哥管得也太寬了。」

四皇子想到任武昀和魏清莛的婚事，也有些不悅，心裡有點危機感，笨舅舅不會遇到了對手吧？

魏清莛有屬於自己的秘密，她並不擔心王廷日掌握她這些產業。可在任武昀等人眼裡，則是魏清莛非常信任王廷日的表現。

竇容卻是若有所思，眼睛落在她手上的請柬，笑道：「魏姑娘會賭石？」

「是，」這件事並沒有什麼好隱瞞的，魏清莛垂下眼眸道：「光靠打獵，我們姊弟也就夠溫飽，這幾年生活之所以變得這麼好，全靠賭石。」

「哦？可賭石一技，沒有多年的積累只怕是贏少輸多，魏姑娘既然能憑此得到富足的生活，只怕不是賭贏而已吧。」

「四皇子說的不錯，」魏清莛道：「論賭石，整個京城怕是無人能出我左右。」

四皇子眼睛一亮。「魏姑娘有高人指點？」

「算是吧。」

竇容用扇柄敲敲手心，道：「我聽說南邊有一位賭石師傅姓許，賭石十之中五、六，被稱為南邊第一人，聽說他的賭石手藝就是無人能出其左右。」

魏清莛吃驚地看向竇容。「竇公子竟然知道這些？不錯，許師傅的確很厲害，不過我也就聽他說說，沒親眼見過他賭石。」

竇容眼裡閃過亮光。「只是聽說這位許師傅在九年前就失蹤了，至今沒有蹤影。」

魏清莛也不瞞他們。「我是七年前的冬天見到他的，那時他落魄無比，因為我曾經給他一些吃的，所以他就將他們許家的秘笈送給了我。」

「他們請妳去賭石是好意還是歹意？」一言不發的任武昀突然問道。

魏清莛反問道：「你說呢？」

任武昀冷哼一聲。「妳什麼時候去？我陪妳一起。」

魏清莛笑不出來了。「我表哥一定會安排人跟我去的，你要是也去，說不定我表哥會認出你來。」

任武昀有些煩躁。「認出就認出，難道我還怕他不成？」

「好了，魏姑娘，阿昀說的沒錯，妳獨自去的確有些危險，就算是妳表哥派人跟著也不太保險，這通德銀樓在北直隸橫行多年，妳表哥突然冒出來和他們作對，他們不會什麼都不做，還是讓阿昀跟在妳身邊吧，至於這住處就不用換了，我看這裡就很好。」

魏清莛了然，只好交代任武昀。「我在外面的名字是王莛，是十六歲的少年，你可別叫錯了。」

任武昀臉色突然黑了，瞪著魏清莛，她竟然男裝在外頭行走，那豈不是經常和外頭那些臭男人在一起？

魏清莛和圍觀的三個侍衛都摸不著頭腦，只有四皇子和竇容若有所思地看著任武昀，眼裡俱閃過笑意。

而此時，王三在王廷日的書房外徘徊了一下就敲門進去，將今天去找魏清莛發生的事細細地稟告了。

王廷日敲敲桌子。「你說，在裡面有五道氣息？人人身有功夫？」

「是，應該還有一人，屬下沒有發現那人，只是有一種很危險的感覺，那種感覺不是他們五人其中的一人發出的。」

王廷日想了一下也沒想出個所以然來。「表姑娘既然沒提，你就當不知道，找個時間我會和表姑娘談談的，表姑娘要去參加賭石大會，你去安排三個護衛，暗衛也要安排好，無論如何，你們都要保護好她的安全。」

「是！」

魏清莛和王廷日對那日的事都沒有提，王廷日派人給她送去一匣子銀票，還讓人給魏清莛傳了話。

王三躬身道：「少爺說，這次表姑娘選的原石就屬於表姑娘，回頭交給銀樓為姑娘打些陪嫁的首飾。」

魏清莛看著手中的匣子，心裡嘆息。「知道了，」頓了頓道：「這幾天可能要下雨了，叫表哥記得塗藥。我讓老大夫又找到些蛇酒，回頭我給你拿回去。」

王三鬆了一口氣，滿臉笑容地應了一聲，高興地抱著那瓶蛇酒離開了。

魏清莛不知道的是，當天晚上，王廷日就帶著人出現在十里街那處宅院裡。

裡面的人好像已經料到他會來似的，在王三將他推進來的時候，四皇子目光複雜地看著他的雙腿。

賭石大會選擇在章家的別院裡進行，魏清莛乘坐馬車到的時候，大家基本上已經來齊了。

魏清莛身著一貫的短打男裝出現在眾人面前，任武昀一身黑色寬袍的立在她身側，身後跟著三個護衛。

章明領著章掌櫃笑盈盈地過來，拱手道：「王大師，歡迎，歡迎，現在就等您了。」

「煩勞章東家了，路上出了點事，來晚了。」

「不晚，不晚，離預定的時間還有些，王大師先到裡頭喝茶，等人來齊了我們就開始，這位公子是？」章明老早就注意任武昀了，這樣出眾的人不會只是王莛的護衛。

魏清莛笑著介紹道：「這是我一位好友，對賭石很感興趣，我就帶他來了，姓武。」

章明立馬拱手。「武公子。」

「章公子。」

大廳裡坐了不少人，大家三五成群的坐在一起，老孫頭正對著門口坐著，魏清莛一進來，他就發現了。

看見魏清莛進來，喧鬧的大廳頓時安靜下來。

站在魏清莛身側的任武昀微微挑眉。

魏清莛沒有看他，直接帶著他朝首位走去，對老孫頭微笑打招呼。「孫老師傅。」就在他的下首坐下。

老孫頭瞳孔微縮，大廳中的人也臉色怪異起來，紛紛停下進行中的話題，只看著魏清莛。這可是僅次於老孫頭的座位，王莛的年紀和資歷還不足以讓他坐在那裡。

魏清莛一點也沒受影響，只等著家丁上茶。

任武昀更不用說了，旁若無人的湊到魏清莛的耳邊道：「大家好像不怎麼服。」

「沒關係，」魏清莛同樣小聲道：「表哥說不用在意，我的本事沒人敢上前挑戰。」

「那個老頭也不敢？」任武昀對魏清莛口中一再出現的表哥有些不滿。

魏清莛譏諷地看向老孫頭。「他？他是最沒有資格挑戰我的。」

不管賭石界如何推崇老孫頭，在聽到他所謂的勵志故事後，魏清莛只覺得不小心吞了一隻蒼蠅，噁心無比。

拋妻棄子的賭石，還一臉驕傲地告訴世人，他今天的成就是歷經磨難的，要不是王廷日說過此等小人，不宜招惹的話，她早就……

反而對賭石界裡的其他師傅，魏清莛沒有什麼惡感。

看不起女人是這個時代普遍的思想，她沒必要因為一個時代的特定思想而去討厭那些人。

任武昀看出她對老孫頭的厭惡，順著她看過去的目光就有些森寒。

老孫頭打了一個寒顫，心中警鈴響起，眼睛警惕地朝四周看去，而此時，魏清莛已經拉了任武昀說道：「我不知道表哥和章家發生了什麼事，等一下你就在我身邊，不要亂走。」

任武昀點頭，問道：「以前妳表哥和章家的關係很好嗎？」

「算不上好，但也不算差，章家只出售毛料，而表哥的珠寶樓大多從他這裡進貨，算是合作關係，都這麼多年了，不知道這次為什麼會突然這麼緊張。」

「是不是妳表哥打算插足原石場地？」

魏清莛白了他一眼。「你以為原石礦是這麼好找的？先不說表哥能不能拿到經營權，就是拿到了，表哥一時也找不到玉墟，找不到玉墟，一切都是白搭，況且通德銀樓幾十年來都在找仍沒有找到……」

章明進來請大家到後面的花園。

整個花園的花都被搬空了，堆滿了原石，有大有小。

魏清莛不著痕跡地深呼吸了一下，嘴角微翹。

章明站在一旁講明規矩，這次大家採用暗標，凡是看上的原石，標上價格和號碼投到箱子裡，章家會當場打開箱子，宣讀價格，價高者得。

章明笑道：「這些原石都是我章家從各地調過來的，無一不是精品，諸位可以盡情地切磋，最後，我們章家還會拿出三塊原石，這三塊原石就是今天賭石大會的主體，來客都可參與，大家寫下答案後當場解石，猜得最符合情況的最後會贏得那塊解出來的玉。好了，諸位可以開始了。」

魏清莛這才帶著任武昀走進原石堆裡。

任武昀好奇地看著地上的石頭。「那些玉就是從這些石頭裡頭解出來的？」

「是啊，大自然就是這樣神奇。」

任武昀好奇道：「那妳是怎麼知道裡頭有沒有玉、有什麼玉的？看剛才大家的反應，好像妳還挺厲害的。」

魏清莛就拉著他指給他看石頭上的蟒帶松花，一一向他解釋。

一圈下來，任武昀發現大家都拿著筆在紙上寫著什麼，不斷地有人往紙箱裡投遞東西，魏清莛卻兩手空空，任武昀好奇道：「妳怎麼不寫？」

「看到外面沒有進來的那些人了嗎？那些是北直隸有名的珠寶商，章家這樣大張旗鼓，賭石師都卯足了勁，出的價一定不低，這些原石的品相又都不錯，只怕要花費不少於平時三倍的價錢才能買下。」

「可妳一件都不買，只怕說不過去。」

「是啊，所以我在找其中品相不太好，而裡頭的玉的價值不低的原石，這樣既不虧，也不會墮了我的名聲。」

「賭石多久了？」

「有六年了。」魏清莛停下腳步，蹲下身子拿起一塊原石仔細地看了看，記下上面的標號就繼續走。

到最後，魏清莛提筆寫下六塊毛料，只是她知道，有機會標下的只有其中的三塊，另外三塊的品相太好，她出價也只出外面的價，沒有抬高，所以標下的可能性為零。

章明看到手中的紙條，臉色有些難看，看了一眼正矗立在一塊毛料前魏清莛，眉頭緊皺，緊了緊手中的紙條，吩咐道：「照實宣。」

在他和章家看來，王莛還是個單純的少年，除了脾氣有些大，當然，他有那個本事可以發脾氣，但他並不難對付，從他的笑容可以看出來。

可他背後的王廷日卻不好對付，有好幾次，章家幾乎都要成功的從王莛那裡打聽出他的賭技，那個王廷日就會冒出來將王莛帶走，章家只能暗自咬牙。

章明最後回身看了魏清莛一眼，他的賭技到底是不是和姓許的學的？

第四十七章 出乎意料

最後宣讀原石價格，老孫頭標下的最多，有十三塊之多。

老孫頭滿意地笑笑，幾不可見地看了魏清莛一眼，眼裡有化不去的得意。

任武昀見了就狠狠地瞪了他一眼，眼睛睜得圓大。

魏清莛沒有看到，因為她正吩咐護衛拿錢去取她才標下的三塊毛料。「告訴章家，直接解開，今天來往客商多，我們也湊個熱鬧，都賣出去，不必留著。」

「是。」三人只走了一人，剩下的兩人堅定不移地站在魏清莛的身後。

魏清莛早已習以為常，任由他們跟著。

鬧哄哄的直到中午才搞定，章明請大家去用餐，完了才領著一群人去後院，後院擺著三塊毛料。

魏清莛一看，頓時明白了章家為什麼這麼做的原因。

三塊原石，每一塊的品相幾乎都是逆天的，魏清莛沿著三塊原石走了一圈，看向章明笑道：「章公子為了找這三塊原石一定費了不少勁兒吧？」

眾人看著那三塊原石神色各異，任武昀好奇地看看這個、望望那個，也學著魏清莛的樣子圍著原石轉了一圈，還是什麼都沒看出來。

章明笑道：「王大師說的不錯，這三塊原石是我們章家一直拿不定主意的，這麼多年也一直沒捨得拿出來，這次就權當是與各位同仁共同學習。」

魏清莛眼睛裡劃過亮光，眼裡滿是鬥志，這幾年她賭石幾乎都沒有輸過，遇到的難題雖然也多，但許師傅的秘笈裡幾乎都有提到，加上她開了外掛有玉珮相助，想輸掉都困難，可這三塊原石的情況，雖然也提到過，但也只是兩個字——「莫測」。

魏清莛想，也許她能補上這個缺口。

章明看到他眼中的鬥志，心下微鬆，王莛並不是自己想的那樣無敵。

「這幾塊石頭有什麼不一樣嗎？」任武昀看到大部分人都卻步，只有少數幾個敢上前細看，連忙問魏清莛。

魏清莛指著第一塊原石說道：「你看這塊原石上的蟒帶從底部直蜿蜒向上，而上面的松花大片分布，又是藍田玉料，這樣的原石解出來要是有玉，一定是極品好玉。」

任武昀頭暈道：「那不是很好嗎？為什麼那些人連看都不敢上前看？」

「因為這個。」魏清莛蹲下點了原石底部一處地方。

任武昀低頭去看，那裡有兩、三道細細的裂痕，而那兩、三道裂痕雖然不清晰，但只要認真看就能看到它們頑強地圍了石頭一圈。

「有裂必有玉，就看裡面的玉是不是也裂掉了，裂掉了多少，要是全都裂了，那就不值什麼價了，就是再好的玉也沒用。」不過對她卻很有用，魏清莛知道，桐哥兒脖子上的那塊玉更喜歡這些裂了的玉，因為裡面靈氣更容易吸收，也很純粹。

「那妳怎麼判斷裡頭的玉有沒有裂掉？」

旁邊的人也都支起耳朵聽。

魏清莛沒有回答，而是和任武昀走到第二塊原石前。「這塊原石和那塊差不多，不過這上面的換成了蘚，比裂更讓人恐懼的是蘚，它們一旦侵入，這塊玉就沒有用處了。」

「那這塊呢，光溜溜的，什麼也沒有。」

魏清莛笑道：「這就是它的賭所在，這塊原石是黑皮的，正因為什麼也沒有，要判斷很困難，所以才會被放進來。」

魏清莛給任武昀大致解釋了一遍，見有人正搖頭晃腦地在一旁討論，而老孫頭蹙眉站在第一塊原石前，魏清莛連忙收斂心神，全身心的投入觀察中。

任武昀摸摸鼻子不再打擾她。

第一塊毛料給她很濃厚的靈氣感，整塊石頭周遭都圍滿了無色的氣體，魏清莛將手放在它上面，用心感受著那些氣體給她帶來的溫潤感覺，看著底下的三條裂，腦海中快速的閃過許師傅秘笈中關於裂的所有描述。

這三道裂雖然小，卻很深入，魏清莛以能夠夜視五百米的眼睛發誓，這些細小的裂的確是看不到盡頭的，雖然視線被石頭擋住了。

魏清莛轉身走到第二塊原石前，這塊原石給她一種很不舒服的感覺，魏清莛幾乎是第一時間就確定了那些蘚都吃進去了，可她還是仔細地將這塊毛料前前後後、左左右右都研究了一遍。

她現在可以開外掛，可她的後人可不一定，這是她打算留下來給後人的東西。

任武昀在魏清莛起身後也蹲在她的位置上看了一下，發現除了石頭還是石頭。

任武昀撇撇嘴，要是她這麼喜歡石頭，下次他到外面給她拉幾塊好看點的就是了。

魏清莛站在第三塊原石前，良久都沒有動一下。

「怎麼了？」任武昀踢踢腳下的原石。「是不是猜不出來？」

魏清莛點頭。「我的確猜不出。」她以為這塊原石裡面應該是有玉的，可開了外掛卻沒有發現外泄的靈氣，再仔細感受，周圍還是空蕩蕩的，可不知為什麼，這塊毛料就是給她很奇怪的感覺。

時間快到，周圍的人紛紛寫下自己的答案，老孫頭最後看了魏清莛一眼，也上前寫下自己的答案。

魏清莛想了想，在第一塊原石那裡寫得詳細些，第二塊那裡，想了想，還是漏了兩點要點，總不能將所有的風頭都搶了，在輪到第三塊的時候，魏清莛頓了頓，但最終還是寫下「有玉料」三個字，也僅三個字。

章明將紙條收上來，當場解開，當場宣讀。

章明抱拳道：「諸位，幾位大師會先去喝茶歇息一會兒，剩下的時間就給諸位學習學習，兩刻鐘後我們開始解石。」

圍觀的人眼中俱是一亮，有的人眼中甚至閃過狂熱，在章明話剛落下，幾人就一邊拱手道謝，一邊朝原石那裡跑去，生怕晚了就被人搶了位置。

魏清莛帶著任武昀跟在章明身後去吃點心喝茶。

章明隨意地問道：「我看王大師賭石的技藝和藍田許大師的技藝有些相似，難道王大師見過許大師？」

「的確見過，那還是我幼年的時候呢，怎麼，章公子也見過許大師？不然怎麼這麼瞭解許大師賭石的技藝？」

章明按捺住狂跳的心臟，面上平靜地笑道：「章明沒有那個榮幸，不過家中有長輩見過，還幸得許大師指點，所以對許大師的技藝瞭解一二。」

魏清莛狀似了然地點頭，不再說話。

章明咬牙，這王莛什麼時候也學得這麼聰明了？

章明笑道：「家中長輩無意中看到過王大師賭石，說王大師得許大師真傳，章明對許大師敬仰已久，只是一直無緣相見，要是王大師能為明引見……」

魏清莛吃驚地停下腳步。「章公子是在說笑嗎？我也就小的時候見過許大師一面，現在連他在哪裡都不知道，怎麼為您引見呢？不過要是章公子能見到許大師，還望章公子為我也引見引見，我很想感激當年許大師對我的點撥之恩。」

你要是能見著他才怪，不過我倒是知道他的屍體在哪裡，魂還在不在就不知道了。

章公子嘴角抽抽，他雖然很想知道許大師的消息，可也不敢問得太明顯。

老孫頭還在想著剛才魏清莛寫的那三塊原石的品相，他就坐在魏清莛的旁邊，插話道：「王公子，你是如何判斷第三塊原石的？」

「猜的。」

老孫頭不甚滿意。「猜的？王公子說笑了。」

魏清莛一本正經地道：「我從不說笑，孫老師傅，第三塊原石毫無表現，我無從判斷，只是純粹的感覺，孫老師傅又是如何判斷的？」

老孫頭沈吟道：「也是感覺。」

魏清莛嘴角一挑，賭石一途，最說不清的就是感覺。

三塊原石當場解開，當第一塊原石解出來的時候，章明就笑道：「這塊原石最後歸王大師，王大師和孫大師都猜中了出裂玉，只是王大師寫的大小更符合，恭喜王大師了。」

魏清莛笑笑，這塊原石是南疆翡翠，裡面一大塊占了原石的三分之二，全都是水頭足足的滿綠玻璃種，魏清莛想到桐哥兒脖子上的玉，心裡滿是喜悅。

只是周圍的人可不覺得他該有多喜悅，這時候大家看著玉才覺得章家老奸巨猾，這樣品相的原石拿出來，章家也不虧什麼嘛，畢竟是沒什麼價值的裂玉。

魏清莛滿心喜悅地讓人上前收拾起來，用上好的楠木盒子裝起來，連地上一塊碎玉都不放過。

章明看到他這樣的表現，目光微閃，不解地看向地上的碎玉。

第二塊原石很快被切開，解石師傅剛下第二刀就叫道：「出綠了。」

大家圍上去看，水瑩瑩的綠色直沁到人的心裡去，圍觀的人不免一喜，就是章明也忍不住喜悅。

這三塊原石都是南疆的，因為南疆開發不多，所以中原這邊有的也不多，物以稀為貴，翡翠的價值一直挺高，特別是高檔的翡翠，也是這二十幾年來國泰民安，章家費了大力氣才在南邊的原石交易中插了一腳，這三塊原石都是這十幾年來留下來的，要是這塊能出好料，說不定他能留下來，因為所有的人猜這塊原石的時候可都寫了有蘚。

章明激動的看著原石。「快解開。」

任武昀湊到魏清莛的身邊，問她。「妳想不想要？」

魏清莛搖頭。

任武昀剛想問為什麼，解石師傅的第二刀已經切下，密密麻麻的黑點就這樣呈現在毫無防備的眾人面前，就是任武昀也嚇了一跳。

這，前面還是那樣賞心悅目，怎麼一刀下去就？

魏清莛低聲道：「這就是為什麼賭石能使人暴富，但更多的是讓人從天堂跌落地獄。」

任武昀若有所思。

眾人目中都有所失望，章明愈甚，只是他情緒很少外露，所以也只是失望了一下，讓解石師傅繼續解開。

第二塊原石被判給了老孫頭。

魏清莛和老孫頭一人得了一塊，現在就剩下這最後一塊，大家看著那塊原石，氣氛有些緊張。

這最後一塊，要是旁人得了倒也罷了，可要是還是兩人中的一人……

魏清莛這幾年雖然除了賭石很少出現在眾人面前，可她在大家跟前解開的原石也不少，她賭石的能力並不遜於老孫頭，只是她從未公開叫板過，老孫頭自持身分，自然不可能站出來，所以兩人的關係一直有些微妙。

雖然魏清莛在外面的表現一直強於老孫頭，只是一來因為魏清莛是晚輩，年紀輕輕，大家下意識地就會看輕她一些，再來就是老孫頭的經歷實在是太有話頭了，大家提到老孫頭賭石的經歷總是能輕易的打開話匣子，所以老孫頭一直被人津津樂道，低調的魏清莛自然是比不上的。

只是有心人仔細觀察比較，在他們的心中，兩人的地位多多少少發生些變化。

特別是王廷日的珠寶樓一點也不遜色於老孫頭一直合作的通德銀樓，甚至隱隱有趕超的意思在裡面，魏清莛也水漲船高，章家辦的這次賭石大會，私下裡就有人開了賭局，賭誰能在這次賭石大會中壓下另一方。

章明也不知道是不是為了渲染氣氛，沒有立即解開第三塊原石，而是請大家再仔細地看一遍，解釋道：「這塊原石是十年前我家長輩從南疆帶回來的，那時我家長輩並沒看上它，只是當時的許大師看了這塊原石三遍，長輩覺得這塊原石很有意思，就給帶回來了，這十年來也沒人能說清這塊原石到底是什麼，今天既然有這麼多的能人志士前來，家父就決定請大家也來看看。」

老孫頭眼睛一亮，激動道：「這是藍田許大師看過的？」

要說這世上老孫頭還服誰，那就是這位許大師了，雖然他沒見過許大師，可許家的事他也聽說過，許家三代的結晶，自然不是他幾十年的經驗能比的。

「不錯，」章明點頭，只是有些遺憾道：「可惜許大師說他對翡翠瞭解不多，輕易不下評語，只覺得這塊原石很奇怪，這才看了三遍。」

老孫頭不禁有些後悔，他還以為這塊原石不過是一塊普通的石頭呢，看到的時候就以為是章家為了考驗大家隨便拿出來的，再加上他的確沒有一點感覺和思緒，就寫了無玉，這樣一來……

老孫頭有些陰鬱地看向魏清莛。

魏清莛卻難得的對章家另眼相看起來，她還以為章家是和老孫頭商量好了坑她呢，看老孫頭剛才的表現，這件事他的確也是不知道的。

「來，師傅，把它解開，留了十年，也是時候知道裡面到底是什麼了。」

「是。」

解石師傅一刀切下去，白花花的石頭出現，再一刀，還是白花花的石頭，直到第五刀，還是白花花的石頭，大家都有些吃驚，這許大師看中的原石竟然沒料？

老孫頭壓抑住內心的激動，雙眼發亮地看著第三塊原石。

魏清莛也有些緊張，心怦怦地跳著，緊緊地盯著地上的原石。

正如章明所說，這三塊原石都是非常毛料，而許家三代待過二十幾個玉礦，可就是沒在翡翠礦裡待過，所以書上的經驗沒有多少，要不是憑著那一絲感覺，魏清莛也不敢輕易下有玉的結論。

「咦？」解石師傅皺眉蹲在地上，不解地看著原石。

「怎麼了？」上前看的人臉上紛紛驚異的叫了一聲。

魏清莛離得近，只是王廷日囑咐過她，不要和男子走得太近，所以她沒有擠上前去。

任武昀好奇地擠進去看了一眼，對魏清莛道：「白白的，不過不像先前的石頭。」

「是白棉！」其中一人驚叫道：「我曾經解開過這樣的毛料，只是裡面什麼也沒有。」

章明看向老孫頭和魏清莛。「兩位覺得如何？是否還要繼續？」

「自然。」

老孫頭也想看看裡面的表現，在原石上畫了三條線，道：「沿著這個解開。」

解石師傅應了一聲，和另一個人快手快腳的解開，過了半會兒，三面都被解開，露出白白的白棉，足有足球般大小。

此時正是豔陽高照的時候，魏清莛目測了一下，大概是下午兩點鐘左右，大家都熱得受不了，加上這塊毛料解的時間最長，解石師傅又切了兩刀那白棉，發現裡面還是白棉，就有人不耐煩地道：「不如將它切成豆腐一樣大小，既快，也能知道裡面是否有玉。」

解石師傅抬頭去看章明，章明詢問的看向老孫頭和魏清莛。

老孫頭心中好像已經篤定裡面沒有玉般點頭，魏清莛想了想，也點頭。

這下子就好辦多了，沒有了顧忌，解石師傅一下就把剩下的原石切成了四塊，雖然不像那人說的像豆腐般大小，但也大不了多少，也就一個手掌左右。

「哎呀，竟然真的沒有玉料。」

「看來還是孫大師技高一籌。」

「王大師到底還年輕些。」

魏清莛眯著眼睛在四塊原石中來回看了一下，上前摸了摸其中兩塊，就將其中的一塊交給解石師傅，道：「切這塊試試看。」說著，在上面畫了一道線。

大家看到魏清莛的動作，議論的聲音一靜，繼而是更大聲的討論，也有人出言諷刺他，只是魏清莛全神貫注的看著解石師傅手中的原石，根本不理他們。

任武昀狠狠地瞪了對方一眼，站在魏清莛身後一步。

解石師傅照著魏清莛畫的線一刀下去，依然是白棉，看了魏清莛一眼，得到他繼續的眼神，又小心的沿著邊沿下去一刀。

解石師傅一愣，連忙拿水潑了潑，看到顯露出來的綠色，眼睛一亮。

「出綠了！」

第四十八章 戳破

此話一出，場面一靜。

章明詫異地看向王莛，見他也有些驚訝，眼中都是興奮，不知為何，稍稍地鬆了一口氣。

老孫頭面上雖然還平靜，只是眼中的得意消散了。

「在哪裡？我看看。」

「這綠色，好純正，從未見過這樣的綠色。」

「好水頭！」

「只是不知有多大……」

「料子本來就不大，有拇指般大小就不錯了。」

章明笑著示意解石師傅繼續。

解石師傅連忙加工，最後解出來的翡翠有一個鵝蛋般大小，打不了手鐲，但是做玉珮和墜子卻是綽綽有餘的。

章明摩挲著手中的翡翠，心中不捨，和在場的所有人一樣，他也沒有見過這樣水頭好又顏色純正的玉，只是這個承諾是一早就下了，本來認為最不值錢的原石竟然是最出人意料的。

在場的人都有些恍惚。

魏清莛含笑看著章明。

章明不捨地將翡翠遞給王莛，笑道：「王大師好本事。」

「不過是運氣好罷了。」魏清莛謙虛地接過他手中的翡翠，將它放進自己的袖子裡。

這塊翡翠一解出來，魏清莛就感到撲面而來的靈氣，桐哥兒前幾天正想要一塊壓衣裳的玉珮，這個出現得正好。

不過魏清莛感興趣的不是這個。

魏清莛若有所思地看著地上的那些白棉，她絲毫看不到空氣中的那些靈氣，只能微弱的靠感覺來判斷，看來是因為這些白棉了，它們應該有隔絕的功效。

要是將這些東西收起來，以後遇到好的玉石，解出來後放到白棉裡面去保存，豈不是可以讓靈氣不外泄的拿回去給桐哥兒吸收？

要知道她做的那些楠木盒子，也只是減緩靈氣外泄，但效果並不怎麼好。

「章公子，我以前從未見過這些白棉，不知我能否帶一些回去研究一下？」

「自然可以，只是我也想留下一些，所以只能給王大師一半。」章明聽魏清莛這樣一說，心思轉得極快，他雖然不知道對方要怎麼研究，但留下總是好的。

一半就一半。

魏清莛回頭給護衛使了個眼色，護衛就乖覺地上前撿，他也聰明，和章家的人交涉時，儘量選那些大的要。

「我看這塊翡翠的顏色水頭比那帝王綠還要了得，只不知該劃分到哪裡，王大師見多識廣，不知可曾見過這樣的翡翠？」章明笑著問道。

魏清莛搖頭。「我也沒見過，不過要說見多識廣，在場的人怕是沒人能及得上孫大師，不知孫大師可否見過？」

老孫頭還在想剛才的事，聞言也搖頭道：「沒有，世上早已公認帝王綠是翡翠之中最好的了，誰知今天又冒出一塊更好的？王公子，我素來喜愛收藏，不知可否割愛？我那裡有幾塊極品藍田玉，願為交換。」

魏清莛聞言不由一陣心動。

玉石街的人都知道，老孫頭是什麼玉石都喜歡收藏，王莛也是，但眾多玉當中，最愛藍田玉，特別是極品藍田玉，聽說經他手上過的極品藍田玉都被她扣下了，當中還有人取笑，去王廷日的珠寶樓買玉，什麼樣的極品玉石都好說，只這極品藍田玉，珠寶樓怕是拿不出來。

藍田玉開採歷史近千年，只藍田一個地方，即使朝廷三令五申的限制開採，但那些玉礦還是開採得差不多了，這幾年能運進京城來的藍田玉原石就已經很少了，更別說從中賭出來的玉料了，就是裡面真有玉，是極品的更少，而魏清莛的確最喜歡藍田玉。

魏清莛摸摸袖子裡的翡翠，任武昀就湊到她的耳邊道：「極品藍田玉還可再找，這塊翡翠只怕再難找到了。」

魏清莛點頭，拒絕道：「孫大師見諒，我想將這塊翡翠留給我弟弟用，不過我手上也有其他種極品玉石，要是孫大師肯交換，價碼隨孫大師出。」

孫大師失望地搖頭，拒絕了。

魏清莛有些失望，她是真心想交換的。

章明本來要開口的話就咽了回去，王莛的喜好他也知道，本來他也想拿出幾塊藍田玉和他交換的，只是他搬出了他弟弟。

和玉石街的人都知道他鍾愛藍田玉一樣，所有人都知道王莛最疼愛他的弟弟，為此，一向好脾氣好說話的王莛還為了他弟弟，當著玉石街所有人的面閹了一個男人，還當場給了王廷日一個沒臉。

玉石街魚龍混雜，其中有一個幫派叫紅幫的常在玉石街邊緣收保護費，只欺壓那些懦弱攤販及哄騙陌生的小客商。

而王莛的弟弟長得漂亮，有時會跟著王莛到玉石街來玩，又一次就碰到了洪幫的第三把手疤三，疤三喜歡漂亮的男孩，就對王莛的弟弟動手動腳起來，被王莛看見，想也不想就被一腳踹飛了。

疤三在玉石街橫慣了，加上美色誤人，想也不想就要叫人把王莛弟弟的衣服給扒了，這徹底激怒了王莛，王莛抽了匕首就要閹了他，卻被趕來的王廷日一把攔住，這一次王莛卻沒給王廷日面子，當著玉石街人的面把疤三給閹了。

與王廷日爭執起來，王莛一腳將王廷日的輪椅給踢翻了。

王莛是王廷日的堂弟，和王廷日的關係一向很好，沒人覺得他們會分開，只是那一次，王莛實在是太恐怖，當時所有人都以為兩人鬧掰了，還有人想乘機拉攏王莛。

只是到底是大家族出來的，雖然有矛盾，但也不會便宜了外人。

至少這些年下來，章明就沒看過兩人有分道揚鑣的意思。

看著王莛堅定的神情，章明有些羨慕王廷日。

章明接手家族生意多年，自然看得出王莛幾乎是不管王廷日的生意的，幾乎是一心一意的為王廷日賭石，只要給她留下極品藍田玉，只要不觸犯她弟弟的利益，好像她對所有的一切都不在乎似的。

大家在章家待了大半天，章明也知道所有人都累了，連忙宣佈這次賭石大會是魏清莛奪魁，雖然有人臉色不好看，但對王莛還算服氣。

王莛想到今天答應魏青桐出去遊湖的事情，連忙起身告辭。

章明挽留道：「……好歹留下吃個飯。」

魏清莛也覺得對不住章明，畢竟大多數人都留了下來。「章公子好意我心領了，要是其他時候我一定答應，只是我答應了我弟弟今天下去要陪他去玩，無論如何是要趕回去的。」

章明看到滿臉認真的王莛，嘴角抽抽，心中絲毫不懷疑，再一次大罵王廷日好運氣，他怎就沒有這樣一個堂弟呢？

章明不再勉強，送幾人出去，誰知王廷日正好來接他們，馬車剛到別院門口，看到魏清莛出來，眼睛在任武昀的臉上掃過，笑道：「賭石大會結束了？」

魏清莛點頭。「我奪了魁首，還得了兩塊翡翠，其中一塊是碎的，這是另一塊。」說著拿出那塊翡翠給王廷日看。

王廷日手中拿著翡翠和章明打招呼。「章公子，」轉頭卻教訓魏清莛。「怎麼也不留下吃個飯？」

「我答應桐哥兒今天回去陪他遊湖，表哥既然來了，不如就留下和章公子吃個飯吧。」一句話就把王廷日賣了。

王廷日哭笑不得，心中無奈，知道魏清莛是無心的。

章明看了一眼認真的王莛，心中的鬱氣總算消散了些，邀請王廷日道：「王公子好不容易來一趟，怎麼也要進去做做客。」

直到魏清莛進了城門，她才驚呼一聲。「糟了，剛才我表哥看到你了，你以前見過我表哥嗎？他的記性很好的，要是他認出你怎麼辦？不對，剛才你就站在我身邊，他怎麼都不問一聲呢？」

任武昀也才想起來，摸摸腦袋道：「應該不要緊吧，我們昨天才見過面。」

魏清莛的臉色就有些怪異，盯著任武昀問：「你說你們昨天才見過面？」

任武昀立馬閉緊嘴巴，眼珠子亂轉，喜哥兒好像說過不許告訴魏清莛的。

魏清莛一聯想就明白了，臉色有些難看，冷哼一聲。「合著我是白救你們了。」

任武昀臉色微變，嘟囔道：「妳是女孩子，這麼危險的事……」

魏清莛氣不順。「那我救你們的時候，你們怎麼不說我是女孩子不用我救？」她救了人，他們竟轉身就把她給賣了。

要不是顧及四皇子的身分，她用得著那麼辛苦的瞞著王廷日嗎？

任武昀很小聲地道：「那時候誰看得出妳是女孩子啊！」

聲音很小，任武昀自信就算是喜哥兒在也聽不到，只是魏清莛是誰？賭石的異能是玉珮給予她的，可耳力出眾卻是她天生的。

魏清莛冷哼一聲，面色不豫地回了書院，中途沒有和任武昀說一句話，任由他在一旁抓耳撓腮。

不久之後，四皇子幾人從十里街搬出去了，具體搬去了哪裡，魏清莛不知道，也沒問，不過很顯然，他們的新住處是王廷日安排的。

朝中對四皇子的回歸還是不知情，至少表面是這樣的，魏清莛曾私底下問過孔言措，以孔家的情報，竟然也不知道四皇子已經進京了。

既然已經戳破，魏清莛也不再管這事，讓他們雙方去較勁兒。

桐哥兒要隨孔言措出去很長的一段時間，魏清莛將東西為他準備好，囑咐他道：「姊姊不在的時候，你要聽師傅的話，要是遇到危險，保命要緊，知道了嗎？」

桐哥兒知道姊姊是讓他躲到空間裡去，這些話他從小就聽，都能背出來了，自然牢牢記住。

桐哥兒才走沒多久，書院就正式放假，魏家來接他們幾個回去，桐哥兒是和孔言措走了，魏清莛乾脆去求秦山長給她找了一個理由留在書院，免得還要回去看到魏家人。

魏清莛拿了一個小盒子給阿蘿。「這些銀票妳貼身藏好，明天是妳回家的日子，妳把它交給妳爹，讓他們搬到十里街去，不要張揚，也不要說我是他們的主子，開一個雜貨鋪子，這件事情我和妳爹說過了，他知道怎麼辦的。」

阿蘿緊張的拿過盒子。「姑娘，那以後我也不能回去看我爹娘了嗎？」

魏清莛看著她漸漸長開的面容，道：「妳現在長得越來越像妳娘了，回頭我讓人把妳贖出去，妳娘正好需要人照顧。」

「我，我捨不得姑娘。」

魏清莛笑道：「我又不是不去看你們，你們要好好看著雜貨鋪，那可是我和桐哥兒的退路呢。」

阿蘿狠狠地點頭。「姑娘放心，我爹和我哥哥很能幹的。」

魏清莛點頭。

這是一條退路，可她如果不離開魏家，那麼就要走另一條路，最好裡面有自己的靠山，這是表哥說的。

在魏家，能與魏清莛合作的只有三房。

小吳氏畢竟是魏志揚的人，魏清芍姊弟更是魏志揚的兒女，他們現在可以相互利用，卻不是合作的好對象。

魏清莛比較粗心，若不是王廷日提及，她根本就不會深思。「那些我倒掉的飯菜裡，時常出現的肉菜是他的傑作？我還以為是閔婆子呢。」

「閔婆子生活困難，偶爾為之還好，但如此的固定很顯然不可能，而且他做的不只這些。」

「他為什麼要幫我們？」

「魏志立是庶子，當年還未出生他的庶母就被送到了田莊，一直在田莊裡長到六歲才被吳氏接回魏家，之後一直被打壓，直到他八歲的時候姑姑嫁進魏家，他的日子才好過些。我打聽到，姑姑幾乎是當他兒子養大的，他也聰慧，十二歲考了童生，十六歲考上秀才，十九歲又做了舉人，他的親事也是姑姑給說的，只是可惜，他第二年參加春闈的時候卻生病了，再等三年，姑姑又出事了，之後他再也沒有再考試，而是在家裡管理庶務，我得到的消息是，他的聰慧並不亞於魏志揚。」

「用一個舉人來管理庶務？吳氏也就罷了，魏老太爺竟然也願意？」

「這就是我要說的了，我聽說，當年他為了妳和桐哥兒與魏家鬧了一頓，之後不知出了什麼事，反正他表面是順從了。」

「表面？」

王廷日點頭。「魏志立對姑姑的感情比對魏家的感情還要深，這也是魏老太爺默認吳氏做法的原因。莛姊兒，魏志立性子有些軟弱，但好在此人心性堅定，只要培養得好，以後他就是你們在魏家的靠山。」

王廷日拿出兩冊書，道：「這是我父親早年的批註，妳拿去給他，讓他好好溫習，要是我沒猜錯，今年冬天當今可能要加恩科。」

「是因為北地大捷嗎？」

王廷日點頭。

「會不會來不及？」

「妳以為這幾年他只是管理庶務嗎？」

魏清莛嘆了一口氣，不明白他們的腦袋到底是什麼構造。

第四十九章　幫助

魏清莛拿走了那幾本書，一直想尋個機會送給三老爺，只是都找不到機會。表哥說過，魏志立的事最好是出其不意，不然只怕魏家的人會阻攔。

魏清莛終於在一次午後散步中「碰到」了魏志立。

魏清莛發現魏志立看到她時，眼裡閃過極快的亮光，要不是她感覺靈敏，她幾乎察覺不到他看她的那股柔意，以為他只是和所有魏家人一樣的漠視。

魏清莛帶的都是自己的人，她看了一眼魏志立身邊的小廝，行禮道：「三叔。」

「莛姊兒這是散步嗎？」

「是啊，來走走消食，我看這邊的花長得很好看，就過來看看，三叔，這是牡丹吧？」魏清莛指著一簇簇的花問道。

三老爺一愣，笑著搖頭道：「這不是牡丹，這是芍藥，不過牡丹和芍藥本來就長得像，妳不認得也平常。」三老爺雖然這樣說，心裡還是忍不住的難過，腦海中閃現一個青衣女子笑著給他細數花壇裡的花。

莛姊兒本來應該和她的母親一樣高雅多才的……

「哦？我看著沒有什麼區別呀？我們書院有一個花壇，裡面種的全是牡丹，我看它們長得一樣，以為也是牡丹呢。」

三老爺強壓下自己的情緒，走到她身邊，指著那些花跟她說它們的區別，這些以前都是大嫂教他的，現在換他教她的女兒。

魏清莛一路問下來，兩個人漸漸走到了一座假山後。

阿桔笑著上前和三老爺的小廝搭話，這在內院並不少見，內院的丫頭們不能出去，就時常託了婆子和小廝幫忙買東西，所以大家見面搭話很正常。

魏志立笑著看她，溫聲問道：「莛姊兒有什麼話要和叔父說嗎？」

魏清莛點頭，從懷裡拿出兩本冊子遞給他。

魏志立疑惑的接過，翻看了看，頓時臉色微變，詫異地看向魏清莛。

魏清莛低著頭道：「母親說過三叔的才華不下父親，以後必定比父親更有出息，您有抱負，不應該只是在家裡打理庶務。」

魏志立眼睛微濕。「莛姊兒，還記得妳母親說過的話？」

魏清莛自然記不住了，她只能記住一些零星的片段，這些都是王廷日和她說的，但這不妨礙她說謊。

魏清莛很誠懇地點頭。「三叔不應該忘記自己的理想。」

這句話真的是她杜撰的，可魏志立卻一瞬間迸發出強烈的情緒，重重地說道：「妳說的沒錯，叔父不應該忘記那些理想，那些，也是妳母親的理想。」

魏志立沒有懷疑，因為王氏就不止一次的在他面前說過他遠勝他大哥的話，他的理想也是受王氏的影響的，對魏志立來說，王氏不僅是他的嫂子，還充當著母親和父親的角色。

魏清莛心滿意足地回去。

魏志立懷揣著兩本書，一回到自己的院子就躲進了書房，他這幾年一直沒有放下書本，所以他一看就明白了其中的價值，知道這是王氏大哥的批註，魏志立珍惜無比。

之後魏志立除了處理庶務，一直窩在書房裡看書，區氏並沒有察覺到異常，畢竟平時魏志立就是喜歡在書房裡寫寫畫畫的。

只是她不懷疑，別人卻有些疑慮。

魏志立和魏清莛在花園裡見面，不僅吳氏、魏志揚知道了，就連魏老太爺也知道了，幾人都還沒忘記魏志立當初的立場，連忙派人去打聽，但是當時兩人站的地方附近本來就沒人，那時別人也不太注意，所以沒人知道他們說了什麼（小廝說是說花，只是沒人相信）。

知道魏志立一如既往的在書房和店鋪兩者之間廝混，幾人也沒放鬆下來，一直緊盯著秋冷院和魏志立。

任武昀和竇容的傷勢好轉，他們也不好藏得太久，於是，幾人公開現身在京中，特意將自己弄得很狼狽。

四皇子受傷回朝，得知竟然是在回程途中遭襲，當今頓時大怒，派出不少大臣調查。

而回鶻使節來簽訂和平停戰協議的時間也敲定了，正是十月，聽說這次來的使節中有一位王子和一位公主，不出意外的話，這位公主就是和親人選了。

和回鶻多年的戰事總算是告一段落，至少表面上皇上很開心，大臣們很開心，後宮的娘娘們也很開心，而老百姓們是真的很開心。

只是短短的十天，宮中、外頭權貴就舉辦了不少歡慶儀式，就是老百姓也拿著鞭炮在家門口放了個響，四皇子的聲望蹭蹭地往上漲，他在北地的功績也被人拿出來津津樂道。

隨著四皇子的出名，有人隱隱約約地提起當年那個驚采絕豔卻早亡的太子殿下，他們可是同胞兄弟。

王廷日第一個得到消息，他沒有任何猶豫地將這件事告訴了四皇子。

在這時候提起太子，那些人的險惡用心用腳趾頭想都知道，太子是因為造反而畏罪自盡的，這時候無非是讓當今想起此事。就算四皇子剛獲得聖恩，當今心裡也肯定會有疙瘩。

要是他們透過別的事情打擊四皇子，王廷日說不定還真的會袖手旁觀殺殺他的傲氣，順便衡量一下對方的實力。

可他們偏偏選了這件事。

太子謀反事件，受到最大傷害的除了太子，就是王家了，王家為此付出了六條生命，每一個人，都是王廷日的至親。

他的腳步才在京城站穩，一旦由此及彼，他和魏清莛多年的努力可能就會毀於一旦。

四皇子臉色蠟黃的坐在椅子上，沈聲道：「竇容，這件事你去做，我要他們偷雞不成蝕把米。」

「嗯，回去我就安排。」竇容左右看看，問道：「怎麼阿昀沒有來？」

四皇子臉上有了笑意，道：「聽說他和家裡吵了一架，正被外祖母關在家裡呢。」

「他怎麼才一回來就和人吵上了？」

四皇子就嘆了一口氣，想到多年前任武昀的計劃，又想到前段時間他和魏清莛相處的場景，嘆道：「想來你也猜到了，那位魏姑娘是外祖母娉給小舅舅的，當年小舅舅離開之前曾經去魏家見過她，看她處境艱難，就給家裡寫信讓家裡多照顧他們姊弟。」

四皇子一直管著任武昀的往來書信，有時候還是他給代筆的，自然知道他和家裡的往來信件，當年外祖母答應得好好的，甚至小舅舅癡心妄想讓外祖母接魏清莛去王府住的時候，外祖母也沒有回信斥責。

這就是同意的信號。

當時四皇子還覺得外祖母怎麼突然轉性了，可現在看來外祖母不僅沒將人接回來，甚至都沒有派人去問候過。

四皇子心中說不出的失望，外祖母似乎不大喜歡這門親事。

他向來是個多疑的人，身邊除了小舅舅，也就是竇容可信，因為小舅舅心粗，他還害怕他會洩漏他們之間的事，所以對他身邊的人盤查得尤其嚴格，當時他一回來，見魏清莛竟有那樣的本事，第一時間就讓人將她這幾年的作為查得清清楚楚了。

她的日子的確很難過，特別是開始的兩年，她不僅要養活自己和弟弟，甚至還要擔負起王廷日一家的大部分開銷，想想那時候她才幾歲？

要是她只是別人，四皇子也就在心裡佩服憐惜一把，可偏偏她是王公的外孫女，她母親的死和他哥哥有間接的關係，她如今的生活更是與他們有關，所以，他的心中還有愧疚。

他忍不住想，如果外祖母肯派個人到魏家去看看，是不是一切都會不一樣。

「回頭你勸勸小舅舅吧，他的脾氣這麼多年來都沒有改，這幾年在邊關更是活得自由歡快，只怕一時還不能適應京城的生活，我現在還不能出宮，你就多看看他。」

竇容自然應下。

而此時，任武昀正滿臉寒霜的坐在平南王的下首，倔強地看著自己的母親。

太妃扶額道：「我不派人去自然有我的想法，當初我就和你說過，你和她的親事是私底下定的，要是被發現了，只怕魏家會迫不及待地攪和掉，其他人也會對她有敵意，到時不是給她添麻煩嗎？」

「真的？」

太妃點頭保證道：「自然是真的。」

任武昀的面色這才好些，起身揮手道：「那娘，我先去宮裡看看姊姊和喜哥兒了。」

太妃點頭。「去吧，你大姊也多年不見你了，在裡頭陪她好好說說話。」

任武昀風一般地離開了。

太妃看著他的身影就有些惆悵，對平南王道：「以後你們兄弟要多多看顧他，可不能養成你父親那個性子。」瞻前不顧後，完全就是一個蠢貨。

「娘放心，小弟重情重義……」平南王幾乎要咬斷自己的舌頭，小弟重情重義，難道父王是薄情寡義？

太妃又嘆了一口氣。「你也是個老實的……」

這話說的。

皇后看到弟弟，忍不住將他拉到身邊，任武昀一點也沒有害羞的感覺，興高采烈地和她說起邊關的事，比在平南王府活潑上了不止一個臺階。

任武昀和四皇子只相差一個月，那時平南王府正亂著，太妃沒時間照看他，直接就將人甩給了皇后照看，他在宮裡一待就是五年，就算是以後出宮也是天天往宮裡跑，相對於太妃，皇后更像是他的母親。

「……我一箭就把他射趴了。」

「你一箭把誰射趴了？」皇上箭步進來，見任武昀正坐在榻上，手誇張地比劃著，臉上的笑意更盛。「回來了也不知道去見朕，怎麼，和姊夫生分了？」

「皇上來了。」皇后起身相迎。

任武昀起身行禮。

皇上揮手道：「行了，以前可不見你這麼多禮，剛才說的是什麼？」

任武昀的確不太習慣，見皇上問頓時眉飛色舞起來。「說的是我勇射鐵塔木的事，只可惜沒一箭把他射死。」

「哦？這件事我聽過，那鐵塔木可是回鶻的第一勇士，你能一箭射穿他的肩膀已是不錯了。」

「這有什麼，要是她來射，說不定能射穿他的腦袋呢，這樣他就回不到草原了。」任武昀想到魏清莛的箭法嘟囔了一下。

「哦？是誰有這樣的本事，竟能叫你服他？」

「誰說我服她了？」任武昀頓時跳起來，嚷道：「她也就箭術比我還厲害些，可其他的就不行了，騎馬比不過我，又不會武功，腳程上更不用說了，也就只能射箭而已。」

「他怎麼只學了箭術？」

任武昀揮手道：「她沒學啊，打獵練出來的箭法而已，只可惜我也只在林子裡見過一次，後來我要她和我比試，她卻怎麼也不肯再開弓了。」

皇上頓時了然，看來是在邊關遇到的獵戶。

「既然對方不願意，那你也就不要勉強了，好歹你也是本朝的大將軍啊。」

「喜哥兒也是這麼說的。」

任武昀和皇上相談甚歡，他也算是皇上帶大的，所以皇上對他很有感情，加上瞭解他的為人，這一個下午被他逗得哈哈大笑，晚上乾脆就在皇后這裡用餐歇下了。

四皇子得到消息，搖頭笑道：「真是傻人有傻福。」

這句話誠不欺他，傻人任武昀的日子過得是風生水起，好幾次要不是四皇子攔著，他就要去找魏清莛玩了。

而恩科的事情卻已經定下了，皇帝頒布詔令，為慶祝戰爭平息，明年春天開恩科。

三老爺得到開恩科的確切消息鬆了一口氣，之後看書更加用功，為了不被主屋那邊發現，三老爺找了妻子坦白。

「你要參加恩科？」區氏激動地站起來。

三老爺點點頭。

區氏興奮地走來走去。「太好了、太好了，老爺，你終於想通了。」

三老爺嘆了一口氣。「這件事妳不要透露出去，為我安排好了，院子裡的丫頭婆子和小廝都不得出去亂說，在我沒有從考場裡出來之前，不能讓家裡的任何人知道。」

「為什麼？這不是喜事嗎？」區氏很疑惑。

「妳以為我這麼多年不下場是因為我無心科舉嗎？」

區氏臉上蒼白。「老太爺，是老太爺不讓您入仕？為什麼呀？你入仕，咱魏家不是多了一個幫手嗎？」

「這件事妳別問了，總之聽我的，這次要是不成，下次再要進場怕是困難了。」

區氏眼裡閃過狠戾。「老爺你放心，家裡我一定安排好來，你只管安安心心地看書。」

三老爺滿意地點頭，當初嫂子為他聘區氏就是因為區氏雖然不夠聰明，但夠聽話，而且當家理事也算過關，嫂子說過，區氏雖不是大善之人，但也不是大惡之人，這就是個平凡的女子，偶有善心。

這樣的女子愛丈夫，疼愛子女，雖然有些自私，卻不會主動害人，配他，最好。

這幾年，他和區氏的確過得很好。

第五十章　相遇

耿少紅這段時間一直有些悶悶不樂，魏清莛問了好久，她才情緒低落道：「我爹來了。」

魏清莛挑眉，耿世子是屬於那種「風流倜儻」的人物，雖說了風流，在魏清莛看來，完全算得上是下流了。

這個男人號稱溫柔雅致，喜歡的女子不是弱柳扶風就是琴棋書畫皆通的女子，不拘她是良家女子還是青樓女子，不能納回家的，就在外頭買房安置，再不行的就包養下來，過段時間給一筆錢了結就是了。

秦氏一向豪爽大氣，琴棋書畫倒是都會，可她又不靠這個吃飯，每天還要管理家務，又要伺候耿世子的娘，剩下的時間還要和兒女們聯絡感情，吃飯睡覺的時間都快擠沒了，誰還有心思去弄這個？加上先入為主的觀念，耿世子一直不喜歡秦氏。

耿少紅心疼母親，自然不喜歡父親。

耿少紅擦乾眼淚，挽著魏清莛的手道：「只有妳能理解我，以後我有心事就和妳說，對了，妳見過溫姨了嗎？」

「是鎮國公府的世子夫人嗎？」

「對，就是她，昨天她來我家了，她和我娘躲在房間裡說話，我偷偷聽了兩耳朵，好像是她想和我家結親。」

「她有一子一女，她是看中了妳姊姊還是妳哥哥？」

「我姊姊，聽說她兒子竇容很厲害，十二歲就和四皇子去了邊疆，這次回來竟然還要參加恩科，我聽我娘的意思，好像她也挺滿意的，只是……」

魏清莛看她。

「只是我大姊的婚事恐怕我娘做不了主。」

魏清莛皺眉。「秦姨是她母親，難道妳祖母還能越過她給妳姊姊說親？」

「父親肯定站在祖母那邊，關鍵是，她也一定會聽祖母的，而不聽我娘的，從小就是這樣……」祖母不喜歡母親，平日就多有為難，姊姊又是在祖母跟前長大的，跟祖母最親近，甚至被祖母教養得與母親不親，母親覺得竇家好，只怕祖母未必看得上竇家。

耿少紅的心有些憂愁。

魏清莛不再說話，心裡有些淡淡的傷感，難怪秦氏這麼多年都不能親自來看她，看來耿家不是一般的麻煩啊。

魏清莛不太喜歡溫氏，可這不影響她欣賞竇容，和四皇子一行人相處的時候，就只有竇容最對她的胃口，因為曾經，這就是她幻想的對象啊。

溫文儒雅，品格高尚，博學多才，長得還好，不僅文成，手上的功夫也沒落下，至少能在逃跑中保命，要是再在感情上有潔癖，那簡直就是神人了，在現代社會，這樣的男人屬於絕種。

不過表哥說過，男人，在沒有受到足夠的誘惑之前都是不可信的，所以竇容的優秀有一小半是魏清莛幻想出來的，但這並不妨礙她欣賞。

臨走前魏清莛說了一句。「竇容此人不錯。」

耿少紅回去將這句話告訴了秦氏。

秦氏想要和竇家結親的心思更深，想了想，她寫了一封信給耿伯爺。

她的婆婆雖然能壓制她，可在耿家，還有公公能壓制住婆婆，秦氏和王氏是在王公跟前長大的，她的能力遠超耿世子，她知道怎樣說可以讓公公心動。

將給耿伯爺的信發了出去，秦氏讓嬤嬤下去打探，聽說三天後禮部尚書家壽宴竇容會出席，秦氏打算到時去看看，要是人品沒問題，婚事就可以提上日程了，而竇容以前的事還要公公去查探。秦氏給耿伯爺寫信可不是單純的提這門婚事，而是說竇家有意和他們家結親，她拜託公公仔細地查查竇容此人。

耿伯爺收到信後就讓人去辦了，得到的消息幾乎都是正面的，耿伯爺不免嘀咕，就傳信讓秦氏再等等，看看那個後生再說。

秦氏想想耿少丹也不過才及笄，也不急，就暫時不提，不僅告誡了身邊的人，還把耿少紅叫過去囑咐了一番，秦氏點著她的鼻子道：「妳以為我不知道妳在外面偷聽啊，以後可不許這樣了，這件事先不告訴妳姊姊，等確切之後再和她說。」

耿少紅只好應下。

只是此時的耿少丹已經情竇初開……

京城十里長亭那裡，任武昀遠遠的看到一隊馬車，就飛奔過去，邊跑邊大叫道：「二哥，二哥！」

任武昀「唰」地掀開簾子，看到任武昀哈哈一笑。「昀哥兒回來了！」

任武昀刺溜一聲滑進車子裡，看到多年不見的二哥，難得的紅了眼。「二哥，我給你寫了那麼多信，你怎麼都不給我回一封呀？」

任武昀嘴角的笑容忍不住一僵，繼而笑著揉揉他的頭髮。「都是大人了，還這樣胡攪蠻纏，家裡不是每個月都給你送信嗎？還要二哥單獨給你寫信幹麼？」

任武昀左右看看，就對上一個少年的眼睛，任武昀嘻嘻一笑，一把將他抱起來，笑道：「這是金哥兒吧，都長這麼大了，還認得小叔不？」

任武昀和金哥兒的臉都綠了，任武昀一把將兒子搶過來安坐在旁邊，道：「你也就比金哥兒大七歲，當年你走的時候他都五歲了怎麼會不知道，而且他現在都十二歲了，你還這樣抱來抱去的。」

任武昀撇撇嘴，不在意的道：「那又怎麼樣？我是叔叔，叔叔抱侄兒天經地義。」

「小叔說得對，叔叔抱侄兒，哥哥抱弟弟，都是天經地義的事。」說著，金哥兒的眼睛看向父親。

任武昀學著任武昀的樣子揉亂金哥兒的頭髮，道：「你這小子學什麼不好，偏偏學你爹這拐彎抹角的毛病。」

這下任武晛的臉色是徹底黑了，金哥兒掩著嘴躲在一旁笑。

這邊其樂融融，耿家卻氣氛凝滯。

秦氏忍了又忍，還是忍不住將手中的信紙扔到耿少丹臉上。「這就是妳的教養，這就是妳在妳祖母跟前學到的規矩？」

耿少丹臉色微白，一直帶在臉上的笑容消失了，只是倔強的看著母親。「祖母已經答應我了，她說她會親自來京提親……」

「提親？妳見有誰是女方先提親的？」秦氏怒不可遏。「我教妳的都忘了？上趕著有什麼好買賣？妳這樣急切的叫妳祖母進京，只會讓人瞧不起妳。」

耿少丹不語。

秦氏覺得滿心疲憊，只是到底是自己的女兒，口氣中不由帶了些祈求。「丹姊兒，母親是為妳好，我雖沒有見過陶拓，可陶家是以武傳家，他竟然連武試都不及格，可見此人好高鶩遠，不是良配……」

「他不喜歡舞刀弄槍的，只喜歡文墨有什麼不對？他的才華在書院也是出名的，和曾昭德等人合稱岷山十傑，母親，現在天下太平，文官向來就比武官尊貴。」

「我沒說文官不好，我是說他人品不好，好，就算他人品俱佳，可我還沒見過他，妳連家裡人都不說一聲，怎能？」

「母親，他人品沒問題的，」耿少丹臉色微紅，忍著羞意道：「我們同學相聚時曾見過面，觀他談聞，並不是貓鼠之輩。」

秦氏更氣。「總之，我沒確定之前，妳祖母不能進京，不然……」

「母親就是不想我嫁給他，而是想把我嫁給竇家，是不是？」耿少丹突然激動起來。

秦氏默了片刻，平靜地看了女兒半晌，問道：「因此，妳才寫信叫妳祖母進京，因此，妳才把這個東西給我看，是嗎？」

耿少丹倔強道：「如果我不這樣做，母親會停下和竇家的婚事嗎？」說罷，轉身就走。

良久，秦氏才喃喃道：「妳沒問過我，怎知我不會？」

秦氏被耿少丹傷透了心，躲在屋裡哭了一場，就出門去打探陶拓的為人。

秦山長只給了陶拓一句評語。「文章詩詞還可。」

秦氏臉上的神色暗了幾分。

坐在回程的馬車上，貼身的嬤嬤安慰道：「夫人，您上頭還有伯爺呢。」

「強扭的瓜不甜，她不樂意，到最後不僅會害了她，也會害了竇容的。」秦氏滿心的惆悵。「只希望那陶拓人品還過得去。」

這句話說的很沒有底氣，能在婚前做出私相授受的事來，還引誘大姑娘主動提起婚事，這樣的男子又有多好呢？

「車上是了然居士吧？」

秦氏身子一僵，這是她年輕時在書院裡取的雅號，她有些激動地撩開簾子，看到馬車下那個溫潤如玉的人，秦氏眼眶一熱。「任二哥……」

秦氏看向陸氏，笑道：「陸姊姊。」

「秦妹妹，」陸氏見她眼眶微紅，就體貼的提議道：「我們不如到狀元樓去說吧。」

秦氏點頭，和兩人一起上了狀元樓。

任武晛笑道：「多年不回京城，書院路竟然開起這樣一家酒樓，聽說這裡很受學子歡迎，今兒我也來嚐一嚐。」

「任二哥和陸姊姊是什麼時候回來的？也不給我們發給帖子。」

「回來有一段時日了，只是他成天忙著進宮，我又要準備金哥兒考學的事，這才一直沒給京裡的人下帖子，沒想到妳也回京了。」

「金哥兒也要進書院了嗎？」秦氏想了一下，遲疑道：「那孩子有十二歲了吧？」

「是啊，正是十二歲呢，已經是個半大的小夥子了，今天我們就是送他來書院的。」陸氏見她說起兒子，高興地和她談起孩子的事。

得知秦氏的三個孩子都在書院讀書，高興道：「這下金哥兒有伴了。」

秦氏就笑道：「不僅是我那三個孩子，三娘的孩子也在書院裡呢。」

任武晛拿著茶杯的手一僵，陸氏已問道：「是莛姊兒和桐哥兒？」

秦氏見了不免微嘆，點點頭。「正是他們，現在桐哥兒拜在孔言措門下。」

任武晛見秦氏一個勁兒的拿眼睛去看陸氏，知道她們有話要說，就起身道：「妳們先在這兒坐著，我下去買些滷肉火燒，好幾年不曾吃過老劉的滷肉火燒了。」

任武晛離開後，秦氏也假裝不下去，強笑地問道：「陸姊姊，你們這幾年過得如何？」

陸氏也不瞞她。「他對我很好，只是心裡難忘三娘，不過我知道我現在在他心裡也有了一席之地，如今這個局面我已經很滿足了，我相信，以後我在他心裡會更重要的。」

秦氏心裡一時為她慶幸，一時又為三娘難過，想到自己，更是酸楚，哽咽道：「你們都過得好就好……」

陸氏抱住她。「他要是做得太過，我讓武晛去收拾他，別以為王家落難了，妳就沒了娘家。」

秦氏抱著她哭，這幾年她不是沒後悔過，想著，她當年要是任性一些，就由舅母給自己退了耿家這門親事，就算是不被孔家接受，也好過現在這種行屍走肉似的生活。

那時舅母就告誡過自己，日子過得好不好如人飲水冷暖自知，不必太過在意別人的看法，可笑她就是看不透。

秦氏擦乾眼淚，道：「陸姊姊，我叫妳，是有事拜託妳，我想請妳幫我打聽一下安北王陶家的情況。」

沒有誰比同為四王之一的任家更瞭解安北王陶家了。

第五十一章 打虎

躁熱的夏天還遺留下一個尾巴，書院就開學了。

魏清莛、桐哥兒和耿少紅早早就跑來報名了，陳燕比他們還要早一些，因此現在倒空閒下來，四人就相約著一起上岷山來打獵。

書院裡人來車往，因為人多熱鬧，倒顯得後面的岷山很安靜了，耿少紅一箭射出去，又狠又不準，一下子就射到樹上拔不下來了。

她氣得將弓扔在地上。「我射靶子的時候明明很準的。」

「那怎麼一樣？這是活靶，我也沒有射中過呀！」陳燕安慰她。

魏清莛跑上前去用力將箭拔出來，遞給她。

耿少紅不理解道：「妳幹麼一定要把箭拔出來？」

「一枝箭就是一錢銀子，妳們要愛惜箭，我射出去的箭，只要能找回來都要找回來的，我覺得要靠妳們是不可能了，桐哥兒還等著我的野雞肉和野兔子肉呢，妳們跟在我身後吧。」

耿少紅忍不住嘟囔。「野雞肉有什麼好吃的，這麼柴。」

魏清莛停了一下，道：「妳說得對，等一下我們拿著野雞去換家雞吧，我也有好長一段時間沒吃家雞了。」

陳燕噗哧一聲笑出來，耿少紅鼓著臉不說話。

魏青桐才回來，魏清莛的全部心神都要叫他吸引過去了。

魏清莛已經快走兩步，搭弓射箭，一隻兔子就可憐的掙扎了兩下，死了。

而在樹林的更深處，金哥兒正拿著弓箭緊張地看著鹿群，任武昀叼著草看了看，指著其中一隻公鹿道：「那隻夠肥，就是牠了，等一下鹿群開始散的時候就開始。」

金哥兒緊張地點頭。

今日是他報名入學的日子，不過他不耐煩在下面等，就把事情交給了父母，然後跟著小叔叔到岷山來打獵，這可是他第一次獵鹿呢。

鹿群喝夠了水，正慢慢散去，任武昀還在計算著時間，箭才拿起來，金哥兒一緊張就把箭射了出去，射出去就算了，還射到了土裡，鹿群一驚，紛紛四散開去。

任武昀罵了一聲。「真笨。」箭就離弦，也只射中了那隻鹿的一條腿，鹿掙扎著跑進密林中，任武昀想也不想的對金哥兒道：「在這兒躲著。」一語未了，緊追上去。

金哥兒會聽話嗎？答案是否定的，不過是個十二歲的少年，面前又有這麼多的獵物，怎麼可能乖乖聽話？

金哥兒朝一隻鹿射了過去，見箭插在鹿的身上，雖然力道不深，但也深深地鼓勵了他。

金哥兒「咻咻」地往外射箭，有的箭就直接射進了叢林裡，等金哥兒發現不對的時候，除了那隻他射中的鹿，其他的都像遇到了天敵一樣發狂地奔走，而那隻鹿卻被嚇著了似地跪在地上。

金哥兒覺得發寒，小心的朝鹿的身後看去，一隻吊睛白毛虎就緊緊的盯著他看，金哥兒頓時覺得呼吸都停了下來，他手腳發冷，呆愣愣的看著那隻老虎。

老虎低低地叫了兩聲，金哥兒才回過神來，小心地後退，手發顫的捏緊弓箭，他在想，是跑得快些，還是喊救命快些？

就在老虎動的那一刻，金哥兒一邊撒腿往後跑，一邊喊道：「小叔救命啊——」

魏清莛停下腳步，疑惑地側耳聽了聽，繼而面色大變，一手拉住一人飛快的朝後跑去。

「快跑，有老虎。」

「啊？」

陳燕和耿少紅驚叫一聲，連忙跟上魏清莛的腳步。

魏清莛聽到後面明顯是少年的救命聲，跺了跺腳，道：「妳們快下山，老虎不會追下來的。」

「可是妳……」

魏清莛可來不及和她們囉嗦，邊往裡面跑邊喊道：「妳們進來也只能給我添麻煩！」

陳燕拉住耿少紅。「我們快下去找人。」

金哥兒在地上滾了一圈，躲開老虎的爪子，見老虎如閒庭漫步般向他走來，他覺得自己死定了……

任武昀好容易將鹿弄死，還來不及高興，就聽到侄子的叫聲，又聽到老虎的吼聲，臉色一白，顧不得地上的鹿，飛奔向金哥兒所在的地方……

魏清莛見那個少年傻呆呆地愣在地上，氣得想用腳踩他，顧不得風度，吼道：「還不快跑！」抽箭搭弓，瞄準了白虎的脖子射出，對方甩了一下脖子，箭擦著白虎的脖子射出，但也為金哥兒爭取了一些時間。

金哥兒被魏清莛的吼聲嚇醒，臉色蒼白地看了一眼暴怒的老虎，向外爬了兩步，這才站起來踉蹌地往外跑。

白虎被脖子上的傷弄得煩躁無比，牠不再理會離牠最近的金哥兒，反而跳向魏清莛。

魏清莛快速地朝另一個方向逃走，暗暗咬牙，這隻老虎的反應速度真快，剛才那箭她是瞄準了牠的脖子，誰知道牠甩了一下頭，那箭雖然也射穿了牠，卻並不十分嚴重，只是在脖子上靠近表皮開了個血窟窿，只是這樣也足夠牠憤怒了。

魏清莛見白虎就要追上，一個轉彎，躲到一棵大樹後，白虎反應不及，直接撞到樹上，被反彈到地上滾了兩圈。

此時魏清莛已經站在稍高處，快速地抽箭，搭弓，射箭。

白虎才一回頭找到魏清莛站立的地方，就被箭射穿了脖子，這下正中當中。

白虎瞪大了眼睛，頂著箭朝魏清莛撲過去……

魏清莛狼狽地滾到一邊，被虎爪的餘波掃到，胸口悶疼，心中忍不住暗罵——這隻老虎還真是打不死的小強，都射到脖子了，怎麼還不死？

白虎的動作越大，脖子上的血流得越快，可就算是這樣，近身的時候，魏清莛也不可能躲得過白虎，在第三次被白虎掃到的樹木砸到，小腿可能被打折的情況下，魏清莛終於咬牙扔掉手中的弓箭，快速地從褲腿處拔出一把削鐵如泥的匕首，飛躍到白虎身上，抱住牠的脖子，一刀插入牠的脖子……

白虎衝天吼了一聲，就背朝大樹撞去，魏清莛顧不得抱緊，只用雙腿用力的夾著白虎，雙手舉著匕首又插了下去，還在裡面轉了一下，白虎吃痛，中途掉落，魏清莛這才沒有被撞到樹上，不然，只那一下，她必死無疑。

白虎躺在地上，還有微弱的氣息，發出低低的哀鳴聲，魏清莛整個人趴在白虎身上，連動一下手指的力氣都沒有了，只是她還是緊緊地握著手中的匕首，只待白虎一動就繼續……

只是可能白虎一摔下來也沒了可以再爬起來的勇氣，牠就這樣趴在地上，漸漸地閉上眼睛……

任武昀找到跌跌撞撞往南邊跑的金哥兒。「你怎麼了？怎麼跑到這裡來了？」

「小叔，快去救人，那人把老虎引走了，我聽到老虎的聲音，就在那邊。」金哥兒把任武昀當成了救命稻草，想到那人不比他大多少的樣子，忍不住哭出聲來。

「你在這兒待著，別過來。」任武昀丟下金哥兒，照著他指的方向跑過去……

而此時，驚慌失措的陳燕和耿少紅正好在山腳下遇上要到後山遊玩的同學，知道有老虎傷人，幾個膽子大的同學就跟著兩人跑上山去，剩下的人繼續回學校找人來幫忙。

一行人剛上山就聽到南面傳來激烈的聲響，幾人對視一眼，丟下明顯拖後腿的陳燕和耿少紅，快速地朝那方向跑去……

任武昀最先看到趴在白虎身上的魏清莛，臉色微變，連忙要上前扶起她，聽到右邊傳來聲響，就警惕地拿起弓箭。

「哎，別射，我們是人，是岷山書院的學生。」幾個十七、八歲的少年跑出來，看到被血染透了的白虎，再看到白虎脖子上的箭和匕首，驚嘆道：「好身手！」

任武昀已經抱起魏清莛。

幾人也正要過來瞻仰英雄的英姿，就對上魏清莛冷冽的眼睛，嚇了一跳，幾個少年訕訕地笑道：「英雄醒了？」

「我一直醒著。」魏清莛淡淡地道，回頭看向任武昀，微微皺眉，剛要問他為什麼會在這裡，任武昀後面就傳來一聲哭聲——

「小叔，他怎麼樣了？」金哥兒見任武昀抱著人不動，以為救他的人出了什麼事，跌跌撞撞地跑過來，看到魏清莛瞪著大眼睛看他，破涕為笑。「原來恩人還活著呀，嚇我一跳。」

金哥兒說話快，任武昀根本就來不及阻止，對上魏清莛惱怒的眼睛，任武昀就呵呵笑道：「真是巧啊！」

「是啊，真是巧啊，你們任家的人真能惹事。」魏清莛覺得自己的腿斷了，本來想叫任武昀揹她下去的，不過在看到現場這麼多人後，魏清莛一把推開任武昀，道：「去做個擔架抬我下去。」

「哪用這麼麻煩？兄弟，我揹你下去好了，剩下的人就抬著白虎，我們書院的人難得有人能打下老虎，除了當年的王公，你是第二人，我們可要好好的慶祝慶祝。」幾人早就看到魏清莛丟在一邊的弓箭了，上面有書院城的記號，除了書院城的人，誰會去買這些比外面貴兩成的東西？

「對，對，兄弟，你是哪個年級的？回頭哥幾個給你辦慶功宴。」

任武昀同情地看了他們一眼，魏清莛是女的，你們那是什麼眼神啊！要不是累得慌，手腳發軟，魏清莛真的很想賞他們一塊石頭。

魏清莛怒瞪他們一眼，對任武昀怒道：「還不快去做擔架！」

「哦，我這就去。」

金哥兒手腳也受了傷，只好仰慕地坐在「英雄」的身邊，乖乖地不發一語。

幾個學生見魏清莛這個態度心裡都有些不舒服，正要說什麼，陳燕和耿少紅也追上來了，她們跑上跑下的也有些狼狽，見魏清莛渾身是血（虎血）的坐在地上，頓時臉色大變，撲上去抱住魏清莛。「魏姊姊（表姊），妳傷到哪裡了？」

幾個男學生正被兩個女孩的豪放吃驚，就聽到她們喊「魏姊姊」，頓時下巴一起掉在地上，金哥兒更是一頭栽倒在地上。

眾人就聽到那位「英雄」聲音略微「輕柔」地道：「我沒事，只是小腿好像折了。」耿少紅哭得收不住聲。「妳的膽子也太大了，要是妳被老虎……那桐哥兒怎麼辦？」

魏清莛也有些後怕，只是那時候她哪有時間多想，明明聽到了呼救聲，還明顯是一個小少年的呼救聲，她真的沒辦法聽而不聞。

幾個男學生吞了吞口水，齊齊往後退了兩步，其中一個被推出來結結巴巴地道歉。「那個，魏姑娘，這個，實在是不好意思，剛才兄弟們是胡說的，您可千萬別放在心上。」

幾人心中流淚，他們總不能說他們認錯男女了吧？那樣一說，可就真的會死無葬身之地了。

幾人小心翼翼地看向魏清莛，這才發現她臉嫩得很，也就十四、五歲的樣子，也正是雌雄莫辨的年紀，難怪他們沒認出來她是女的，原來是年齡在作怪啊。

幾人為自己的失誤找到了藉口。

「我不放在心上，」幾人一聽，鬆了一口氣，魏清莛瞥了他們一眼，道：「我放在面上。」

幾人的那口氣就下不去了。

金哥兒小心地看魏清莛。「魏姊姊，妳好厲害啊，竟然能打死一隻老虎。」

魏清莛狠狠地瞪了他一眼。「你是怎麼惹到牠的？岷山深處有野獸，難道你小叔沒有告訴你嗎？竟然放任你一個人進去？」

金哥兒低著頭道：「我，我本來只是想射一隻鹿的，沒想到，沒想到老虎會藏在灌木叢後面。」

幾位男同學這才知道原來這老虎是這個小少年惹來的，當中一個人就拍著他的肩膀道：「你可真幸運啊！」

被老虎追殺還能遇到人，遇到人也就算了，偏偏那人還有本事殺掉老虎。

魏清莛的手先前因為拉弓，張力太大，右手手掌都壞了，加上後來握住匕首殺虎，先前因為生死關頭沒有感覺，現在緩過勁兒來，只覺得整張手掌都火辣辣的疼。

陳燕見了不免心疼，從懷裡掏出手帕給魏清莛包上。

幾人見了不免感嘆，這才是女孩子嘛。

陳燕和耿少紅上山來穿的是騎裝，一身短打，頭髮照著女孩子的樣子盤起來，頭上兩支珠花，看上去俏麗可愛。

再看魏清莛，也是一身短打，卻不是陳燕俏麗的綠色，也不是耿少紅火紅的紅色，而是藏青色，頭髮像男子一樣束起來，除了一條髮帶，頭上什麼也沒有，所以，姊們兒，真的不怪哥們把妳認錯性別，實在是妳這身打扮就是男的。

不過幾人的眼睛瞄了一下魏清莛身上的傷，都對她是怎麼打虎的很感興趣，耿少紅很快就問出了他們的心聲。

耿少紅好奇地看著白虎脖子上的血跡，見除此之外，白虎身上就沒有其他的刀傷箭傷了，問道：「表姊，妳是怎麼殺死牠的，怎麼傷口都只在牠的脖子上啊。」

不巧的是，任武昀剛好把擔架拿回來，對陳燕兩人道：「妳們把她抬上來。」

剩下的人雖然怪他回來的不是時候，卻都躍躍欲試，魏清莛看他們興奮地樣子，只覺得腦仁疼，正想找個什麼說辭讓他們不要把這件事傳出去時，耳朵就突然動了動，魏清莛愕然地問耿少紅。「妳們找了多少人來？」

陳燕和耿少紅面面相覷。「同學們聽說山上有老虎傷人，就跑下去找師長了。」見魏清莛臉色不太好，就小心翼翼的道：「怎麼了？」

任武昀知道她在擔心什麼，一張笑臉頓時沈下來，冷哼道：「妳只管過妳的日子，我倒要看看他們誰敢來找妳的麻煩？」

今天是岷山書院開學報名的日子，有不少的家長陪著兒女來書院報名，乍一聽說山上出現了老虎傷人，大家都嚇了一跳，還在的家長趕緊約束好想上山看熱鬧的兒女，而書院的先生卻是臉色大變，趕緊叫人去找教騎射的先生，自己則帶著教員跑上山。

才到岷山周邊，就見前面一副擔架，上面躺著個少年，衣服上全是血跡，還來不及詢問，就看到跟在後面的六個小子正歪歪扭扭的抬著一隻白虎跟在後面。

場面頓時一靜。

「這，這是怎麼了？」來接應的先生顫抖著手指著魏清莛問道，其實他是想問這人死了沒有。

魏清莛就睜開眼睛，雖然她很想就此暈過去，不過事情已經鬧大，她就是再鴕鳥也沒用。「先生，學生沒事。」

先生見她睜開眼睛，面上還算平靜，就鬆了一口氣。「妳這是傷到哪裡了？」

「小腿折了。」

聽著不是很嚴重，先生這才有心情看向後面的老虎，眼含欣慰地對抬著老虎的六個小子道：「不錯，不錯，你們的齊先生前一段時間還說書院裡學騎射的學生越來越不用心，可見他都是騙人的，我看你們就很好嘛。」

抬著老虎的六個人齊齊的紅了臉，還有一個抬著魏清莛的少年也紅了臉，他小聲地解釋道：「先生，這老虎不是我們打的，是魏師妹打的。」

「魏師偉？這是誰？我怎麼沒聽說過？」

任武昀嘴角抽抽，下巴朝前一抬，示意道：「喏，就是她，不是魏師偉，是魏師妹、魏姑娘。」

「唰」大家的眼睛齊齊看向魏清莛。

魏清莛只能勉強掛上笑容，道：「先生，學生魏清莛，是北院中班的學生。」老天，難道他們不知道她受傷了嗎？不知道斷腿很痛的嗎？為什麼就一定要停在這裡說話啊？

任武昀好像聽到了她的心聲，對先生道：「先生，她傷了腿，還是先帶她去看大夫吧。」

「哦，哦，我們快走。」先生收起驚訝，趕緊在前面帶路。

大家總不能蒙頭走路吧，大家都對那隻白虎很感興趣，大多數人就圍到那裡去了，七嘴八舌地一問，剛下山，魏清莛英勇打虎救人的事蹟就被那六個小子宣傳了一遍。

不少人見他們抬著老虎吃力，紛紛表示可以幫忙，六個小子齊齊搖頭，表示自己力氣很大，壓根不用換人。

笑話，書院難得有人能打下一隻老虎，他們怎麼也要做一次扛虎英雄嘛，這樣好的機會他們怎麼會讓給別人呢？

前面的人快步走，後面的人慢步走，很快兩隊人就錯開了距離。

魏清莛毫無阻礙地被人抬進了書院，醫女也很快被請來給魏清莛接骨。

這時候，抬虎的人才堪堪進了書院，大家一進來茫然了，打頭的一人問道：「我們這是把老虎扛去哪裡啊？魏學妹呢？怎麼不見了？」

齊先生正滿臉笑容地跑過來。「這是我們學院的學生打的？」

六個小子硬著頭皮道：「是。」

「好，好啊！」齊先生仰頭大笑。「不枉我教導你們一場，來呀，把東西給我抬到校場去，讓那些只懂得埋頭苦讀的書呆子看看，我教的是不是全無用處。」

沒人敢說一個「不」字，深知齊先生性子的六人淚流滿面的抬著老虎往校場去，跟隨的人也沒敢說什麼，想看熱鬧膽子又大的就跟隨，膽子小一點的早趁著齊先生不注意的時候偷偷溜了。

醫女給魏清莛上了藥膏，又包紮好，這才柔聲道：「妳傷的最重的倒不是小腿，而是胸口，傷到了內臟，最好要休息一段時間……」話還未說完，外面就傳來喧譁聲，醫女才一皺眉，門就被「啪」地一聲撞開。

魏青桐蹬蹬的跑進來，看見魏清莛剛遮到身上衣服的血跡，魏青桐頓時紅了眼。「姊姊。」桐哥兒伸了伸手。「疼不疼？」

「誰要你闖進來的？」醫女拿毯子包好魏清莛，很是不贊同地看向魏青桐。男女有別，就算是姊弟，都這麼大了……

魏清莛一點也不介意，她身上還穿著裡衣，比現代的襯衫還嚴實，怕什麼？又不是其他的男子進來。

「桐哥兒，姊姊沒事，只是腿摔斷了，休息個一個月就沒事了。」

「姊姊騙人，哪有斷腿不痛的？我上次摔了一跤，只是擦破點皮就很疼很疼了。」桐哥兒心疼地抱起魏清莛的腳，衝著它吹了一口氣，孩子氣地哄道：「吹吹就不疼了。」

魏清莛含笑。「是啊，吹吹就不疼了。」

醫女眼底了然，鬆了一口氣，也是含笑看著魏青桐，哄道：「你叫桐哥兒是吧？好了，你姊姊沒事了，你先到外面等著，阿姨給你姊姊上藥好不好？」

桐哥兒不太願意地看向姊姊。

「那桐哥兒就到外室去等好不好？替姊姊看好門，別讓其他人進來。」

「嗯，桐哥兒去給姊姊看門。」

醫女見他出去了，這才拿起魏清莛的手，開始為她包紮手上的傷。

魏清莛受傷，自然是不方便繼續留在書院了，只是想到魏家的情況，任武昀更加不願意將她交給魏家。心思微動，就想將人搬到王府去。

任武昀還沒來得及回去找太妃讓人來接魏清莛，就碰到了聽見消息匆匆而來的任武晛陸氏和秦氏三人。

這三人本來是坐在狀元樓裡說話，突然聽到書院裡有老虎傷人——這就是三人成虎啊，三人面色大變，就丟下銀子往這邊趕。

一進書院才打聽到書院後面的山上有老虎，但三人才鬆了一口氣，就聽到說打虎的人是魏清莛，哪裡還能鎮定，趕緊跑過來了。

任武昀看到二哥，吃驚道：「二哥，你的消息這麼靈通？金哥兒才出事你就知道了？」

「金哥兒出事？金哥兒出了什麼事？」任武晛和陸氏被嚇到了。

「咦？你們不是知道金哥兒被老虎追才過來的？」任武昀疑惑道。

陸氏的身形晃了晃。「你說金哥兒被老虎追？」

任武晛扶住妻子，安慰道：「先聽他說完。」

「是啊，陸姊姊，先聽他說完，金哥兒有沒有受傷？」

任武昀滿臉不滿。「他受什麼傷啊？被人救了，救的人受傷了，他在裡頭待著呢。」任武昀只要想到醫女說的魏清莛傷到內臟的事就不爽，那小子實在是欠抽，太能惹禍了。

「救的人？是、是莛姊兒救了金哥兒？」陸氏小心翼翼地問道。

秦氏和任武晛也是滿眼擔憂。

「對啊，我正要回家和母親說呢，她現在這種情況怎麼能回魏家？還不被魏家給吃了？所以我想著讓娘派人來接她回家去養病。」

任武晛沈下臉來，對陸氏和秦氏道：「妳們去看看莛姊兒，我和昀哥兒有話說。」

陸氏和秦氏連連點頭，相扶著去看魏清莛。

相比秦氏單純的擔憂，陸氏的感情更加複雜，她憐惜魏家姊弟，但也有些不願見他們。可魏清莛以後又會是她的弟妹，現在她救了自己的兒子，陸氏更是感激她，對以前那小心思更是愧疚不已……

第五十二章　疑心

任武晛拉過小弟，沈聲道：「這件事不能告訴母親。」

任武昀瞪大了眼睛。「為什麼？」

任武晛可不是弟弟，這麼多年，他一直和京城有書信往來，因為信任，他從未私底下再打探京城裡的事。

可他還沒進城，弟弟就和他抱怨說他寫了信也不見他回信。

任武晛深吸一口氣，他在南邊多年，從未收到過弟弟的一封信，都是經由母親的來信知道這個弟弟的消息。

他知道任武昀不愛寫信，所以以為他是只給家裡寫信，更何況，他也沒什麼必須要和弟弟私底下才能說的話，他沒想到弟弟會對莛姊兒這麼上心，上心到會特意寫信來讓他多照顧她，問她的情況。

這些，都被母親瞞下了。

當年他離開的時候也曾拜託過母親多照顧那姊弟倆，可是根據這段時間來的打探，母親根本什麼都沒有做。

他一回來母親就將他叫去書房深談，告訴他，她之所以不給他昀哥兒的信就是不想他過多的參與魏家的事，生怕他們夫妻離心。

而一直沒有照顧魏家姊弟，也是為了磨練他們的心智，而且，她一直派人暗中看著，沒有危險，她又怎麼會出手呢？

這些話可以騙得了弟弟，卻騙不了他。

母親不喜歡魏家姊弟！這是他得出的結論。

任武昞就像小時候那樣摸了摸任武昀的頭髮，笑道：「你忘了，莛姊兒是你未過門的媳婦，她這時候住進去像什麼話？」

任武昀臉色一紅，嘟囔道：「誰要娶她啊！」

任武昞看著他矯情的樣子，笑著搖搖頭。

「那現在怎麼辦啊？二哥你不知道那魏家多過分，竟然把他們姊弟單獨關在一個院子裡七年，七年來連一床被子衣服都沒送過，要不是她還有些小聰明，知道跑到山上去打獵，他們早餓死、凍死了，你當年說的沒錯，魏家人真是有夠無恥的。」

任武昞拍了一下頭。「你什麼時候又偷聽我和大哥講話了？」

任武昀吐吐舌頭，不敢再抱怨。

任武昞沈吟了一下，道：「不如送到耿相府上，秦氏是她的表姨，她接莛姊兒回去也合情合理，只是怕魏家不依不饒。」

任武昀冷哼一聲，道：「怕什麼？他們要是敢找來，我先打一頓再說，哼，誰叫他們欺負人！」

陸氏看到桐哥兒的臉微微一愣，繼而笑道：「這就是桐哥兒吧？和三娘長得真像。」
「是啊，莛姊兒就長得像三舅些。」
「是嗎？那我可要好好看看，當年王公豐神俊朗，我第一次見他時還想，他若是我三舅就好了，卻沒有這樣的好福氣。」
秦氏一笑，摸摸桐哥兒的頭，就要和陸氏進去看魏清莛，魏青桐卻一把擋在她們前面，仰著頭認真道：「不能進去，姊姊說了，除了我誰也不可以。」
「桐哥兒都可以幫姊姊幹活了，真聰明，只是秦姨和陸姨要進去看看姊姊傷得怎麼樣了，桐哥兒讓我們進去好不好？」
魏青桐一個勁兒地搖頭，姊姊說了，不能讓別人進去。
裡面的魏清莛聽到聲音，就道：「桐哥兒，讓秦姨進來吧，姊姊已經上好藥了。」
桐哥兒也隨秦氏和陸氏進到內室，蹬蹬地跑到姊姊身邊，倚在她的床前。
魏清莛摸摸桐哥兒的頭，叫了一聲「秦姨」就看向面生的陸氏，疑惑道：「這位夫人是？」
「莛姊兒，這是平南王府的二夫人，當年我們是同窗，妳娘和她也是朋友，妳該叫她一聲陸姨。」
「不用，不用。」陸氏有些尷尬，以後這孩子是要嫁給小叔的，那時卻要叫她二嫂，現在叫了陸姨，以後豈不是尷尬？只是那該叫她什麼呢？「要不，妳叫我陸姊姊吧。」
此話一出，不說魏清莛和秦氏，就是她自己都臊得慌。

秦氏驚疑地看著陸氏，見她滿臉通紅，就噗哧一聲笑道：「陸姊姊，妳今天怎麼倒裝嫩起來了？」倒也沒有再提讓魏清莛叫她陸姨的事。

魏清莛卻知道原因，只好中規中矩地叫了一聲：「陸夫人。」

「我這次來卻是為了謝妳的，要不是妳，我那兒子早就……倒是連累了妳。」陸氏拉住魏清莛的手，看著她手中的傷更是愧疚。

魏清莛挑眉，這才想起那小子好像是叫任武昀小叔來著，原來是陸氏的兒子。「沒事，躺一段時間就好了，倒是那小子，咳，好像是叫金哥兒吧，他先前被白虎追了一陣，年紀又小，可能受了驚嚇，而且當時也沒仔細查看他受傷沒有，夫人不如過去看看他，他被安排在隔壁了。」

陸氏聽到兒子可能受傷，也坐不住了，和魏清莛寒暄了兩句就過去了。

秦氏留下看著魏清莛。

「莛姊兒，等一下收拾東西，妳和桐哥兒都住到我那裡去吧，這件事鬧得這麼大，魏家一定會派人來看妳的。」

魏清莛搖頭。「秦姨，我和桐哥兒也給您惹了挺多麻煩的了，這次去名不正言不順，我想著不如就留在書院裡，和桐哥兒也好做個伴。」

「這怎麼行？妳受了傷怎麼還能住在書院裡呢？」

「秦姨放心吧，實在不行不會請個人嗎？書院裡最多的不就是院奴嗎？」

「可是……」

「別可是了，表妹就住在書院裡，您要是不放心，大可以問她，我要是過得不好了，您隨時都可以過來接我走不是嗎？」

秦氏見她態度堅決，只好應下。

魏清莛鬆了一口氣，和耿少紅相處越久，她就越覺得秦氏不容易，更何況，她現在住的房子裡還住著耿世子和耿相，魏家要是這時候找上門去，不是給她惹麻煩嗎？而且住到別人家裡她也不自在。

畢竟男女有別，魏清莛自然不能住到桐哥兒那裡去，就住回了自己的宿舍，她花錢請了一個院奴來照顧自己，每月二兩銀子，對方盡心盡力地伺候她，連帶著桐哥兒的飯也有了著落。

魏清莛還沒抬回宿舍，她打了老虎的事蹟就傳遍了整個書院，隨著大家報名的契機，又傳到了外面。

王廷日聽到消息一時激動就從輪椅上站起來，臉色鐵青的看著下屬，雖說沒有生命危險，可那畢竟是老虎，就是武功高強的人也不敢打包票說自己能打死老虎。

王廷日第一次在下屬面前用那雙腿瘸著走了兩步，凝眉問道：「表姑娘現在如何了？」

「表姑娘傷到了小腿，現在不能走路，還有就是，還傷到了胸口，不過大夫說只要調理好……」

王廷日暴躁地抓起茶杯摔到他的頭上，臉上有些猙獰。「調理好？你們是怎麼看著她的？我讓你們去保護她，不是讓你們看著她被老虎追的。」

下屬立馬跪下。「是，是屬下失職！」

表姑娘的耳朵太靈，往往他們還沒有靠近就被她發現了，也不知為什麼，表姑娘寧願自己照顧表少爺，也不讓他們靠近兩人。

位高權重的人，誰暗地裡不跟著幾個暗衛？他們實在不明白表姑娘為什麼這麼介意，難道因為她是姑娘家？可她也不准他們跟著表少爺啊。

這次他們也是看到耿少紅跌跌撞撞地下山，這才感覺不妙的，等他們趕到的時候，表姑娘就已經被任武昀抱在懷裡了。

「表姑娘現在是在書院養傷？」

「是，聽說秦氏有意接表姑娘出去養傷，只是表姑娘拒絕了。」

王廷日點頭，重新坐回輪椅，道：「我們回去接回姑娘，讓人將表姑娘和表少爺的房間都收拾出來，把書院旁邊的人都撤了，重點盯著魏家。」

「是。」

王廷日帶著王素雅低調地找到桐哥兒，桐哥兒看到表哥、表姊眼睛一亮，撲到王廷日的懷裡。「表哥，你是來接我和姊姊的嗎？」

王廷日刮了一下桐哥兒的鼻子，笑道：「桐哥兒真聰明，一猜就中。」

「那我們快走吧，他們都不讓我和姊姊住在一起，連進去看看都要限制時間和次數，討厭死了。」

「所以桐哥兒快叫上阿力收拾東西吧，表哥、表姊接到你姊姊我們就走，嗯，桐哥兒先到前面去等好不好？我們家的馬車在那裡等著。」

「好啊。」

魏青桐雖然也很想跟著去接姊姊，但他習慣性地聽王廷日的話。

王廷日就帶著王素雅去找魏清莛，此時房間裡的人才走完，魏清莛好不容易清靜了一下，聽到腳步聲就有些頭疼，剛要扶額，就「咦」了一聲。「是表哥嗎？」

「是。」

「莛姊兒的耳朵還是這麼靈，我們還沒進門就知道了。」

魏清莛淡淡地笑道：「這就是打獵的好處了，而且你們都到門外了，表姊走路聲音重，我自然一聽就知道有人來了。」

王素雅低頭看自己的腳。「我走路很重嗎？」顯得有些憂心忡忡。女子儀態最重要，其中有一項就是走路聲音要輕，聲音重了就顯得粗魯。

「那是在表妹的耳中才這樣，妳去問問其他人是不是這樣？」

也是。王素雅一想就釋懷了。

「表哥怎麼把表姊也帶來了？」

「我帶素雅來接妳回去的，妳現在受傷，住在書院裡哪行？魏家的人要是來接妳，難道妳還能當著師長的面抽他們不成？不如就躲起來，諒他們也不敢聲張。」

魏清莛瞪大了眼睛，怎麼會？

王廷日不在意地笑道：「妳忘了，孔先生會幫著你們的，而且魏家還有好幾個女兒，他們不會讓妳傳出什麼不好的名聲來的。」

「這樣，不好吧？」

「行了，這事聽我的。素雅，妳去給她收拾東西。」

王廷日將一個包裹給她，讓王素雅為她穿上裡面的衣服，然後讓屬下推來一張輪椅。

兩人就這樣離開了，魏清莛才花錢請來的院奴也用不上了。

馬車在京城裡轉了大半圈，中間和幾輛一模一樣的馬車換掉，再調了一次馬車之後才平安回到王家。

魏清莛捧著腿靠在輪椅上，道：「這日子可真難過啊！」

王廷日請老于大夫過來為魏清莛看病，傷勢恢復得挺快，因為怕魏家找上門，桐哥兒乾脆也和孔先生請假回來了。

每天有桐哥兒、表姊、舅母陪伴，除了不能起來隨便走動外，魏清莛的日子過得很滋潤。

可書院的人卻要急瘋了。

魏清莛打下一隻老虎的事傳得全京城都知道了，書院還想開一個表彰大會呢，結果老虎在校場上擺著，正主不知道跑到哪裡去了。

魏志揚在找了魏清莛兩天後，終於確信她帶著魏青桐躲起來了，這時，他才真確的瞭解到，這個女兒是真的沒有服順過。

他知道這件事不能說出去，魏家還有好幾個女兒呢，魏清莛可以不介意這些姊姊妹妹，魏家卻不能因此失去這些女兒，和魏老太爺商量之後，魏家就向外宣揚，魏清莛被他們接回來養傷了，魏青桐因為擔心姊姊，也一同接回來了。

外界的人自然相信，眾人可惜了一下，但也理解，畢竟人家受傷了嘛，而且又是女孩子。

魏清莛打虎的名聲一出來，倒是有不少人欽佩她，說她像她的外祖父，可讚揚她的同時，男孩子們也敬謝不敏起來，能打虎的女英雄，那娶回家去，要是吵架了，魏女英雄一巴掌過來，他們可不比老虎結實。

倒是女孩子們空前集結起來，聽到男孩子這樣嫌棄女英雄，便維護起來，大家好一頓爭執。

任武昀聽到傳言，撇撇嘴道：「他們操心的也真夠多的，人家嫁不嫁得出去關他們什麼事？哼，魏清莛早就訂親了，真是鹹吃蘿蔔淡操心。」

四皇子淡淡地瞥了他一眼。「你不是說以後要給她找一個會讀書的夫君嗎？現在大家都對她敬謝不敏了，那你找誰娶她？」

任武昀脹紅了臉，喊道：「她那樣的，哪個書生敢娶她啊，也不怕她一箭把人射穿了。」

「是啊，誰都不敢娶她，看來以後她是嫁不出去了。」

竇容忍著笑，在棋盤上落下一子，偷眼看任武昀脹紅的臉更紅了，良久，就聽見那呆子嘟囔道：「她嫁不出去，大不了，我就娶她了。」

竇容再忍不住捶著桌子笑起來。「你要是喜歡她就明說，何必裝成這樣？」

任武昀氣急敗壞。「誰喜歡她了？我是可憐她嫁不出去。竇容，我告訴你，你可不許亂說。」

四皇子眼裡也閃過笑意，面上卻很是寡淡。「既然你這麼勉強，回頭叫父皇給她賜婚就是了。嗯，對了，今冬不是有一場恩科嗎？就從這屆的書生裡選出一個。」

任武昀嘲笑道：「你倒像想選，也不看她願不願意，她才看不上那些白斬雞似的書生呢。」

四皇子的手抖了抖。「你剛說書生是什麼？」

「白斬雞啊。」任武昀不屑道：「那些書生滿腦子的仁義道德，要是知道她是混在市井長大的，那不得鬧翻天啊，而且，她肯定看不上那些人。」

四皇子眼裡的笑意消失，竇容也收起笑容，四皇子認真地問道：「阿昀，你真的不在乎她曾經混跡市井？」

任武昀臉色微紅，卻認真地道：「她那是為了生活，我只是、我只是有些心疼，而且，她又沒有做什麼出格的事，該學的道理一樣都沒落下。」

四皇子點頭。「你這樣想就好，我就怕你心裡有了疙瘩，以後日子過得不好。」

「只是這件事我們知道就好，可不能讓我娘知道，二哥說我娘好像不是很樂意這門親事了。可當初我剛知道的時候，娘還為此訓斥過我呢，說這是王公為我訂下的，一定要遵守。」

四皇子嘴角微挑，笑道：「你不用擔心，外祖母一定會讓你娶她的。」就是不知道娶過去後日子能不能過好。

四皇子想到魏清莛的性格，倒是難得的好心情起來，不知她嫁到平南王府後會怎樣的精彩。

「聽說回鶻的使節已經在來的路上，再過一個月就該到了，來的是赤那王子和娜布其公主，聽說他們要在岷山書院學習兩年，而六皇子前一段時間去參加書院考了，聽說成績還不錯，現在已經正式成為岷山書院的學生了，睿，你要不要也去試試？」

「你們要去念書？」任武昀瞪大了眼睛。「不是吧，你們都多大了還去上學？」

「學而不厭嘛，你的兵法修列也該再學學，你畢竟是上過戰場的，可比那些死讀書的人強多了……」竇容想要忽悠任武昀去岷山書院。

可任武昀只要想到他以前讀書的悲慘經歷就狠狠地搖頭，話也不說了，飛一般地逃離。

竇容將目光轉向四皇子，四皇子不以為意地道：「我一個成功者為何要費盡心機地接近自己的手下敗將呢？」

任武昀出宮的時候碰到皇上，皇上看著他急吼吼的樣子，笑著招手道：「這是急著去做什麼呢？倒像有洪水猛獸在後頭追你似的。」

任武昀給他行禮，抱怨道：「可不就是洪水猛獸嗎？竇容那小子竟然想讓我去書院念書。」

「哦？容小子怎麼想到這個了？」

「還不是六皇子刺激的，我現在都是將軍了，誰還會去上學啊？」任武昀得意地炫耀了一下。

皇上板著臉道：「將軍怎麼了？活到老學到老，你這一看到書就暈的毛病什麼時候改過來？我看還真得讓你到書院裡去待一段時間。」

任武昀大驚失色。「皇上，姊夫，您不會這麼狠吧，我以後不闖禍就是了，而且，」見皇上不鬆口，任武昀就抱怨道：「我一個人去那裡有什麼意思啊，我和六皇子他們又不熟，而且，我都是將軍了。」

皇上見他一再地提起他是將軍了，眼角抽了抽，道：「知道你是將軍了，不是還有容小子陪著你嗎？」

任武昀撇嘴道：「他才不去呢，他說了，他要參加科舉，還要拿個狀元回來。」任武昀眼睛一亮。「姊夫，您什麼時候也開個武舉恩科唄，我也去爭武狀元。」

皇上罵了任武昀幾句，見時間也不多了，就放任武昀出宮，自己回了御書房。

任武昀出宮後看了看後面，摸著胸口暗道：「二哥說的沒錯，這皇宮越來越不自在了，以後還是叫喜哥兒出來吧。」

第五十三章　養傷

魏青桐在魏清莛養傷的這一個月裡是這段時間來最快活的，他不用再像往日一樣學習自己不喜歡的四書五經，也不用一天只能在早上和晚上才能見到姊姊。

他只要睜開眼睛打開門就能看到姊姊，然後吃舅母特意給他準備的好吃的食物，然後和姊姊跟表姊玩一下，高興了就給姊姊和表姊畫畫，或是沈下心來完成師傅布置的作業，總之，上學以來鬱悶心情總算是消散了。

魏清莛將桐哥兒脖子上的那塊玉放在碎玉中間，眼見著那些靈氣慢慢地被那塊玉吸收殆盡，從外表上看碎玉也只是少了一些靈氣。

魏清莛微微一笑，拿起那塊玉給桐哥兒戴到脖子上，道：「桐哥兒，以後這塊玉不要摘下來，這對你的身體有好處，知道嗎？」

魏青桐點頭。「我知道了，姊姊，就像妳的玉一樣對嗎？」

「對，也不對。」魏清莛沒有再解釋，而是拍了拍他的肩膀，道：「好了，姊姊的腿也好了，明天我們就要回書院了，你今天趕緊把自己的作業整理好來，今天早點睡覺。懶散了一個月，可要小心言先生抓到哦。」

桐哥兒一點也不擔心這個，反而扭捏道：「姊姊，那我們什麼時候再來表哥家住？表姊說，要是姊姊嫁給了表哥，那以後我們就不用住在書院，更不用回去那個魏家了，我就想幹什麼就幹什麼了。」

魏清莛目瞪口呆。「誰說我要嫁給表哥的？」

魏青桐歪頭道：「不嫁給表哥，那嫁給我好了，姊姊，我們就在表哥家旁邊買一個院子，然後妳嫁給我，好不好？」

魏清莛好笑。「淨在瞎說，我們是親姊弟，怎麼能成親呢？」

桐哥兒嘟了嘟嘴，沒有再說。

這幾年舅母一直不提平南王府的婚事，想來舅母還不知道她也知道了這件事吧？舅母不提是因為平南王府不提，害怕平南王府不認這門親事，還是舅母起了別樣的心思？

魏清莛想到舅母的為人，更傾向於第一種。想到任武昀無意中漏出來的話，心裡又喜又憂。

魏清莛不想嫁人，平南王府好像也不想娶她，平南王府要是處事光明磊落，那一定會派人過來退親，然後才為任武昀另提親事，可要是平南王府視而不見，直接撇下她，以後要是再起波瀾怎麼辦？

這邊魏清莛想著自己的婚事，那邊謝氏也在想著這件事。

當年公公在臨走前用王家的祖傳寶貝聖賢老子圖做信物和任家訂下這門親事，就是害怕他走後三娘出事兒兩個孩子的婚事被魏家拿捏。

誰能想到最後任家竟然對莛姊兒姊弟的艱難視而不見，前幾年任武昀在外沒有回來還有理由，可現在任武昀已經到了成親的年紀，莛姊兒也滿十四歲，快及笄了，任家卻一點重提親事的意思都沒有。

照謝氏的意思，如今王家不同往昔，魏家又是那樣，莛姊兒嫁到平南王府實在不是好的歸宿，齊大非偶啊！

只是當年公公雖然將這門親事交給她處理，也說了以後人家要是不願就退親，可公公當初為了安三娘的心卻將任家給的信物給了三娘，也不知道那信物到哪裡去了，她旁敲側擊過多次，莛姊兒那孩子老實，竟是一點也沒聽出。

想到兒子間或看向莛姊兒的眼神，謝氏微嘆，要是當年公公不訂下這門親事多好，雖然王家有表兄妹不做親的祖訓，可多年下來，也不是沒有意外，真是可惜了。

王廷日穿戴一新，微笑著出來，就看到魏清莛虎步雄風的快步出來，臉色頓時一沈。

「妳的腿剛好，怎麼就這麼不仔細？」

魏清莛腳步一頓，往下看了看，道：「表哥，我已經很小心了。」

「行不搖裙，妳看妳的裙子搖成什麼樣了？」

魏清莛臉色古怪。「那我回去換短裝，不穿裙子就是了。」

「胡鬧，妳已經長大了，怎麼還是一副男孩子打扮？」

「好表哥，你讓我行不搖裙，你覺得我能做得到嗎？又不是在魏家人面前。」魏清莛嘟囔道。

「學不到也要儘量學，這次我們已是和魏家撕破臉皮了，此番回去也裝不了，只是面子還是要做的，回去以後我們一個唱白臉，一個唱紅臉，妳可要克制好自己的脾氣。」

「不是說等魏家找上門來嗎？」

王廷日不以為然。「妳以為魏家沒有找到我們嗎？不過是還沒想好對策，不想面對我母親罷了，他們在等妳主動回魏家呢。明天下午我就去書院那裡大駕他們的光臨。」

魏清莛興奮地點頭。「表哥出馬，一個頂兩，我倒要看看，魏家的人還敢不敢對著我大呼小叫。」

王廷日搖搖頭。「我說桐哥兒怎麼總是長不大，原來根源在這兒。」

一聽到魏清莛回了書院，耿少紅就衝進教室，看到魏清莛坐在座位上，大叫一聲就撲進魏清莛的懷裡。「妳真的回來了！這一個月妳到底……」說到一半，耿少紅突然想到外人並不知道魏清莛沒有回魏家，連忙轉道：「妳的傷怎麼樣了？」

「已經好了，只是小腿還有些不方便，但是走路小跑什麼的已經不妨礙了。」

同學們陸陸續續進來，看到魏清莛都是驚呼一聲圍上來，大家對她能獨自殺死老虎的事都很好奇，魏清莛大略的說了一遍，就轉開話題道：「我聽說我們書院要來一位王子和公主？」

「何止是來了一位王子和公主，六皇子和八皇子以及四公主、五公主都來書院念書了，這幾天書院可熱鬧了，不過回鶻的王子和公主是與使臣一起來的，還沒有進京呢，所以書院現在只有兩位皇子和公主。」耿少紅簡單的說了一下，就憂慮道：「聽說回鶻的王子和公主身邊還帶來了幾個人，都要一起入學，到時書院為了表示重視，除了學生們要表演的節目，還會安排彼此之間挑戰，這段時間為了這些事鬧哄哄的，我都沒興趣學習了。」

「行了，魏姊姊剛回來，妳也讓她休息一下，而且魏姊姊身體還沒好透，書院應該不會讓姊姊上場的，只是妳要好好的準備一下了。」

魏清莛卻道：「六皇子也來了書院？」

耿少紅和陳燕點頭。

魏清莛心下一慌，下意識地去找小雨，卻發現她蹙眉坐在一邊，全不復往日的活潑。

魏清莛心跳得更加厲害，只是大家都纏著她，魏清莛一時也走不開，打算等一下放學後一定要找小雨問問。

耿少紅提起那隻白虎。

那隻白虎被放在校場展覽一陣子，起到了激勵各位學子的勁頭後，齊先生便讓人將那隻白虎給抬下去了，只是那時魏清莛已經回「魏家」養病去了，齊先生本想派人去問一下魏家這隻白虎要如何處置，已經知道魏清莛和魏家關係的秦山長揮手決定扒皮抽筋，除了老虎肉分給了書院的各位先生，其他的都收起來等魏清莛回來後再交給她。

齊先生沒有多想，以為是魏清莛臨走時託付秦山長這樣辦的，但其他的先生可沒有這麼好糊弄，聯想到一些傳聞，幾人都心照不宣的對視一笑。

耿少紅興奮地搖著魏清莛的手道：「那張虎皮我見過，除了脖子處有一些破損，實在是太完美了，我娘說市面上要找出這樣好的虎皮也是很難的，妳打算用那張虎皮做什麼？」

魏清莛正想到桐哥兒，就順口道：「桐哥兒身子弱，最懼寒，回頭這張虎皮就給桐哥兒，放在椅子上，他就是畫畫也不會冷到。」

耿少紅頓時冷下臉來，放開魏清莛的手，冷哼一聲，扭過頭去。

魏清莛還不知道是怎麼回事，陳燕已經笑道：「妳都多大的人了，還和桐哥兒生氣。」其實陳燕想說的是，人家桐哥兒可是魏姊姊的親弟弟，親姊姊想著親弟弟是順理成章的事，陳燕實在搞不明白耿少紅到底在吃哪門子的醋。

魏清莛已經反應過來，笑道：「下次我給妳們打幾隻兔子吧，再過一個月天也冷下來了，到時給妳們做圍脖。」

兔子雖然不貴重，但重要的是魏清莛的心意，陳燕笑著道謝，又說了幾句湊趣的話，總算是將局面扭過來。

大家說了一會兒話，先生就來了，大家各歸各位。

先生看到魏清莛在座，笑著露出一個笑，贊了一句魏清莛心地善良，英勇救人，這才正式講課。

魏清莛在書院裡更是如魚得水，大家見到她都是禮貌地點一點頭，關鍵是她還很受女孩子的喜歡，對這一點魏清莛很滿意，不管是前世還是今生，她的女人緣都不錯。

在她看來，她是生活在女人中間的，女人緣好，總比男人緣要好。

事實證明也是，魏清莛的好女人緣，連帶著桐哥兒都受了好處，北院的女學生們在每天不少於一次的見到桐哥兒後，也深深地喜歡上了桐哥兒，比桐哥兒年紀大的都忍不住捏捏他的臉蛋，和桐哥兒年紀相當或比桐哥兒年紀小的，就會用荷包裝著點心送給桐哥兒吃。

吃貨桐哥兒在美味點心的攻勢下給她們畫了幾幅畫，這下捅了馬蜂窩，不少女孩子都找上門來找桐哥兒畫畫。

孔先生說過，桐哥兒擅長的是山水畫，魏清莛雖然沒有阻攔他給大家畫畫，卻規定了他每十天只能給她們畫一幅畫，這個規定一出，大家找魏青桐卻更積極了。

魏清莛目瞪口呆。

在這一陣的折騰之後，耿少紅告訴魏清莛，她姊姊耿少丹要訂親了。

要是此時魏清莛嘴裡含著茶水一定會噴出來。「怎麼會這麼突然？」魏清莛想了想，這段時間還真的沒見過耿少丹。

耿少紅的笑容有些苦澀。「我還沒告訴妳吧，我祖母也來京城了。」

魏清莛皺眉。「表姊和誰訂親的？不是竇容嗎？」

耿少紅搖頭。「不是竇公子，姊姊不願意，定的是安北王府的二公子，在外面書院也算是鼎鼎有名的了。」

魏清莛搖頭。「沒聽說過。」

耿少紅的情緒更低落了。

魏清莛想的卻是耿夫人到來的消息，只是透過耿少紅的描述和外人那裡聽到的零星傳言，魏清莛對這人就很不喜。

「日子定了嗎？」

耿少紅點頭。「下個月初五，到時妳可一定要來啊。」

「那是自然。」

兩人說這話，就見陳燕大驚失色的跑過來，拉住魏清莛道：「魏姊姊，妳快去看看吧，桐哥兒被六皇子抓起來了。」

魏清莛臉色大變。「妳說什麼？他為什麼要抓桐哥兒？」

陳燕也是疑惑的搖頭，一邊趕上魏清莛的腳步，一邊急急地解釋道：「我們也不知道，桐哥兒正給我們幾個畫畫，六皇子他們突然就冒了出來，六皇子說了幾句話，就突然讓桐哥兒回他的住處給他畫畫，桐哥兒不願意，兩人不過說了幾句話，不知怎麼的，桐哥兒就突然丟了毛筆要走，六皇子的臉色就變了，說桐哥兒冒犯了他，要抓桐哥兒。」

魏清莛停下腳步，臉上的神情讓陳燕和耿少紅打了一個寒顫。

魏清莛已經想到了什麼，咬著牙連說了兩聲好。「少紅，妳去請秦山長，陳妹妹，妳去請先生，這是岷山書院，就是聖上也不敢在這裡放肆，不過是一個小小的六皇子。」

耿少紅和陳燕嚇了一跳，魏清莛已經快步朝自己的宿舍走去了，拿起掛在牆上的馬鞭，想了想，還是揹上了自己的弓箭。

桐哥兒是她的逆鱗，觸之必死！

第五十四章 衝突

六皇子面色寒冷的看著桐哥兒，對身後的人喝道：「還愣著幹麼？還不快把人拖下去！」

「是，六皇子。」

旁邊的幾個女孩子都嚇壞了，有幾個看著六皇子，心裡雖然還有恐懼，卻是記起了書院的規矩，戰戰兢兢地指責道：「六皇子，這、這是岷山書院，是不能指使護衛在裡面動手的。」

六皇子冷冷地哼了一聲。「我是皇室！」

小姑娘頓時被嚇得縮在一旁。

桐哥兒氣得踢了那個護衛一腳。「放開我，壞人，大壞人！」

六皇子見了，眼裡閃過瘋狂，幾不可見的舔了舔嘴唇，呵呵一笑，對護衛道：「還不快拉出去？」

兩個護衛得令，立馬一人一手就要拖魏青桐出去，魏青桐嚇得大叫。「姊姊，姊姊，快救命啊姊姊！」手上的劇痛使得魏青桐想躲到空間裡去，可想到姊姊說的，不能讓人看到的話，只能大聲哭著。

魏清莛到的時候看見的就是這個場面，魏清莛只覺得腦袋轟地一聲炸開了，本來握在手中打算見機行事的鞭子被她扔在一邊，手快速地扯過背後的弓，抽箭，搭弓，射箭。

「啊！」兩聲慘叫響起，大家驚疑地看過去，兩個抓住桐哥兒的人肩膀上都插著箭倒在地上，場面頓時一靜。

桐哥兒卻不管這些，看到姊姊出現，就衝進姊姊的懷裡，告狀道：「姊姊，他們是壞人，他們要抓我。」

魏清莛點頭，拍了拍桐哥兒的肩膀，道：「桐哥兒，別怕，姊姊保護你。」

魏清莛將桐哥兒護在身後，看著臉色陰沈的六皇子道：「你是誰？竟敢在我們岷山書院抓人？天子腳下，你們的膽子倒是夠大！」

六皇子被氣笑了。「妳說我是誰？妳的膽子倒是大，竟敢在本殿下的面前傷本殿下的人。」

魏清莛定定地看著他，道：「岷山書院條例第五百六十二條，有犯書院者，在書院內，學生可滅之。你的屬下在我岷山書院內肆意抓人，別說我只是廢了他們的一人一條胳膊，我就是殺了他們，聖上還要讚我一聲『英勇』。哼，我今天倒要看看，誰敢在我岷山書院內放肆。」

「妳才放肆，本殿下在此，妳不跪下請安就算，竟然還如此出言不遜，來人，將此刁婦給我拿下！」

「不知這位殿下是哪位殿下哪？」魏清莛嘲諷地看向他。

「本殿下是六皇子。」

魏清莛嗤笑一聲。「原來是六皇子……」魏清莛說完這句話，突然就滿臉寒霜的看著他，喝道：「你要裝也要裝得像一點，誰不知道六皇子素有賢名，公正方直，別說在外面不會這樣肆意傷人，更遑論是在岷山書院內？而且六皇子是書院裡的學生，書院有明文規定，凡是進入書院裡的學生都要著書院服，違者扣除積分，這是身為書院學生最基本的規矩，難道作為皇室在書院的代表人，六皇子會帶頭違反嗎？

「而且，書院事書院畢，就是當今聖上在書院裡和人有了矛盾，也只能在書院裡自己找那人的麻煩，六皇子會膽大到直接指使人來傷書院的人？你要是裝一個無腦的紈袴子弟我還信，你說你是六皇子，你當我們的腦袋都被驢踢了嗎？」

躲在旁邊樹後的四公主終於忍不住笑出聲來，低聲對旁邊面沈如水的五公主道：「妹妹，這人倒是有趣，這下六哥是承認也不是，不承認也不是了，但她這樣不好，一點後路不給自己和六弟留，只怕六弟會惱羞成怒，她的膽子倒大。」

五公主冷哼一聲。「她是找死。」

四公主微微一笑，雖然覺得可惜，但也沒說什麼，視線落在她拿弓的手上時微微一愣，呢喃道：「難道她是那個打虎之人？」

六皇子的確惱羞成怒了，他正想發落這個膽大的人，突然一聲輕笑聲傳來。「說得好啊，我也想看看誰敢在書院裡面動手傷我書院的人。」秦山長漫步走來，看到六皇子時微微一愣，繼而臉色有些難看。

看向魏清莛手中的弓，再看那兩人躺倒在地上強忍著痛苦，讚許的點頭。「不錯，不錯，雙箭齊發，還能百發百中，又能掌握好力道，還是在傷勢未好全的時候。」

六皇子聽到秦山長竟然誇魏清莛，臉色鐵青，正要說什麼，秦山長卻突然轉過頭來，冷肅地道：「來人，將這個冒充六皇子的騙子給我拿下！」

六皇子一愣，就要發怒，突然他的一個幕僚出現在秦山長的身後，衝他搖搖頭，示意他乖乖地跟秦山長的人走。

在他這一愣神的工夫，秦山長的教員已經將六皇子抓起來了，還有他手下的兩個護衛也被抬下去。

周圍的人都愣愣地看著，六皇子是不是冒充的，他們最清楚不過，他們實在不明白山長為什麼要這樣說。

秦山長笑咪咪地對圍觀的人道：「我看你們對書院的規章制度還是不清楚嘛，全書院的學生回去將書院條例抄上十遍，然後再把書院歷史給我背下來，三天後我和先生們要抽查。」

四周頓時哀鴻一片。

秦山長回頭看向魏清莛，低聲道：「帶桐哥兒回去上藥吧，下次可不能這麼魯莽了。」

魏清莛低頭。

桐哥兒的手臂被人大力的拉扯，他的皮膚本來就嫩，一點點小小的力度就很容易在上面留下痕跡，更遑論那兩人的手勁。

一撩開袖子，大片的皮膚都已經變成了青黑色。

魏清莛渾身都往外冒著寒氣，她的桐哥兒，她連一根手指頭都不捨得動，平時更是好吃好喝的供著，生怕他受一點委屈，結果，一個阿貓阿狗的狗屁皇子的護衛就敢對他動手，想到六皇子的愛好，魏清莛更怒！

本來是四皇子勝，她錦上添花，六皇子勝，她頂多是比現在更低調的生活罷了，可現在，她一定不能讓六皇子勝出，想到那些上位者喜歡的利益交換，魏清莛覺得，六皇子就應該要打到塵埃裡面去，那樣她的桐哥兒才會安全。

耿少紅和陳燕闖進來，看到桐哥兒手上的傷倒吸了一口涼氣。「怎麼會傷得這麼重？桐哥兒痛不痛？」

「痛，他們都是壞人，那個六皇子更是大壞人。」

耿少紅心疼地從荷包裡掏出一塊點心，放在桐哥兒的嘴邊，道：「來，表姊給你吃點心，吃了就不痛了。」

桐哥兒乖乖地吃了兩口，道：「表姊也不是很討厭了，以後我借妳姊姊的一條胳膊好了。」

耿少紅舉著點心的手一僵。「笨桐哥兒，你胡說什麼了？我才不稀罕你借呢。」

饒是心情沈重的陳燕也被他們逗笑了，陳燕擔心地看向魏清莛。「魏姊姊，六皇子只怕不會放過你們的。」

魏清莛冷哼道：「他能如何？」

「只怕他會透過對付妳家來對付你們。」只要在朝堂上對魏姊姊的父兄施壓就能達到效果了。

魏清莛不在意道：「那就讓他儘管放馬過來好了，我一點也不介意的。」

耿少紅「噗哧」一聲笑出來。「表姊現在巴不得他們狗咬狗呢。」

「那要是他們聯手呢？」

耿少紅臉上的笑意就收起來了，驚疑地看向魏清莛。

魏清莛眼裡閃過寒光。「那更是妙不可言了。」

兩人不懂，正在抱著一塊點心吃的桐哥兒更不懂。

魏清莛沒理會她們，把兩人趕出去了，仔細地聽過後發現周圍沒人，魏清莛這才囑咐桐哥兒，讓他以後都不要進空間了。「……姊姊讓表哥派人來保護你，到時你就不能再進空間了，你要是想進去，就來找姊姊，姊姊讓你進了，你才能進，知道嗎？」

桐哥兒點頭。

姊弟倆這才回去孔言措的院子，魏清莛打算今晚親自下廚給桐哥兒做吃的壓驚。

這邊算是安靜下來了，宮裡卻正是暴風雨的時候……

「你在書院裡就是穿的這身衣裳？」皇上坐在書桌後，淡淡地看著跪在地上的兒子。

六皇子嚥了一下口水，臉上卻滿是不馴，他對父皇的情緒還是很瞭解的，他知道，父皇生氣了，可他還是下意識地辯解道：「父皇，他們也太不把皇室看在眼裡了，知道兒臣的身分後，竟然還對兒臣出手……」

皇上拿著茶杯的手微微抖了抖，嘴角扯開一個笑，眼神冰寒地看著這個他還算滿意的兒子，對侍立在一旁的魏公公道：「去，把那兩本書給他拿去，送他去宗人府，什麼時候他知道他錯在哪裡了，什麼時候就放他出來。」

「父皇……」六皇子瞪大了眼睛，宗人府關的都是犯錯的皇室中人，那錯，還沒大到要關進死牢，卻也肯定不小，不可以放過。他長這麼大還沒被關過。

皇上沒有理會他的喊叫，直接揮手讓人將他拖走。

六皇子在岷山書院對書院的學生動手，反而被書院裡的一個女學生抽了，被秦山長押到皇上面前，皇上不僅關了六皇子，還從私庫中撥了一筆錢用作書院的助學金，以資鼓勵那些家庭困難的學生，而那個動手的女學生還得到了皇上御賜的一把弓。

聽到這些事，朝堂上那些老傢伙都是一臉理所當然的樣子，那些從岷山書院讀出來或者曾以岷山書院作為自己的目標，對岷山書院深切瞭解過的官老爺們也都是一臉恍然。

岷山書院的地位一直有些特殊，當年開國皇帝給予岷山書院足夠大的自由，即使隨著時間流逝，岷山書院和朝廷越走越近，也沒有了最先的強勢，可它依然不容許權勢的侵犯。

那些讀書人難得的沒有詆毀那名出手的女子，而是讚揚她不忘根本。

而像平南王府這樣的人家，卻是面露嘲諷地看了那些讀書人一眼，眼底卻對魏清莛也有一絲讚賞，倒是個有膽氣的女子。

徐貴妃在聽到消息後，就在自己的承乾宮裡整整坐了一天，這才重新拿起手上的毛筆繼續練字。

皇上最喜歡看她寫字。

皇后卻難得的露出一個笑容，對最小的兒子，也是現在唯一的兒子四皇子道：「難為她膽大，回頭你讓人送一些東西去給她壓驚，我聽說魏家人對他們姊弟頗有微詞，那些東西就直接送去魏家吧，也好告訴他們，我這個皇后雖不比從前了，但要保住一、兩個人還是可以的。」

「那就讓母后的貼身的女官去吧。」

皇后就點著他的額頭道：「你啊，還是這麼調皮，也不怕把魏志揚嚇出個好歹來，回頭你小舅舅找不到岳家，小心他來找你算帳。」

四皇子不屑地撇撇嘴。「他巴不得自己動手呢，要不是有外祖母在上面看著，他早套了魏志揚麻袋了。」

皇后臉上的笑容就有些寡淡。「倒是我讓你小舅舅吃苦了。」

當年出事的時候四皇子還小，對那些事情都是一知半解的，只知道王公拚盡全力要救太子哥哥，就要成功的時候，太子哥哥突然自縊身亡，那時朝中有一半的聲音在說太子哥哥是畏罪自盡，王公為了保全母后和他，上了罪己詔，最後他們被留下了，王家卻家破人亡，就連魏清莛的母親也沒能倖免。

皇后摸摸兒子的頭，道：「現在還不是時候，等你的眼界再開闊些，母后再告訴你，你要知道的是，你有心的是那個位置，而坐在那個位置上，你的心裝的就是整個天下，現在你所看到的北地，所身處的京城，所鬥爭的皇宮，不過是這個國土的一小部分，你所見到的人是這個天下的萬分之一，百萬分之一，千萬分之一……當你的心裝的不再是一筆仇恨，而是一種責任的時候，你就該知道了。」

皇后沒有再多說，而是選了幾疋今年江南進貢的絲緞和一些筆墨紙硯，讓貼身的女官送去魏家。

因為魏清莛提醒了張家一句張宇的事，王家意外地與張家走動起來，現在兩家已經交換了庚帖，只等明年春天將婚事定下，舅母心疼表姊，所以婚事大概會安排到明年的夏天。

王素雅的親事還在商議，耿少丹的婚事卻要定下來了，魏清莛要準備明天去添妝的東西。

而耿家那裡，秦氏正抱著耿少丹相勸。「孩子，娘已經錯過一次，實在是不想妳也錯啊，陶拓不是個腳踏實地的人，他上頭有那樣一個出色的兄長，偏偏他的心氣又高，他的母親寵他寵得沒邊了，孩子，要是他是個靠得住的人，這樣的婆婆並沒有什麼，可他，可他不是個能依靠的人，娘這幾年過的是什麼日子，妳難道不知道嗎？我只想給你們找個家庭簡單的，為什麼妳就不明白娘的苦心……」

耿少丹一張臉冷下來。

「母親，您別說了，我心意已決，您走吧。」

秦氏向來是個果斷的人，即使相隔多年她曾經後悔當年的決定，但也沒有就此頹廢，而是更加奮強，竭力給兒女們撐起一片天地。

如今見大女兒這樣，竟像是一夜之間老了十歲，心中哀傷不已。

想到兒子和少紅，秦氏才微微振作起來，她走到門邊，冷冷地道：「以後，妳就好自為之吧！」

耿少丹心一顫，抬頭不可置信地看著母親，心不斷地往下沈，總覺得自己失去了什麼。

第五十五章　衡量

等魏清莛一身輕鬆的從銀樓裡選好禮物出來，外面太陽正大，回到書院，魏清莛甩甩手，決定去看看桐哥兒，才走到半路，魏清莛就停下腳步，冷聲笑道：「藏頭露尾的算什麼本事？給我出來！」

任武昀從樹上飛下來，臉上還未褪去驚色，魏清莛沒想到是任武昀，也吃了一驚。

任武昀圍著魏清莛轉了兩圈，好奇道：「妳到底是怎麼發現我的？真是奇怪，妳又不會功夫，力氣卻比強壯的男子還大，我隱藏的功夫，就是皇上身邊的一等侍衛都發現不了，可妳卻遠遠的就察覺到我了，妳到底是怎麼做到的？」

魏清莛像趕蒼蠅一樣趕他。「去去去，你在這裡湊什麼熱鬧？對了，岷山書院對來訪的人應該有要求吧，你怎麼總是能進來？」

任武昀對轉移話題毫無察覺，聞言自豪道：「這天下還沒我去不得的地方。」

「哦？那你去過回鶻的王宮嗎？」

任武昀一噎，揚著拳頭道：「這有什麼難的，妳要想去，我就帶妳去。」

魏清莛呵呵地笑起來。「該不會是以俘虜的身分去的吧？」

任武昀的臉色有些難看。「回鶻有那個本事抓到爺嗎？」

魏清莛這才記起，這樣的玩笑在古代可不得了，她趕忙端正神色，鄭重地點頭。「你說的不錯，回鶻沒有那個本事。」

任武昀狐疑地看向她，見她態度還算端正，就勉為其難地原諒她了。任武昀看她手上拿著一個包裹，就搶過來打開，問道：「妳這是要去幹麼？」他本來是想去找魏清莛的，遠遠的看到她過來，就飛到樹上躲起來，想嚇她一下，沒想到卻被她給發現了。

魏清莛笑道：「這是給桐哥兒的小東西。對了，你怎麼到這裡來了？」

任武昀撇撇嘴，是挺小的，這些都是七、八歲的孩子玩的東西，而桐哥兒都十一歲了。

「我來找妳的，」任武昀看著魏清莛，眼裡閃過笑意。「我聽說妳把六皇子給打了，皇上卻還站在妳這邊，把六皇子給關了。」

魏清莛撇撇嘴。「三人猛於虎，古人誠不欺我，我連六皇子一根髮絲都沒碰到，瞧現在謠言傳的，不過是給他的侍衛一人一箭罷了。」

任武昀沈默下來，最後鄭重其事地囑咐道：「妳以後不要在外人面前射箭了，六皇子身邊侍衛的功夫不錯，按理說，他們躲開飛來的箭根本不是難事，可現在卻被射傷了，還是一次兩箭，現在大家不在意，可不保有心人不會發現。」

魏清莛一直知道自己的箭術好，可那也只是在獵戶們中間互相比較的，和那些弓箭手相比，魏清莛並不覺得自己好，可聽任武昀這麼一說，她就想到了當初在樹林裡的刺殺，她可以用箭殺了那些黑衣人，難道任武昀他們不能做到嗎？

魏清莛問任武昀：「我的箭術真的這麼厲害？與你相比如何？」

任武昀沈吟道：「我的箭術不說是四皇子身邊所有人中最高的，但也排在前三，要是我躲在暗處放箭，那些人有一半的機率可以躲過，妳的箭術快準狠，最關鍵是，妳射箭的時候是將人的後路堵住。當我們聽到破空聲的時候，就會下意識地躲避，這樣就能躲過箭，可妳的箭卻是直接就封住了他們的生門，他們只要一動就正中要害，要是不躲，也會受傷，可人在那種情境下，哪有辦法思慮周詳，一定是下意識的動作。」

任武昀對當初魏清莛竟然憑一己之力將他們救出來的事耿耿於懷，他讀書計謀雖然都不及四皇子和竇容，但有一點是四皇子和竇容捆起來拍馬也及不上的，就是在武學上的造詣。

任武昀晚上睡覺的時候總是在腦海中演練當時那場刺殺，所以，他就發現了，魏清莛是直接封了人家的活路的，她對對手是往哪兒逃的，似乎瞭若指掌。

任武昀渴望地看向魏清莛，希望對方指點一二。

魏清莛就憂鬱地抬頭望天。「這都是兔子、野雞、麅子、野豬和鹿打多了的結果，想當年我年紀小，跑得慢，力氣也小，要是不能一箭射中要害，那些野物就會反過來攻擊我，沒辦法，久而久之就習慣了，牠們往哪兒躲，我閉著眼睛就知道了，我想著，人也是動物，應該也是一樣的。」

任武昀的手抖了抖，這是什麼神技能？

魏清莛看著倉皇離去的任武昀，摸了摸下巴，她應該沒說錯什麼話吧？她可是把壓箱底的寶貝給拿出來了，要不是看對方對她還算好的情面上，她還捨不得呢，這可完全是她自創的狩獵法，不管對物對人都管用得很，只要對方是動物。

桐哥兒最近迷上了刻章，正拿著一塊石頭笨拙的刻畫，見姊姊來了，就揚起笑臉，魏清莛忍不住戳了戳他臉上的兩個小酒窩。「桐哥兒打算刻什麼？」

「等我學會了，我要給姊姊刻一個好看的印章。」

「好啊，姊姊的第一枚印章就交給桐哥兒了。」魏清莛拿出身後的小包裹。「桐哥兒，這是姊姊買給你的。」

桐哥兒眼睛一亮，將石頭和刻刀放下，擺弄著裡面的玩具，開心地組裝起來。

魏清莛就坐在一旁看著桐哥兒組裝，看著他漂亮的側臉，魏清莛心中不由想到了六皇子，心中陰霾。

桐哥兒越大，臉越開，也就越漂亮，就算她讓他習武，可他內心是孩子，面上也是一團孩子氣，魏清莛知道那些人都有些噁心的怪癖，魏清莛只要想到六皇子看著桐哥兒的眼神，就忍不住想拿箭將他射穿。

她必須要做些什麼，至少一定要保住桐哥兒。

王廷日還在和四皇子博弈，兩人一個自持身分，一個又自持本事，有時候魏清莛都忍不住將兩人抓過來，你們有什麼要求直截了當的提不就完了嗎？非要玩你猜我猜大家猜，你退我進的耐心遊戲。

魏清莛倒是想私下去找四皇子合作，可想到王廷日匍匐多年，實在是不忍打亂他的計劃。

雖然不屑，但魏清莛還是忍不住認同，趕著湊上就是會被人看輕。

王廷日經營著盛通銀樓和狀元樓的事，上層社會的不少人都知道，畢竟，通德銀樓背後的人的能力也不低，而且，王廷日的出現打破了原先的局勢，自然有人獲益也有人損失了。

但和所有的人一樣，四皇子並不覺得王廷日的能耐多大，在他們看來，王廷日在王家沒有出手的時候能拿得出來的籌碼實在是太低了，他們並不認為王廷日有經營一家銀樓和一家酒樓的能力，而盛通銀樓裡有平陽侯的孫子郭吉的股份，還有門下省侍中曾淼兒子曾昭德的股份，甚至耿十一都參與其中，這就可以解釋為什麼當初連治病的錢都拿不出來的王廷日，會在短短的時間內突然能開起狀元樓，後又迅速地開了盛通銀樓。

所有人都把王廷日看做一個大掌櫃。

可也正因此，盛通銀樓最開始發展的時候並沒有受到多大的阻力，畢竟，勛貴和實權派的對立面不是這麼好當的。

只是現在四皇子得到的消息是什麼？他看著手中的資料，也忍不住色變。

竇容在一旁感嘆道：「我以為我已經夠驚才絕豔了，沒想到竟還有人與我不相上下。」

就算是心情複雜的四皇子也忍不住抽抽嘴角，更別說任武昀了，他直接翻著白眼道：「我就沒見過這麼厚臉皮的人。」

竇容端正了神色，道：「這些東西應該是王廷日故意漏給我們看的，不然我們一定不可能在這麼短的時間裡查到這些。」

四皇子敲著桌子問道：「他想幹什麼？」

「應該是心急了吧，王廷日對家人很重視，而魏姑娘和魏青桐之前一直和王家親密來往，甚至初期，他們就是靠著魏清莛狩獵生活的，這次六皇子對魏青桐出手，而魏姑娘又對六皇子出手，他深知六皇子的那些癖好和錙銖必較的性子，恐怕是不想再和我們這樣拉鋸下去了。」

竇容見四皇子有些猶豫，笑著接續道：「不過先前我們猶豫是因為覺得他沒有多大本事，只是抱著能收歸麾下自然好的心和他周旋，但現在王廷日擁有這些身價就不一樣了，他不過是擔心投誠後，殿下對他有所輕視，這才遲疑，要是殿下能禮賢下士……而且，我們本來就有共同的目標，不是嗎？」

「約個時間，我們去見見他吧。」四皇子看了一眼任武昀，道：「本來就算是沒有他，我也不會讓老六對魏家姊弟下手的，不過他好像對我沒有什麼信心。」

四皇子和王廷日暗地裡見面魏清莛根本就不知道，這時候她正坐在耿少紅的身邊，看著含羞帶怯的耿少丹。

她剛才和耿少紅去看過陶拓了，魏清莛看不出來那個男人有什麼好的，一副天下我第一的自傲模樣，說是陶家的人，卻身體虛弱，活像沒吃飽飯的樣子，當然，這些落在眾人的眼裡是風度翩翩，滿身的書香氣息。

魏清莛看看他，再看看坐在客廳裡虎背熊腰的安北王，第一次覺得原來遺傳學也是不靠譜的。

也許是因為前世是北方人的緣故，魏清莛喜歡的是濃眉大眼英武豪爽的男子。可是很顯然，這個時代的女子不懂得欣賞力量美，就是耿少紅也覺得陶拓長得俊俏。

魏清莛臉色古怪的看了瘦弱的陶拓一眼，道：「這就是書香氣？我覺得倒像是沒吃飽餓出來的，書香氣不應該是像秦山長和孔先生那樣的嗎？再不濟竇容也很好啊。」

在魏清莛看來竇容可比陶拓好多了。

「妳見過竇容？」耿少紅古怪地看了魏清莛一眼。

魏清莛點頭。「見過，和任武昀見面的時候見過，雖然他有點自戀，但看上去比陶拓舒服多了。」也許是在軍隊待久了，竇容身上有一股陽光氣息，可陶拓身上卻有些陰鬱。

魏清莛對這些越發敏感了。

兩人沒有多說，事情已經定下來了，說得再多也不過是讓秦姨擔心。

耿少紅跑過來找魏清莛，將人拉到角落裡低聲道：「聽說回鶻的使臣到了，我叔祖父和堂哥都進宮去了，我還沒見過回鶻人呢，不知道明天他們會不會來書院？」

魏清莛皺眉。「不是說要明天才到嗎？怎麼今天就進京了？」按說這種確定的事，就算是提前到了城外，他們也會在外休整一番，到時間才進來的，畢竟是一件大事，到時皇上也會派人專門去迎接。

耿少紅也不懂這些，道：「可能他們心急吧。」

心急也不急在這一時。

不過魏清莛不覺得這事和她有關係，隨之將它丟在了腦後。

任武昀正奉命跑出來迎接回鶻的使臣，他見到赤那王子，頓時笑起來。「原來是你，我就說你們回鶻除了你和巴拉，再沒有哪位王子能拿出手了。」

四公子，就算事實如此，您也不能當眾說出來吧？幾個來迎接的官員頓時淌下兩滴冷汗。

赤那王子笑道：「多謝你如此誇獎我。」這一副好態度倒顯得任武昀無理取鬧了。

任武昀撇撇嘴，他還是喜歡和巴拉交手，對付赤那應該讓竇容來的。

任武昀看向護送對方來的人，本來他只是想問問情況的，卻在看到對方的臉後大吃一驚。「陶揚？你怎麼在這兒？」跟著安將軍鎮守北疆的安北王世子怎麼跑回京城了？

陶揚自認為比任武昀靠譜多了，聞言抱拳行禮，道：「回任將軍的話，屬下護送回鶻使臣到此。」

任武昀壓下心中的驚詫，也一本正經地點著頭道：「嗯，那你先下去休息吧，我等一下要問問你情況。」這才轉身對回鶻這邊的人道：「諸位使節，我們的陛下要召見你們，你們隨我來吧。」

雖然任武昀的態度一點也算不上恭敬，但回鶻的人不敢說什麼，對方可是帶著人一路殺到他們大本營，還殺了他們的第一勇士兼大將軍的人。

任武昀把人帶到大殿，然後就快速地溜了，他的話說得很漂亮，回鶻使臣竟然在京城外遭到刺殺，此事重大，他要親自去問一問護送的人。

幾乎一手養大他的皇上怎麼會不知道他的心思，暗地裡瞪了他一眼就揮手讓他下去了，皇上也擔心任武昀留在這裡會和回鶻王子起衝突，畢竟兩人可不止交手過一次。

陶揚坐在偏殿裡喝著茶水，吃著點心，跟著的人也是風捲雲殘般將盤子裡的點心全都捲進肚子裡。

任武昀也是從戰場上回來的，比這更誇張的都見過、做過，可偏殿裡的太監和宮女則是瞪大了眼睛。

任武昀從小在皇宮長大，見了不免揮手道：「還愣著幹麼？快去廚房多拿些東西來，多拿點能填肚子的。」說著隨手從荷包裡掏出一把金葉子塞給為首的太監。

任武昀脾氣不太好，在宮裡向來是霸王，小的時候，除了比他年長的太子還能壓制他一二，就是四皇子還經常被他打得哇哇哭呢，可人家皇后娘娘只認為是小孩子間的玩鬧，不當回事，而皇上更是會維護任武昀，反過來罵四皇子不尊長輩，而人家苦主更是不超兩個時辰就重新和施暴者抱在一起玩了，宮裡的人更不敢得罪任武昀了。

這種情況即使是在太子逝去，皇后勢力減弱，人家退讓並正主離開七年之後依然沒有改變。

任武昀回來之初，的確有不長眼的人上來挑戰，任武昀從來不是一個會耍心機和可以忍受委屈的人，他像以前一樣，直接一腳踢過去，再去找皇上告狀。

皇上一如既往的維護他，要將那幾個太監砍了，只是最後還是四皇子攔下來了，只是按照宮裡的規矩做了處罰，可就是這樣，在宮裡也依然沒人再敢得罪任武昀了。

好在任武昀還有一個特點，花錢大手大腳，對給他辦事的人也算大方，又不會像有的主子會隨意遷怒和濫用私刑，所以他在皇宮裡的口碑還不錯。

太監接了金葉子就貼心地下去準備食物了，還將裡面的宮女、太監全都帶出來了。

陶揚餓得只是坐在椅子上揚眉。「皇上怎麼還讓你在宮裡橫行霸道？」

「你怎麼變得這麼落魄？」

兩人的話一起出口，任武昀不由撇撇嘴。「說說吧，你們怎麼變成這副樣子？」

陶揚說起這個就來氣，即使是餓著，也一樣惡狠狠地咬牙道：「這幫回鶻混蛋……」

回鶻和本朝打了不少仗，和他們國內有四王及各世家牽制一樣，回鶻國內更不太平，他們雖然有王室，但下面轄制的是各部落，各部落又有屬於自己的軍隊，加上王室自身的爭權奪利，可以說回鶻的爭鬥比他們還要嚴峻。

這次求和，回鶻就有兩派相爭得最厲害，主戰的那一方可不希望赤那王子平安到達京城。

他們也狠，直接在快到京城的時候出手，陶揚恨得咬牙切齒。「前面為了防備，我們小心翼翼的，這都快看到城門口了，誰知道那幫雜碎膽子這麼大，竟敢在咱們門前動手？這次我們死了不少兄弟，要不是那赤那王子態度好，我都想砍了他，我的兄弟沒死在戰場上，卻為了保護回鶻人死了。」

任武昀聽著也很憋屈，保證道：「你放心，要是兩邊再打起來，我一定多殺幾個人為他們報仇。」

陶揚翻了個白眼。「現在在和談呢。」當自己和他一樣傻，在和談的時候盼著兩邊打仗？任小四他到底搞清楚自己是哪方的沒？這次和談可是四皇子一手促成的。

陶揚看向屋裡的其他護衛，他們識趣地轉身離開，把守在門外，當然，在外人看來他們只是氣悶想到外面透透氣而已。

陶揚這才從懷裡掏出一個巴掌大的錦囊塞給任武昀。「吶，這是我大妹給那什麼的。」任武昀習以為常地接過塞進懷裡，嘆道：「要我說他們年紀也到了，乾脆直接和皇上提就是了。」這兩年，他和陶揚給四皇子和陶揚的大妹也做過太多次信使了。

陶揚鄙視地看了他一眼。「皇上可不樂意四皇子有我們安北王這一助力。」皇上費盡心機地把四皇子發配到北邊，可不是讓他找一門好親事的。

「小四是姊夫的兒子。」在任武昀看來，他們想得太複雜了，哪有爹不盼著兒子好的，就是他那糊塗爹，雖然偏心得厲害，但他們哥幾個有了好前程他也會開心的，難道不幫忙，還要出來拖後腿？任武昀表示無法理解。

第五十六章　回鶻使臣

皇上對於有人敢在京城郊外截殺回鶻使臣，企圖挑起雙方戰事的人很是惱恨，當即派人出去徹查，而回鶻使臣的招待，皇上在幾個兒子身上掃過，在四皇子身上停了一下，就淡淡說道：「本來這事就是交給六皇子的，去把他放出來吧，讓他戴罪立功，要是再辦不好，他以後就待在宗人府裡別出來了。」

六皇子的舅舅徐勝暗地裡鬆了一口氣。

皇上不由冷哼一聲，轉頭就看到任武昀心不在焉的表情，頓時恨鐵不成鋼。「任小將軍也一塊兒去，回鶻王子就由你們兩個一起招待。」

任武昀一時沒反應過來「任小將軍」是叫自己，還站在那裡想自己的心事。

四皇子腳下移了兩步，駕輕就熟地一腳就踹上去，動作幅度很小，可坐在龍椅上的皇上看得一清二楚，嘴角抽搐。

任武昀反應過來，連忙跪下謝恩，謝恩之後才反應過來，不滿道：「皇上，赤那是去讀書的，我去書院幹麼？總不能他在讀書的時候我站在外面等吧？」

皇上眼睛微瞇。「朕會和秦山長說道，就破格讓你也進書院念書，朕記得你自從十二歲離開京城之後就沒再進過學吧？」

任武昀頓時糾結起來。「皇上，您還是派我去練兵吧。」

皇上頓時惱怒地將桌上的奏摺摔到他臉上。「你就不能長點腦子，現在在大殿上站著的有誰像你一樣讀書只讀到十二歲的？你看看人家竇容，也是十二歲去的邊關，可現在人家一回來就能參加科舉，你呢，怕是一篇策論都寫不出來……」

大殿上的幾個武將縮了縮脖子，儘量縮小他們龐大的身軀，就有幾人鄙視的看了他們一眼，全朝就是皇子也不可能有誰像任武昀一樣被皇上這樣罵，你們幾個也太自作多情了。

罵了小半個時辰，皇上總算覺得憋在胸中的那口氣出來了，這才喝了一口茶，揮手道：「行了，你們下去吧，這事就這麼定了。」

任武昀撇撇嘴，不甘願地跟在四皇子身後離開。

四皇子見周圍沒人了，這才轉身笑道：「一日不讓父皇罵你，你就不舒坦是不是？」

「你明明知道我最討厭赤那，也不幫我說情，現在還加上一個六皇子，以後我要天天對著兩個我最討厭的人，喜哥兒，你也太不講義氣了。」

四皇子就嘆道：「我這也是為了魏姑娘啊。」

任武昀疑惑。「關她什麼事？」

「先前她得罪了老六，本來我還以為父皇會多關他一段時間的，現在放出來只怕他不會善罷甘休，要是他引著回鶻的那幾人做了什麼，那到時候父皇是站在她這邊還是回鶻那邊？她就是再有理，為了不破壞邦交，只怕父皇也會殺雞儆猴。」

任武昀臉上浮現怒氣。「回鶻有什麼好怕的，上次我能打到他們的大帳去，下次我就能打到他們的王宮去。」

四皇子嘴角也忍不住抽搐起來。「是，可他們現在怎麼辦呢？」

「怎麼辦？」

四皇子認命道：「我這是問你呢。」

「我怎麼知道怎麼辦？動腦筋的事不是你和竇容的事嗎？」

四皇子的手指顫了顫，聲音輕柔地道：「可你也要想一想呀，我是想著要是你跟在老六和赤那的身邊，說不定能看住他們呢。」

任武昀板下臉。「你怎麼生起氣來了？不過你說得也對，可岷山書院太嚴了，我怕我才一進書院就被踢出來了。」

合著你還知道我生氣呀！四皇子氣急，沒好氣地道：「我會和書院先生打個招呼，怕是父皇也會囑咐一聲的，只要你不惹事就好了。」說完甩著袖子就走，小舅舅氣人的本事又長了。

赤那王子這次一共帶了五個人來，除了娜布其公主，其他四個都是回鶻有名家族的嫡子，他們全都和赤那王子一樣到岷山書院裡求學。

岷山書院並不是沒有接收過外國來的學子，相反的，書院還有很長的招收歷史。

岷山書院剛建立沒多久，那時算得上是萬國來朝，不少國家的王子、公主以能在岷山書院進學為榮，事實證明，由岷山書院招收學生來促進兩國外交要比和親來得還要穩固。

在書院學成的學子，他們接受了岷山書院的理念，因為是生活在中原，自然也會對中原有感情，可以說，岷山書院要是能教授出一個國王，那兩國就可能和平相處四十年。當然，也有例外，岷山書院和外面一樣，有好人，也有壞人，其中更有有野心的人，而且還是聰明的野心人。

之後斷斷續續有岷山書院出去的國王侵犯中原，岷山書院一度停止招收外國學生，而本朝建立後，國內的勢力一直沒有疏散好，和回鶻及周邊小國的鬥爭也是斷斷續續的，更不可能招收外國學子，所以這次回鶻王子的到來倒是一件新鮮事，不少學生會裝作不經意地經過他們的周圍，然後偷偷打量他們。

赤那王子的教養很好，至少表面上是這樣，他一直笑咪咪地和身邊的人說話，就是陳燕和耿少紅也不由地誇道：「我們以為回鶻人都是茹毛飲血的，現在看來也不過五官比較深邃些，和我們也沒多大區別嘛，而且那位王子懂得的也多，能和我們書院的十傑侃侃而談。」

魏清莛沒見過回鶻人，但少數民族的發展總是比中原落後的，既然赤那王子能做到這點，那就說明此人不簡單。

赤那王子卻很煩惱，他看了一眼對他虎視眈眈的任武昀，不知道他又怎麼惹到對方了，這段時間他一直用這種戒備的眼神看著自己。

六皇子心中冷哼一聲，真是蠢貨，這時候不和回鶻王子交好，竟然還得罪對方，難道老四以為他手中的籌碼已經夠多了？

六皇子笑道：「赤那王子，等一下我們去狀元樓如何？那的酒菜還不錯，其中有幾道是我們中原的名菜。」

「哦？聽說狀元樓是書院路最大的酒樓，裡面大多是招待這條路上的學生。」
「正是，大家都喜歡在裡面談詩論文，還有筆墨供應，即可高談闊論，也可尋一清靜之地看書，所以學生們都很喜歡去那裡。」
赤那王子表示很感興趣，轉頭對任武昀道：「任將軍一起去吧。」
「當然。」任武昀要看著他們，自然要跟著。
六皇子眼裡閃過惱怒，這幾天他一直想著和赤那單獨相處，好拉攏感情，可他們去哪，任武昀就去哪，他倒是派了人來叫他出去，可任武昀軟硬不吃，就是待在他們身邊不動彈。
幾人不知道，經常來找書院學生談詩論文的竇容見了，回去笑倒在四皇子面前。「讓阿昀跟著他們，只怕他們是什麼事都做不成了。」
四皇子眼裡也閃過笑意，不在意地道：「拉攏人也可以光明正大，只是老六習慣了暗地裡的動作，倒顯得小家子氣了，只怕赤那還看不上他。」
竇容就板正臉色道：「看來這次我們不用再多手了，說不定赤那還會主動找上我們，阿昀這次做的不錯。」
「無心栽柳柳成蔭罷了。」
回鶻的其他四人這幾天也在書院交了一些朋友，並不和赤那王子一起，就連娜布其公主都是和四公主、五公主在一起的，所以一行只有他們三人。
赤那王子興致勃勃地看著在飯桌前討論的眾學子，發現大家說最多的卻是國事，從農業到商業，再到河道律法，各種話題都有，心中微微詫異，這開酒樓的到底是誰，竟是好主意、好本事。他隱晦地看了一眼六皇子，卻發現對方眼中只有對他的熱情，對眼前的一幕不知道是早習以為常、還是不在意。

赤那王子垂下眼眸，想著，過幾天再看看其他幾位皇子如何好了。

當初四皇子和竇容第一次進狀元樓的時候比赤那王子還要吃驚，他們以為是哪位皇子的手筆，嚇得兩人以為多了一個勁敵，再知道這是王廷日開的時候，兩人就在心裡給王廷日又加了籌碼。

三人正要上樓，外面就傳來幾個女孩子的說笑聲，其中還有幾個男孩子的討論聲，好不熱鬧。

任武昀就聽到一個熟悉的女聲道：「好了，你們嘰嘰喳喳的，害得別人都吃得不安生了，我們到包廂裡再說。」

「魏姊姊，這次妳一定要參加，先生說了，他就盼著妳給他爭臉呢。」

魏清莛看到站在樓梯間的人，頓時笑臉一收，後面的人看到六皇子，也紛紛閉嘴不語，小雨更是有些膽怯地躲在她哥哥後面。

魏清莛看到六皇子身上的學院服，就照著和其他同窗見面的習慣點點頭，看見任武昀，猶豫了那麼一小下，也就點了一下頭，回頭對眾人道：「我們上去吧。」

六皇子攔在魏清莛前面，似笑非笑地道：「魏姑娘還是這麼目中無人。」

魏清莛笑道：「這位同學，我剛才已經跟你點頭打招呼了，」頓了頓，又道：「我不知道同學叫什麼，只好這樣了。」

六皇子的臉色有片刻的猙獰，咬牙道：「妳不知道我叫什麼？」

魏清莛理所當然地點頭道：「對啊，你從未說過，我又怎麼會知道？」

任武昀不等六皇子再說什麼，不耐煩地道：「行了，行了，不就那一點小事嗎？你要抓到什麼時候？不是說要請我們吃飯嗎？快一點，我肚子餓了。」

六皇子懷疑地看了兩人一眼，才想起魏清莛似乎救過任家的人，冷哼一聲，回頭對赤那王子道：「赤那王子，我們上樓吧，我訂了包廂。」說完掃了眼魏清莛一行人，在看到魏清莛身後的魏青桐時瞳孔微縮，魏青桐額前的髮有點長，依然能看出對方精緻的面容。

魏清莛注意到他的眼神，眼中閃過厲色，腳下一錯，擋在桐哥兒前面，眼睛幽深的看著他。

六皇子不想在赤那王子面前表現太多，率先向上面走去。

赤那王子眼睛微閃，看了魏清莛一眼，點頭道：「好。」臨走前還含笑地對魏清莛等人點頭。

耿少紅就感嘆道：「同樣是皇子，怎麼差這麼多呢？」

「胡說些什麼？」魏清莛的語氣從未有過的嚴厲，狠狠地瞪了耿少紅一眼。

耿少紅縮縮脖子，不敢再說，趕緊跟上魏清莛的腳步。

魏清莛面沈如水，雖然她對六皇子不敬，但也不敢說出六皇子比不上回鶻王子的話。

等所有人在裡面聊天的時候，魏清莛就抓過耿少紅。「以後在外面說話注意些，什麼話該說、什麼話不該說，心裡都要想清楚。」

魏清莛回到書院後就說要請大家吃一頓飯，可是都被這樣那樣的事情拖住了，今天是好不容易抽出空來，沒想到又碰上了她不想見的人，魏清莛覺得以後還是少來狀元樓為妙，想到剛才六皇子的眼神，眼睛微暗。

「好了，你們想吃什麼就點，上次說了要請，結果還是沒吃成。」

「魏姑娘，妳的錢帶夠嗎？別到時候把我們押在這裡。」

「我倒是想，就怕人家狀元樓看不上。」

「就是，人家狀元樓要留，那也是留狀元，你實在是差太遠了。」

「姊姊，我要吃獅子頭！」魏青桐滿臉興奮。

魏清莛扯著桐哥兒的臉頰道：「姊姊是短你吃了？獅子頭不能多吃，要多吃一點青菜。」

桐哥兒不樂意地嘟嘟嘴。「那我要吃五個獅子頭。」

魏清莛笑著看他，柔聲問道：「你要吃幾個？」

桐哥兒不情願地道：「三個。」

「這麼多菜又不是只有獅子頭，桐哥兒，你怎麼老是吵著要吃獅子頭？」耿少紅奇怪的問道。

關於這點，魏清莛也很好奇，桐哥兒從小就對獅子頭情有獨鍾。

「獅子頭好吃，比所有的菜都好吃。」

魏清莛給他一塊點心，對張宇道：「小宇哥哥，齊先生跟你說要選我去參加了？」

張宇也有些餓了，正吃著點心，聽見問，就放下點心道：「不是齊先生跟我說的，是我路過的時候聽見齊先生和幾位先生商量說今年的名額就給妳一個，往年我們書院的學生總是被禁衛軍和那些皇室子弟取笑，今年又有回鶻的使臣在，怎麼也不能讓書院太丟臉吧。」

「回鶻的使臣？赤那王子和他們幾個人不是在我們書院念書了嗎？到時不是會代表我們書院嗎？」

張宇無奈道：「哪有那麼好的事？而且赤那王子他們才剛來沒多久，我們書院這樣就顯得有些勝之不武了，而且回鶻使臣自己提出來，由赤那王子等人代表回鶻，這樣到時就是四方相爭了。」

「那就是說我們的對手是回鶻使臣了？」

張宇有些迷糊，眾人也沒弄懂。「我們的對手怎麼變成他們了？」

「比賽就要找好對手，我們再怎麼與禁衛軍和那些皇室子弟相爭，都是本國的事，既然插進來一個回鶻，回鶻自然就是我們共同的對手了，雖然可能有些勝之不武。」

「魏姊姊這樣想，不代表別人也這樣想呀，萬一到時我們書院又輸了，他們跑過來嘲笑我們怎麼辦？」

魏清莛嘴角抽搐，什麼叫做又輸了？岷山書院不是很厲害嗎？為什麼她有一種此書院不是彼書院的感覺？

魏清莛回到書院，果然就被秦山長叫過去，秦山長朝她的腿上看了一眼，關懷道：「妳的腿怎麼樣了？傷筋動骨一百天，這才四十多天吧，要不要緊？」

「已經好了，本來也只是斷了而已。」

斷了而已？姑娘，妳還想怎樣？秦山長眼角抽抽，很想用手扶額。

魏清莛是真的覺得自己傷得挺輕的，腿就斷了一根小骨頭，還沒斷完整，當然，不拍X光片她是看不到的，但是老于大夫信誓旦旦地說了，那根骨頭真的沒完全斷掉，她年紀小，本來就好得快，加上不知是不是玉珮的原因，睡覺的時候她總覺得胸口熱熱的，那股熱流就一直注進她受傷的胸腔，然後再流到小腿上，她的傷比預計的好得還要快。

秦山長猶豫了一下道：「想來妳也猜到了，我們打算讓妳去參加每年的秋獵比賽，本來只是想給妳報圈獵，這樣不需騎馬，只是如果妳的傷口好了的話，看看圍獵妳能不能上？」

魏清莛點頭。「只是學生的騎術不太好。」

秦山長不在意地道：「我看過妳的騎術，雖然和禁衛軍比不上，可和皇室那邊的弟子相比也不差多少，關鍵是妳出箭準，就是跑的慢些也沒什麼，不過妳的主要目標是回鶻這邊，圍獵只要過得去就行了，妳受過傷，外人不會說什麼的，要是圈獵能勝過回鶻使臣就好了。」

秦山長說的並不是很有底氣，畢竟回鶻是遊牧民族，打獵就像他們種地之餘搞的副業一樣，其熟練程度僅次於放牧。

「這次我們書院參加的都有誰？」

秦山長就拿出一份名單來，和魏清莛介紹他們的優缺點。

岷山書院參加的人也只有十個人罷了，其中包括魏清莛是女子外還有一個，那人比魏清莛大一歲，是大班的人，叫陶英。

魏清莛目光微閃。「這個陶英，是安北王府的人？」

「不錯，陶英是安北王府的二姑娘，她的騎術不錯，以往每年的秋獵比賽她都會代表書院參加，皇室這邊，四公主和五公主一定會上，四公主也就罷了，只是五公主那邊妳要注意些。」

魏清莛很疑惑。「那山長，我到底是要贏還是要輸啊？」

秦山長一口氣噎在胸中，道：「算了，其他的事妳別管了，只要安心射獵就是了。」

魏清莛得了吩咐，自然樂得不動腦筋，每天拿了箭到靶場去。

王廷日聽說了就寫了一些注意事項和一些圍場禁忌給她，還有一些大概的地形圖，包括獵物的大概分布位置。

秋獵的地方是皇家圍場，外面自然不可能有地圖賣，皇上還擔心有人刺殺什麼的呢。

看出魏清莛的疑惑，王廷日就笑道：「當年我也曾參加過比賽，不過那時書院的成績並不算好。」

王廷日曾經也是岷山書院的學生，魏清莛恍然大悟。

王廷日繼續回憶道：「我的箭術平平，昭德幾個也好不到哪裡去，那時我們最喜歡的是拿著書到湖邊去誦讀，有誰喜歡騎在馬上射箭呢？可是現在……」王廷日摸摸自己的腿，不語。

魏清莛也看向他的腿。「表哥，你的腿不是已經能走路了嗎？只要慢一些，別人是看不出來的。」

王廷日搖頭道：「現在還不是時候，廢人王廷日讓人更安心。」

魏清莛不再說話，王廷日的腿傷得太重，而且還是二次受傷過，老于大夫沒有辦法，這幾年王廷日斷斷續續找來的大夫也只能做到調養護理這一步，說到恢復，每個人都是搖頭。

魏清莛拿了東西回去正要研究，任武昀就敲開了她的門。

魏清莛張大嘴看他。「你是怎麼進來的？」這裡可是女舍，男子是不能入內的。

任武昀皺眉看向魏清莛，又不是沒進去過，他還在那張床上躺過呢，雖然當時他沒醒。

「妳剛才去哪兒了？怎麼找都不見妳。」

魏清莛趕緊讓他進門，這樣被人看見可不得了。「我出去有事，你找我有什麼事？」

任武昀拿出一張地圖。「喏，這是給妳的，仔細看看，那些畫了紅線的地方不能去，圍場雖然每年都開，但是深林裡有些大型動物，那是我們不能招惹的，這張地圖可不能傳出去，自己保管好知道嗎？」

任武昀的這張地圖更加詳盡，幾乎將整個圍場都標示清楚了，比王廷日那東一片西一片的不知詳盡多少。

魏清莛收下，點頭道：「謝謝你，我會保管好的，回頭我還你。」

「不用還了，我手上還有。」任武昀並沒有多留，打開門左右看看，就小心的隱於黑暗中，要不是她耳力了得，光靠眼睛她也看不出。

第五十七章　比試

比試那天，魏清莛跟著書院的師生們一起到了圍場。

魏清莛一直覺得坐在皇位上的那個人算不得好皇帝，加上有王家的事做鋪墊，在她的想像中，皇上就是一個冷著臉的糊塗暴君，可真正見到人的時候，她卻嚇了一跳。

雖然距離有些遠，但她的好視力還是讓她看清了皇帝的面容，包括他眼裡的溫潤，這個皇帝看上去是很溫和的一個人，加上面容白皙，要不是穿著龍袍，怕是會讓人誤以為是一個學識淵博的書生。

魏清莛身邊站著陶英，她見魏清莛走神，連忙悄悄地拉了一下她的衣裳。

魏清莛回過神來，感激地衝她笑笑，皇上剛好說完獎勵的話。

除了禁衛軍那邊十個人都是男子，皇室那邊也和書院一樣，男女比例四比一，而回鶻那邊也湊夠了十個人，那位娜布其公主也下場了。

陶英看著站在皇室那邊的四公主和五公主，眼裡迸射出必勝的亮光，低聲道：「五公主身手不錯，可四公主的騎術最厲害，箭術也不錯，去年比賽我就是輸在她手下，我們書院已經很久沒能拿到名次了，這次妳有信心嗎？」

魏清莛淡淡地看了四公主一眼。「我沒見過她出手，我盡力吧，不過等一下圍獵我們要配合。」

陶英知道她的腿受過傷，點頭道：「好！」

在京城書院和朝廷皇室之間的比賽不少，在其他方面岷山書院都能拔得頭籌，就算是和翰林院的人比文，岷山書院也時常獨佔鰲頭過，可就在武鬥這一面，岷山書院總是墊底，不是輸給禁衛軍，就是輸給皇室。據秦山長說，在前朝，書院還有一半獲勝的機會，而在更久以前，書院甚至能連續三年奪冠，很可惜，隨著科舉的發展，學生更多的是窩在書房裡讀書，六藝已經沒落了。

皇帝將目光停留在禁衛軍這邊，希望他們爭口氣，起碼不要輸得太難看。

站在人群中的陶揚也青著張臉，暗罵道：「這回鶻也太不要臉了，這次他們來京的人都是他們草原上數得上名號的勇士，這樣和我們比賽算什麼好漢，有本事和我們鬥。」

任武昀眼睛正緊緊地盯著魏清莛，聞言道：「那你怎麼不去禁衛軍？」

陶揚不屑地撇撇嘴，不語。順著任武昀的目光看去，表情古怪地道：「你看我妹妹幹麼？」

任武昀跳起來。「誰說我看你妹妹了？咦？旁邊站著的那個是你妹妹？」

陶揚挑眉，看過去，看到陶英身邊站著的魏清莛，問道：「你是看她啊，她誰啊？穿著書院那套紅色的騎裝倒是挺英姿颯爽的。」

任武昀驕傲道：「那是！」

四皇子就站在他們不遠處，聞言狠狠地瞪了他們一眼，不為自己助陣也就算了，心思是歪到哪裡去了？

比賽還未開始，現在正是大家的準備時間，書院的領頭人姓傅，大家圍過去，叫了一聲「傅師兄」。

傅師兄點頭，溫聲道：「我剛才看了一下圈獵的場地，發現和以往的布置大同小異，現在我安排一下位置，」傅師兄看了一眼魏清莛的腿，笑道：「魏師妹的箭術好，到時魏師妹圍在中間如何？」

雖然將獵物圈在一個場地內，但圈場並不小，到時肯定要隨著獵物奔跑，她被圍在中間，移動位置小，兩邊的人射不中的獵物會下意識的往中間跑，在中間的人要箭術出色，這才能發揮最大的優勢。

魏清莛想也不想，就點頭應下。

傅師兄鬆了一口氣，就接下去安排大家的位置，考慮到陶英是女孩子，體力可能跟不上，也被安排在魏清莛身邊，而魏清莛另一邊則是另一個箭術出色的男學生。

安排妥當，傅師兄就笑道：「現在還有些時間，你們可以去和各自的家人、朋友聊聊天。」

魏清莛點頭，朝耿少紅她們那邊走去，圍獵比賽，不是誰都可以來觀看的，除了書院特定的名額外，每個先生可以帶兩個人進來，而每個選手可以帶三個人進來。

桐哥兒現在就跟在孔言措身邊，而魏清莛將兩個名額給了耿少紅和陳燕，剩下的一個給了魏清芍。

這是她與小吳氏的交易，她帶魏清芍來圍場，小吳氏幫她留意魏家關於她與桐哥兒的消息。

魏清芍已經及笄，今天來這裡的可是有不少世家公子和出色的書生官員，能不能把握好機會就看她的了。

耿少紅興奮地抓住魏清莛的手道：「怎麼樣？怎麼樣？妳見著皇上了嗎？我們在這兒離得好遠，只能看到一個人影。」

魏清莛笑道：「我們那裡離得也不近，只是看到一個身形而已，好了，時間不多了，妳們要小心些，在圍場裡不要亂走動。」

耿少紅和陳燕點頭，到最後魏清莛好囑咐陳燕帶好耿少紅。

魏清芍衝魏清莛點頭，道：「謝謝！」

「不用！」

四隊成合圍之勢，圈場裡最大的動物怕是鹿了，其中兔子、麅子之類的不勝枚舉，那邊赤那王子看到被圍在中間的魏清莛眼睛微微一閃，低聲問身邊的人。「那人是誰？竟然被圍在中間？」

那人看了一眼魏清莛和陶英，再看一眼同樣被圍在中間的四公主和五公主，道：「殿下，他們說不定是因為她們是女子才被圍在中間的，您看皇室那邊也是如此，難道女子的箭術比男子還厲害？」

赤那王子覺得可能也是這樣。

兩人不知道的是，往年岷山書院可不會將女子安排在中間，書院的領頭人向來是要實現最大利益的，大家也習以為常，魏清莛的箭術是因為有那隻老虎擺在那裡，而且那時魏清莛打下老虎後就有不少人去打聽，得知魏清莛時常上山打獵，大家都知道她的箭術不錯，至於陶英，她則是成名已久，她的箭術在書院裡也是數得上名號的，至少在魏清莛沒有出現之前，她的箭術是女子中公認最好的，就是現在，也沒人敢說魏清莛一定比她好。

圈場旁邊的鐘聲響起第一聲，幾乎是同一時間，魏清莛的箭就朝著離她最近的鹿射過去，第一聲鐘響剛停下，那隻鹿就轟然倒地。

眾人都吃了一驚，四皇子和赤那王子眼睛一縮，飛快地抽箭搭弓，只是他們的箭才一出去，魏清莛的第二箭也到了……

傅師兄等人回過神來，眼裡迸射出亮光，也快速地瞄準獵物。

四皇子是見識過魏清莛的箭術的，在那樣有些昏暗的樹林裡，那樣武功高強的刺客，她都能一箭射中，更何況這些已經慌亂卻密度還不低的獵物？可再一次見識到四皇子還是忍不住心驚，魏清莛抽箭搭弓的速度實在是太快了，幾乎他才射出一枝箭，對方的第三枝箭就已經搭上了，她幾乎不用瞄準，只要一抽箭、搭上，就能射中獵物，還是專挑那些大的獵物下手。

四皇子不由暗罵一聲，這魏家到底是有多窮啊，養兩個孩子能吃多少糧食，愣是逼得人自學了這一身的箭術。

魏老太爺和魏志揚就站在群臣中間，看著那個冷著臉一箭一條命的孫女（女兒）不由得心寒，太像了，除了五官沒有稜角，圓潤一些，那就是一個活脫脫的王公，難道魏清莛以前在他們跟前都是裝的不成？他們何曾見過這樣的魏清莛？

兩人的心都沈了下來，群臣早就看呆了，他們從未見過出手如此快的人。所以誰也沒看到，在魏清莛出手的那一瞬間，坐在最高位置上的那人眼睛一閃，眼裡有水光掠過。

魏清莛板著一張臉，手快速地出箭，腳下急速地奔跑，心裡則是爽歪歪了，她要是知道所謂的圈獵就是這樣，那她還緊張個屁呀，這比上山打獵可不知簡單多少。

她要是在山裡獵一隻鹿，她就要先埋伏，鹿一般是群居動物，最好的埋伏點就是水邊，等鹿群喝完水快要散的時候，她要選好目標，然後要一擊即中，這時候，鹿肯定還有逃命的力氣，她就要追，速度要快，途中要連放好幾枝箭，甚至還要提防周遭，避免遭遇強大的野獸，等鹿失血過多，沒有力氣再跑摔倒在地的時候她才算是獵到動物，可現在算怎麼回事？她只要一箭射中鹿，接下來就不用管了？

最要緊的是，這裡邊的動物也太多了點吧，一箭一隻，都不用管牠們，如此慌亂的場景，牠們會不停的跑，等圈獵結束，就是那一箭沒要牠們的命，牠們也會自己跑死的。

魏清莛一摸背後的箭筒，卻發現沒箭，眉頭微皺，跑到離她最近的陶英身邊，道：「我箭沒了，給我一些。」

陶英的手一抖，每個人箭筒裡的箭的數目都是一樣的，上面刻著自己的名字，她參加過三年的狩獵，從沒聽說過有誰的箭用完的，陶英想也不想。「妳拿去吧，多拿一些。」

魏清莛點頭，抽了兩手，也不再跑回去，直接在陶英的身邊出箭，對陶英道：「腳下移動的快些，右腳先出，步伐不能太大，只盯住目標，不要再看其他的獵物。」

陶英知道她這是教自己，照著她說的出箭，剛開始慢些，到最後卻順了不少。

赤那王子見了，暗暗皺眉，這次圈獵的時間是一個時辰，一個時辰，越到後面人就越疲憊，魏清莛這樣出手，未必能撐得住，只是這人也太快了些，就是他們的勇士也比不上。

魏清莛的確覺得有些累，但她只要堅持住，脖子上的玉珮就會微暖，然後就有一股氣流順著自己的血脈流動，身體就會保持一定的平衡，雖然覺得拇指處有些辣疼，但對常年在山林裡奔走的魏清莛來說根本不算什麼。

到最後，魏清莛已經是第三次向隊友們借箭了，傅師兄等人見了紛紛激動起來，身體也有力了，往常這個時候大家都有些後繼無力，只是這時有了魏清莛激勵，大家這時候雖然慢些，但還是堅定的出箭。

禁衛軍那邊的人早就瞪圓了眼睛，想到臨行前皇上的囑咐，不知為什麼，大家都鬆了一口氣，應該，大概，不會太丟臉吧？

等到鐘聲響起，魏清莛這才垂下手，手指動了動，苦笑一聲，女子的體力就是比不上男的。

傅師兄激動地衝過來，要不是顧忌男女有別，恐怕早就一擁而上了。「師妹，妳真是太厲害了，出箭竟然這麼快，對了，妳的手怎麼樣了？下午不會有事吧？」

重頭戲可是在午後的圍獵，大家都擔心地看著魏清莛的手。

魏清莛笑道：「沒事，等一下緩過來就好了，我們先過去那邊，齊先生好像有話要對我們說。」

齊先生是書院裡最出色的騎射先生，先皇一共開過三次武舉，而齊先生就是最後一次的武狀元，後來跟隨大軍出征，一路建功做到了將軍，後來雖受了重傷不得不回京，但他將軍的名頭還在。

齊先生將將軍府給兒子繼承，又給三個兒子分家，自己帶著妻子跑到岷山書院來任課，他的理想就是培養出下一屆的武狀元，只是皇上登基以來，一直沒有再開武舉，而書院裡的書生更是對除了不是四書五經的東西興致缺缺，這幾年，齊先生很傷心。

結果現在橫空出世一個魏清莛，雖然對方是女的，但這個時代對女子的限制並不很大，齊先生並不介意收一個女弟子，這段時間都纏著魏清莛要收徒。

只是讓魏清莛射箭騎馬還好，對方卻還要教她行軍布陣，話說，她一個女孩子學這個幹麼？

事情才一直拖到現在。

「齊先生！」眾人齊齊行禮。

「好，你們今天表現得不錯，現在下去好好休息，養足精神，下午才是重頭戲。」

「是。」

「清莛等一下，」齊先生叫住魏清莛，上下打量了她一下，道：「那弓是不是不合妳的意？我見妳動作間似乎有些停滯。」

魏清莛點頭道：「這把弓有點小，用起來有些不順。」

「我見妳在書院城買的那把弓比男子的要小些，卻比女子用的要大些。」

魏清莛點頭，她的力氣比較大，因為出箭快，所以小弓會有些遲滯，用大弓手又太小，不合體型，所以打弓的時候她會指定尺寸，只是參賽用的弓箭卻是朝廷統一發的，魏清莛不可能提這個意見。

齊先生想了想道：「我去問問庫房，一般來說，製作弓箭的時候也是有殘次品的，說不定能找到一把適合妳用的。」只要弓箭是從倉庫這邊出就行了。

魏清莛抽抽嘴角，第一次聽說殘次品還比較好的。不過魏清莛也沒說什麼，點頭答應了。

第五十八章 忌憚

赤那王子看了魏清莛一眼，眼神晦澀不明，道：「去查清楚，到底是怎麼回事？她的箭術，怎麼會……」

其中一個回鶻使臣憤憤不平地道：「我們從九歲就開始上馬打獵，哪一年不隨著大汗出去狩獵五、六次？就是平時也是時常到草原上圍獵的，她怎麼會比我們還快？」

魏清莛很想告訴他們，你們是把打獵當成了遊戲，對她而言，打獵則是生存技能，多少次，她和桐哥兒就是靠著這個活下來的，王廷日的腿也是靠著她這專門手藝湊醫藥費的，打獵，是你們的業餘愛好，卻是她的職業。

皇帝也很感興趣，他正想問魏家魏清莛的箭術是怎麼練成的，就發現他們眼中也有掩飾不住的震驚，他甚至能從中感受到他們的惡意。

皇帝眉頭微皺，招來隨身侍衛，低聲吩咐下去。

皇權雖然被世家們分薄了，但是皇帝要在京城查一個三品官員的家事還是很快就能查清楚的，不僅如此，暗衛們還查到了一些魏家不知道的事情。

皇帝皺眉聽著魏公公的彙報。「……魏姑娘七歲那年就從那狗洞裡鑽出去上岷山打獵，她與她弟弟就靠著打獵為生，她的獵物大多數都是在十里街脫手的，所以奴才們一去問就問到了，除了這段時間她沒有再去外，其他時候基本上每天都有野物脫手……那位魏公子一生可能就只有八歲稚童的智力……」

魏清莛正在大帳裡休息，桐哥兒就趴在她的膝上睡覺，魏清莛含笑著給他抓頭，桐哥兒更加舒服了。

傅師兄的眼睛朝這邊瞄了兩、三次，對這姊弟倆的深厚感情有些好奇，陶英坐在一旁揉著手臂，好準備午後的比賽。

大帳突然被撩開，幾人抬眼看去，就見當首一個風度翩翩的公子進來，偏他嘴角挑起來時給人一種不正經的感覺。

傅師兄起身招呼。「請問公子找誰？」

陶揚的目光直接定在陶英身上。「妹妹。」

「大哥？」陶英有些詫異。「你怎麼來了？」往年大哥可總是說他們的箭術上不得檯面，怎麼也不願意到她的大帳來的。

陶揚的視線飄過魏清莛那邊，咳了咳，道：「那什麼，我來看看妳。」

陶英有些了然，心中有些不服氣，但還是起身給大家介紹。

陶揚的視線定在魏清莛身上，笑道：「魏姑娘的箭術不錯，不知是如何練就的？英兒的箭術在學院也算是百發百中了，只是她打的是死靶，而且換箭的速度比不上姑娘，姑娘倒是比我手底下的幾個校官還厲害。」

背後傳來一聲「嗤笑」，陶揚有些惱怒，回過身去，就見任武昀正倚在大帳前嘲笑地看他。

任武昀不客氣地指出——「別說你的校官，就是你也比不上她。」

陶揚冷哼一聲。「那只是圈獵，箭術好不好那要看圍獵。」

任武昀不客氣地繼續道：「就是圍獵你也比不上。」

「你，」陶揚惱羞成怒。「我比不上，難道你就比得上？」

誰知任武昀一本正經地點頭道：「我也比不上。」

陶揚結舌。

任武昀看向魏清莛，從懷裡掏出一塊藍田玉石，看得出是剛解出來的，任武昀不自在地塞給魏清莛，道：「喏，這是給妳的，王廷日說妳最喜歡沒經過雕刻的藍田玉。」

魏清莛眼裡閃過亮光，也沒有起身，直接就接過，她現在的確需要這個，有了這個，她恢復得會更快的。

魏清莛沒留意到任武昀微紅的臉色，只是誠摯地道謝。「謝謝，我很喜歡。」

眾人張大了嘴巴，這可是私相授受啊，不對，是公相授受啊，是不是，是不是啊親？

陶揚皺眉拉著任武昀出帳篷。「你瘋了，這是壞女孩子名節的。」

任武昀摸不著頭腦。「壞什麼名節？」繼而想到什麼，怒視著陶揚道：「你想動什麼歪心思？」

陶揚不好意思地摸摸鼻子，他是覺得這小姑娘射箭的時候太帥了，所以……只是，陶揚懷疑地看向任武昀，這小子也開竅了？正打算問清楚，雖然他是很欣賞魏清莛不錯，可也不願意為此和兄弟鬧矛盾不是？

才要開口就聽到任武昀叫道：「她以後是要嫁給讀書人的，人家要才高八斗，你連兵書都沒看全，也想娶人家？」

陶揚一口氣堵在胸中。「你怎麼知道人家就要嫁給書生？」

「我說的，以後我要給她找一個讀書人嫁。」笑話，自打他知道他有這個婚約開始，他就一直在物色人選了。

「你是她什麼人，憑什麼可以替她作主？」

「我是她的……」

「小舅舅！」聽到兩人對話，腳下打跌的四皇子趕緊衝出來打斷兩人的話。「你們在這兒亂說些什麼呢？趕緊分開分開，陶世子，我父皇叫你過去呢，你快去吧，好像是要問你回鶻的事。」

陶揚懷疑地看向兩人，他對剛才的事耿耿於懷，魏家和任家，貌似沒有親戚關係吧？

等人走了，四皇子這才將無腦的任武昀拎走。「小舅舅，你和魏清莛有婚約的事最好先別說出去，還有，不要再想著把她許配給一個書生了，你覺得她能和一個書生過日子嗎？」能打死老虎的妻子，只怕很少有書生有那個膽氣娶這樣一位妻子吧？更何況，眼前這人正處於半開竅狀態，看著不服氣嘟著嘴的任武昀，四皇子表示壓力很大，話說，他才是外甥吧，為什麼他總是追在舅舅的後面給他擦屁股？現在竟然還要操心對方的姻緣？

四皇子將任武昀拖走，一邊教訓他。「我們和魏清莛的往來是私下裡，以後你要再想給她送什麼東西還是私下裡送，千萬別再當著這麼多人的面送了，現在可是在獵場，人多眼雜的，等一下父皇要是問起來，你就說是二舅母託你送給她的，不過你懶得再跑一趟，直接就拿來給她了。」

雖然這個藉口很爛，但到底有了一個藉口不是？四皇子暗暗安慰自己。

皇上的確很感興趣地問起任武昀怎麼想起給魏清莛送禮了，任武昀笑嘻嘻地道：「那是我特意去買來送給她的。」

四皇子的心就停了那麼兩下。

「上次她救了金哥兒，更能打死一隻老虎，我聽說她喜歡藍田玉就特意給她買了。」

皇上看著渾然不覺的小舅子，笑道：「那怎麼送剛開出來的，好歹買件首飾也好呀，你這樣送，倒顯得沒有誠意了。」

任武昀有片刻的迷茫，不是說魏清莛就喜歡沒雕刻過的嗎？不確定道：「那我下次送首飾試試看吧。」

四皇子只好出列請罪。「父皇恕罪，小舅舅他常年待在邊關，對這些人情世故竟是忘了大半，兒臣回去就教他。」說得好像他是他爹一樣。

正主的爹坐在旁邊噴出一口茶，笑道：「四皇子，這小子是什麼德行大家都知道，皇上不會怪罪的，你也不用特意去教他，到了年紀他自然就明白了。」

大帳裡的人不多，統共也就這幾個人，四位王爺和陶揚加上任家的一位老王爺，就是六皇子都沒被允許放進來，這些老傢伙不約而同地憋笑憋得紅了臉。

平西王一點也不客氣。「呦，原來四公子年紀還小啊。」

老王爺冷下臉來，他雖然不喜歡這個小兒子，可不代表他願意看別人欺負他，只是還沒等他說話，平南王就笑道：「平西王說笑了，小弟赤子之心，不會那些彎彎繞繞，想的難免少些。」

陶揚也覺得任武昀這樣挺好，連忙腆著臉笑道：「就是呀，就是呀，我也心思單純，各位王爺伯伯你們在說什麼呢？」

「去去去，一邊去，哪兒都有你參一腳。」

大家笑鬧起來，皇上也笑了笑。他之所以對任武昀不一樣，一來這孩子幾乎就是他帶大的，二來就是這孩子的確心思單純，要是煩悶了和他說一下話心情就會好很多。

任武昀、陶揚及四皇子從大帳裡面出來，任武昀冷哼一聲，道：「你們別以為我什麼都不知道。陶揚，我再說一次，不許你打魏清莛的主意，她要麼嫁給書生，要是嫁給武將，那也輪不到你。」

這和說要麼嫁給他自己有什麼區別？陶揚翻了個白眼，敷衍道：「知道了。」

四皇子責問道：「我剛教你說的，你怎麼又改說辭了？」

任武昀得意洋洋道：「要真像你那樣說，皇上雖然面上不追究，但心裡肯定不相信，可你看現在皇上也沒罰我，反而相信了不是？」

「這個主意是你想的？」四皇子懷疑地看著他。

任武昀臉色微紅，憋著道：「不是，是二哥教我的。我在小樹林那邊背你教我說的話，結果被二哥聽到了。」

四皇子和陶揚嘴角抽搐。「那二舅舅哪兒去了？」

任武昀搖頭。「也不知道二哥跑這兒來幹麼，往年他可是不來的。」

四皇子和陶揚若有所思。

那邊，侍衛們終於清點出來所有的獵物，皇上和眾位王爺也移駕高臺，侍衛稟告道：「皇上，獵物已清點完畢，其中岷山書院和回鶻使臣的獵物分數一樣，並排第一，禁衛軍第二，宗室第三。」

皇帝點頭，揮手讓人退下去，又勉勵了幾句，宣佈下午的狩獵未正開始，酉正結束，晚上大家就留在營地慶祝，第二天則是自由狩獵。

赤那王子看了魏清莛一眼，眼睛微暗，他從未想過自己會輸給一名女子，還是中原女子。

娜布其公主順著哥哥的眼睛看過去，低聲道：「王兄，聽說她打過老虎，只是不知道她的本事是怎麼學成的，這樣的箭術光靠打靶鍛練是不可能的。」

是啊，岷山書院能百發百中的學生不少，但他們上了獵場就不怎麼樣了，究其原因就是他們很少打活靶，可看對方那冷情冷性的模樣，倒像是京城射獵的。

魏清莛不知道赤那王子的心思，她現在正在煩惱。「本來還想著圈獵的時候能勝對方一籌，這樣圍獵的時候就是我們差些也能把分數平衡過來，可現在我們怎麼辦？」

傅師兄皺眉道：「我們一共有三隊，要是還讓回鶻人奪魁，我們還有什麼顏面見人？」

傅師兄看了眾人一眼，道：「不如我們合作吧。」

魏清莛冷下臉來。「不行，這樣勝之不武，」魏清莛的目光停留在地圖上，這是剛拿來的，上面標紅的地方是危險之地，作為警告狩獵隊的。魏清莛目光清冷，道：「如果我們能獵一頭大的，是不是就能勝過他們？」

獵物是以計分的方式統計，獵物大小以及牠各方面的戰鬥力作為統計基礎。

眾人就不由得想到魏清莛獵到的那一頭老虎，大家都激動起來，兩眼亮晶晶的看著魏清莛。

魏清莛卻潑了對方冷水。「只是那樣也危險得很，我們得先計算一下，除了那頭獵物，我們還要打多少的平常獵物。」

要說在場的人誰對狩獵最在行，那肯定是魏清莛。

在這七年間，她小小年紀就能在岷山裡活下來，除了她本身箭術好、耳力了得之外，就是她從小就會運用各種陷阱進行捕獵，入冬的時候，為了生計，她還和周圍幾個獵戶合作進山，可以說獵戶們從她這裡學到了不少本事，同樣的，她也從他們身上得到了不少經驗。

魏清莛拿出地圖，將從營地到那紅色區域的地方都研究了一遍，將在什麼地方停留多長時間都計算了一遍，還將眾人的位置和任務分派一遍，這才扔下筆，道：「我想要幾枝不一樣的箭。」

傅師兄問道：「什麼箭？」

魏清莛在紙上畫了幾下，紙上的箭頭和眾人使用的都不一樣，魏清莛道：「這種箭我見人使過，只要力氣夠大，穿透力是我們平常所用的箭的一倍。你們誰有本事弄到？」

當初任武昀為了找魏清莛比試，就自己揹了弓箭來找她，當著她的面射箭，他用的就是這種箭，只是，他真當自己傻啊，對方用的箭極耗力氣，她一個小女子去跟他比耐力和力氣不是找抽嗎？她看對方射完箭，自己在內心總結了一下經驗就走了。

「箭都是配發的，上面刻有我們的名字，我得去申請，就說妳的箭用不順手，看能不能找一找這種箭，現在還有一個時辰，應該還來得及。」

魏清莛點頭。

傅師兄出去找人，其他人也趕緊抓緊時間恢復，調整身體狀況到最優。

桐哥兒被孔言措帶走了，魏清莛就找了個角落，將東西鋪在地上，靠著柱子睡覺，她的手卻從口袋裡摸出那塊藍田玉，握在手中感受著那絲絲的氣體被玉珮收走，玉珮再將那些乳白色的暖氣滲進她的肌膚。

魏清莛早已習慣，讓那股氣在自己的身體裡運行……

那種箭並不難找，禁衛軍中就有，不過這種箭因為穿透力強，它的配備是有要求的，一般是那些力氣大，箭術又好的人才配給，參加比賽的禁衛軍中就只有兩人用這種箭。

傅師兄和齊先生提出要配這種箭，管理的人很是為難，正好被路過的二皇子和三皇子聽到，二皇子就笑道：「又不是沒人用，也沒有規定說不能用，就給他們二十枝吧，全都刻上魏姑娘的名字。」

管理的人見皇子發話，趕忙應下。

三皇子就笑道：「二哥什麼時候也摻合進去了？」

二皇子笑道：「他們爭他們的，只是我們好歹是皇子，沒有讓外人笑話我朝無人的，能幫一把自然是要幫的，要不是我等沒本事，我都想親自上場才好呢。」

三皇子點頭。

四皇子得到消息，對陶揚笑道：「我本來還想親自走一遭的，看來不用了。」

陶揚不置可否，卻好奇道：「那種箭在外頭很少見到，都是我們自己用，她怎麼會知道？還畫了圖。」

「她的箭術如此了得，偶爾知道也是有的。」

陶揚看四皇子面不改色地說謊，撇撇嘴。

第五十九章 圍獵

每一隊的後面又跟了十五個人的收獵隊，幾人只管打下獵物，由他們去收回來。

傅師兄等人將魏清莛和陶英匱在中間，魏清莛看了看自己的馬，笑道：「這匹馬倒是不錯。」

鐘聲一響，大家都選擇了自己鎖定的一個方向跑去，一路上獵物聽到聲音都飛奔而走，魏清莛將那二十枝箭掛在馬上，自己揹著輕便的箭，看到旁邊有獵物閃過，就放一箭，這樣等他們到第一個目的地的時候也收獲了一些……

收獵隊見魏清莛等人還要往裡走，連忙討好地上前攔住，哈腰道：「各位公子小姐，前面就是標紅的區域了，可危險得很，不如我們就在這附近吧，您看，這一路上我們收獲了不少東西了……」十五個人的收獵隊，到現在只剩下五人，其他人都因為獵物太多，不得不先將獵物運出去，在他看來，這次收獲的確很多了，往年他也是收獵隊裡的，可以說，這成績放在往年，奪魁是定定的。

魏清莛耳朵微動，手下意識地握緊弓箭，眼睛四處掃了一掃，淡淡地道：「你們先出去，就去二里外等著，沒有我們的吩咐，不管聽到什麼聲音都不要過來。」

收獵隊隊長驚疑道：「魏姑娘？」

魏清莛笑道：「我會告訴你有一隻熊瞎子正朝這邊過來嗎？」

收獵隊隊長腳下一個踉蹌。「這，這，那我們快跑吧。」

「跑不了了，也沒打算跑，你們還有那麼一點點時間。」魏清莛下馬，對書院的人道：「等一下所有人都要聽我的安排，誰也不准私自行動，我雖然不敢保證一定能獵到這頭熊，但只要你們聽我的，我就可以保證大家都能活著出去，誰要是擅自行動，死了殘了，出去我可是不負責的。」

大家的心中既激動又害怕，紛紛點頭。

魏清莛不再理會在那裡糾結的收獵隊隊長，叫人去砍樹，然後將它削得尖尖的，她拿過收獵隊的繩子，將那些尖尖的木頭綁在一起，這些是她老爹教她的，她老爹說這是打鬼子用的，是她爺爺教給她爹，她爹本來是想教她弟的，很可惜，她弟弟是讀書的料，卻不是當獵戶的料。

當年那深山老林中還有殘餘的土匪，甚至跨過那條邊界線的熊國也會時不時地來騷擾他們的國家，有一年，村裡的人就是在老爹的帶領下，在深林裡布下了不少陷阱，把潛進來的人殺了不少，當時，整個村子都受了表揚。

沒有誰知道老爹當年設伏的對象不是人，而是獵物，當年的雪太大了，大家的日子都過得苦，老爹這才想到了這個主意，那時他帶村民進山設伏的時候把她也帶上了。

知道那些機關弄死的是人，不是獵物後，老爹整整作了兩個月的噩夢，還是後來政府的人過來表揚，讓老爹覺得自己救了村裡人的命，還保住了國家利益這才好些。

魏清莛一邊打結，一邊暗想，幸虧當年大家布完陷阱之後就回家了，要是看到那些陷阱是怎麼殺人的，恐怕所有人都有陰影了。

魏清莛自然不敢將所有的陷阱都弄出來，她只是取了其中的一個，企圖能夠阻隔熊瞎子一下。

就在魏清莛手中的木頭都被她綁好後，收獵隊終於做出了決定，彎腰道：「那，魏姑娘，屬下們就到外面去等你們了。」

魏清莛點頭。「你們只管去吧，對了，把馬給我們牽到那裡去，我們要是打不過，跑到那裡也有馬騎是不是？」

收獵隊隊長強笑一聲，難道你們兩條腿還能跑得過四條腿的熊瞎子？但他還是將馬牽走了，照著魏清莛說的將馬安置在那裡，自己帶著人又退了半射地。

魏清莛將陷阱布置好，道：「全都隱蔽起來，我知道你們沒有狩獵過，只要靜下心來安靜地伏在草叢裡，呼吸要輕，知道嗎？」

眾人應了一聲，紛紛去到自己的位置，魏清莛卻在附近走走，看到有一隻麞子，微微一笑，本來她還想著能找到一隻兔子做餌就好了，誰知是麞子。

剛死的麞子被扔在陷阱上，熊瞎子聞著血腥味過來，看到當中的麞子，站立了一下，見周圍沒有動靜，這才慢悠悠地過來，只是嘴才叼住麞子，腳下的土地一顫，熊瞎子就跌了下去，只是陷阱並不深，也不大，也就陷進去了牠的兩條腿，陷阱也只有牠腿的一半高，牠只要微微一用力就起來了，只是還沒等牠用力，魏清莛的一枝箭就朝牠的脖子射去。

熊瞎子吼了一聲，微微側頭，那枝箭正中牠的脖子，熊瞎子暴怒，知道自己上當了，怒吼一聲，就朝魏清莛的這邊跳過去，想將她按在地上，然後撕碎……

魏清莛站得遠遠的，在熊瞎子跳過來的時候，傅師兄用力拉了一下繩子，三根並齊的尖尖木頭就朝熊瞎子射過去，幾個躲著的學子也紛紛放箭阻撓，熊瞎子只好躲過去，動作一滯，魏清莛已經閃到一邊，拿著特製的箭，弓拉得滿滿的，剛才的那枝箭已經致命，但所有人都知道，並不是所有的動物射中脖子牠就會立馬死掉，箭的切口太小，熊還有精力在，那些精力可以支撐著牠殺死這裡的每一個人才會死去。

魏清莛目如寒霜，手中的箭就如流星般射進熊的脖子，熊被這力道一衝，身子轟然倒地。

幾個學子眼中迸射出亮光，拿著箭就要衝上去，魏清莛及時地喊道：「趴著不要動！」這時候上去，不是找死嗎？

幾人起身的動作一滯，只好窩在草叢裡不語。

熊瞎子想起身，掙扎了片刻，那血湧得更厲害了，低低地哀鳴著。

魏清莛看天色已不早，時間也快到了，監督的人應該快到了，手中的弓拿起又放下，想了想，抽起腿上的匕首朝熊瞎子走去，眾人都緊張地看著她。

魏清莛緊緊地盯著熊的眼睛，凶惡的看著牠，慢慢地從旁側過去，熊瞎子看著魏清莛，魏清莛的眼睛掃過牠的前腿，就站在牠即將觸及到的地方，手中的匕首一揚，就直直的釘進熊的脖子。

熊瞎子受痛，四條腿猛地朝魏清莛那邊抽去，魏清莛卻乘機突然躍起，跳上熊瞎子的背，雙手握住那把匕首，轉了兩轉，血就噴了出來，灑在魏清莛的身上，紅色的騎裝顏色更深，就連臉上都沾了一些。

熊劇烈的動了動，哀鳴了幾聲，這才死去，監督的人帶著戰戰兢兢的收獵隊小心翼翼地過來，看到的就是這個畫面。

傅師兄從躲身的地方出來，興奮地叫道：「我們成功了！」

圍場圍了不少人，時間已到，大家都很想知道結果，往年一般都是禁衛軍帶頭，岷山書院墊底，可今年有回鶻使臣的加入，岷山書院又異軍突起，讓所有人都好奇起來。

赤那王子含笑帶著他的隊伍走出來，後面的收獵隊抬著兩頭鹿，眾人見了不免心下嘆了一句好運氣，獵場的鹿也不是那麼好找的，找到了也不是好獵的。

禁衛軍統領見了眼神一黯，他們也獵到了鹿，不過也只有三頭，而赤那王子他們先前已經抬了三頭出來了，皇室那邊比他們還不如，只有兩頭，而且其他獵物也比不上他們和回鶻，岷山書院抬出來的也是三頭，就看他們最後能不能多拿一些獵物出來了。

皇帝臉上雖然還笑著，心裡卻不免有些冷淡，看了一眼左邊坐著的抬起脖子看的任武昀，嘆道——看來只能明天再扳回面子了。

皇帝還在想明天怎麼找個方法激赤那王子和任武昀比試一場，就聽到場中人大聲地喧譁，而且一聲高過一聲，皇帝不悅的抬頭看去，一愣，繼而大喜！

魏清莛等人抬了一頭熊瞎子出來，沒錯，就是魏清莛等人抬的，見眾人都興奮地看著他們，魏清莛忍不住臉一僵，幸虧她是走在稍後一點，而不是前面，不然得有多丟臉啊——她實在是不明白為什麼大家會這麼熱衷於親自抬著牠，話說悠哉悠哉地騎馬，看著下面的人抬著不是更威風嗎？

赤那王子臉上笑著，手卻不由握緊了弓，娜布其讚嘆道：「真是好本事，可惜我們沒有那個運氣。」

赤那王子淡淡地道：「運氣也是一種實力！」

任武昀站起來，興奮地對皇帝道：「姊夫，她打了一頭熊，不過有什麼了不起的，明天我也給您獵一頭熊瞎子。」

皇帝看著自說自話的小舅子，嘴角抽抽，點頭道：「好，那明天就給我獵一頭熊瞎子來吧。」

站在宗室這邊的六皇子臉色有些陰沈，四皇子則是含笑的和二皇子、三皇子點點頭，這下岷山書院是贏定了，至少不會在回鶻面前太丟臉不是？雖然這次皇室的表現實在是有些丟臉。

一轉眼，二皇子和三皇子就看到陰沈著臉的六皇子，心中都有些不喜，再怎麼和那位魏姑娘有矛盾，在外邦面前這樣表現都太沒有心胸了，旁邊站著的其他宗室的人也對六皇子有些不滿，覺得他不顧大局。

四皇子嘴角微翹，這也是無心插柳柳成蔭嗎？

因為各自的獵物是帶出來的時候就分的，一直都有人做統計，所以結果很快就出來被送到皇上那裡。

皇帝當場公布了名次——岷山書院因為有那頭熊加成，獲得了第一，回鶻使臣第二，禁衛軍第三，宗室第四。

頭一名是有獎勵的，當然，也只獎勵這頭一名，因為往年只有三隊進行比賽。

岷山書院這邊歡呼起來，耿少紅和陳燕等女孩上來圍住魏清莛和陶英，就連一直對魏清莛淡淡的魏清芍也忍不住上前對她道一聲恭喜。

大家打了不少的獵物，由宮廷內的內侍進行處理，晚上大家可以盡地燒烤。傅師兄正對大家說著他們是如何設伏將那頭熊瞎子拿下的，魏清莛從人群中擠出來，她要去找桐哥兒，晚上要給他烤他喜歡的鹿肉吃……

人聲鼎沸，魏清莛只能瞇著眼睛去找，看見桐哥兒一個人乖乖地坐在一張椅子上，茫然地看著周圍高談闊論的人，魏清莛心一時酸痛，不由得惱怒起孔言措來，既然說了會照顧好桐哥兒，那他現在跑到哪裡去了？

魏清莛正打算走過去，忽然耳朵聽到不一樣的聲響，一回頭就聽見箭破空的聲音，眼角的餘光還看見刀刃在新生起的火光中的反光，魏清莛想也不想地喊道：「有刺客！快躲開！」一邊喊一邊朝桐哥兒那邊飛奔而去。

同時射出來的有兩枝箭，一枝箭是衝著赤那王子去的，魏清莛喊的那一聲使他側了一下身子，即使如此，他還是傷到了胳膊，他周圍的人立馬將他和娜布其公主圍起來。

另一枝則是朝皇帝去的，他的反應沒赤那王子快，還坐在龍椅上，只是他左邊的任武昀在魏清莛喊的那一聲後想也不想地撲到皇帝的身上，同時將他往右邊撥拉過去，右手快速地抽出自己隨身的劍，只是還來不及擋在胸前，那枝箭就直直的插進他的肩膀。任武昀悶哼一聲，折斷箭羽，將皇上拉到自己的身後密不透風的保護起來。

身邊的侍衛反應過來，高喊一聲「保護皇上」，就將龍椅周圍都圍攏起來。

禁衛軍也動起來，抽出武器就保護起離他們最近的皇子、公主。

六皇子臉色陰沈的被圍在中間，四皇子朝任武昀看去，見他受傷，心中忍不住焦急，帶著武器就朝那邊過去

圍場周圍埋伏的刺客齊齊地跳進來，魏清莛看到黑鴉鴉的一片，臉色微變，看著人數，至少有近百，進來的黑衣人分成兩半，一半朝赤那王子衝過去，還有一半朝皇帝衝過去。

魏清莛想不了這麼多，逆著人群艱難地跑到桐哥兒的那邊，看到桐哥兒被人擠到地上，不少人從他的手上甚至背上踩過去，心中大怒。

「滾開！」她推開幾人，用力地將桐哥兒拉起來。

桐哥兒好像被嚇傻了，看到姊姊，這才回過神，眼圈瞬間就紅了。「姊姊！」

「桐哥兒別怕，跟姊姊走！」魏清莛護著桐哥兒往外面去，她怕再在這裡待著，人沒被刺客殺死就先被踩死了。

身邊都是慌亂喊叫的人群，魏清莛忍不住大喊道：「大家不要擠，刺客的對象不是我們，全都安靜下來，往外走，不要往裡面去！」真是笨蛋，皇帝和赤那王子都在裡面，往裡面去不是找死嗎？

只是侍衛的禁衛軍都在裡面，外面是衝進來的刺客，大家下意識地在尋找能保護自己的

人。

魏清莛抿了抿嘴，焦急的在人群中尋找耿少紅、陳燕和魏清芍，其他人倒還罷了，這三個人可是她帶進來的。

黑衣人採取的是不要命的攻勢，他們好像知道自己不能活著出去似的，紛紛不要命地收割擋在前面的人的性命，一時之間，圍場內都是血腥氣。

皇帝身邊的侍衛根本就擋不住那些人的攻勢，幸虧皇帝身邊還有一個任武昀，雖然受了傷，右手卻好像毫不受損，凡是衝破侍衛防禦到他面前的都被他擋下了，只是隨著時間的推移，肩膀處不斷湧出來的血跡，還是讓他的動作有些遲滯。

他身後的皇帝抿緊了嘴，每年一度的狩獵比賽從未出過問題，雖然這次也有儀仗，但不想太過耗費國庫的皇帝以在京城附近為由，只帶了一小隊的護衛……

赤那王子那邊也很吃力，他的人早就支撐不住了，還是四皇子喊了一聲「保護赤那王子」，在周圍殺敵的禁衛軍才圍到他的身邊，讓他稍微鬆了一口氣。

魏清莛護著桐哥兒和兩個十一、二歲的小女孩朝外擠出去，這兩個孩子和她們的母親走散了，被人推倒在地，要不是魏清莛拉她們一把，恐怕會被活生生地踩死。

周圍的人已經陷入極度的恐慌之中，魏清莛不管怎麼喊都不管用，她前世又不是學危機管理，她是真的不知道怎麼辦，只能救一個是一個。

「快走，緊緊地拉著手，不許放開。」兩個女孩子臉色雖然慘白，但好在沒有哭出聲來，只是緊緊的抓著魏清莛的手。

魏清莛回身看去，就見黑衣人肆無忌憚地殺人，其中被殺的就有幾個是岷山書院的學生，對方還不及十三歲。魏清莛不由抿嘴，眼睛通紅。

她不管他們有什麼政治陰謀，或是有什麼恩怨，這些還是孩子的少年又有什麼錯呢？那些圍在皇帝身邊的侍衛早就沒了士氣，任武昀也知要糟，只是不管他如何說都好像不怎麼管用，他倒是想身先士卒，這樣就能激勵士氣一番，只是那樣一來皇帝就危險了。

魏清莛想，要是皇帝就此死了會怎樣？這樣一想，心中不由地期盼起來！

只是視線看到焦急的任武昀和四皇子，魏清莛壓下心中的渴望，皇帝現在駕崩對他們應該沒好處。

魏清莛拉住三個孩子，道：「跟姊姊來！」

她是不捨得讓桐哥兒離她身邊一步的，因為在她看來，離開她什麼地方都是危險的。

現在最安全的地方應該是皇帝那裡吧，雖然也是最危險的地方。

——未完，待續，請看文創風264《姊兒的心計》3

2015年1月出版

君許諾

文創風 255～257

一雙人，到白首，不相離，問君憶記否？

雙世情緣，愛恨難明／陸戚月

前世她全心全意沈浸在夫君許諾的「一生一世一雙人」，
可最終丈夫不但背信納了妾，她還因一碗毒藥送了性命……
今生她想方設法要擺脫嫁入慕國公府的老路，
誰知，兜兜轉轉還是難逃命數，奉旨成婚做了他的妻。
她本打算與他相敬如「冰」、安分守己地做好妻子的本分，
無奈這婆婆無理、小姑刁蠻，要相安無事共處內宅實非易事，
不過，出身侯府又深獲太夫人賞識的她也絕非省油的燈。
原以為這一世因她重活一遭，導致有些事的發展有所變化，
豈料，一幅描繪前世夫妻恩愛的畫軸，
揭開了枕邊人亦是重生的秘密，
回顧這段日子他的情真意切，已讓人剪不斷、理還亂了，
再加上這筆「前世債，今生償」的帳，她該如何拎得清？

姊兒的心計 2

國家圖書館出版品預行編目資料

姊兒的心計 / 郁雨竹著. --
初版. -- 臺北市 : 狗屋, 2015.01-
冊 ; 公分. --（文創風）
ISBN 978-986-328-409-3（第2冊：平裝）. --

857.7　　103025640

著作者　郁雨竹
編輯　王佳薇
校對　林俐君　周貝桂
發行所　狗屋出版社有限公司
地址　台北市104中山區龍江路71巷15號1樓
電話　02-2776-5889～0
發行字號　局版台業字845號
法律顧問　蕭雄淋律師
總經銷　知遠文化事業有限公司
電話　02-2664-8800
初版　2015年1月
國際書碼　ISBN-13　978-986-328-409-3
原著書名　《随身空间：玉石良缘》，由創世中文網〈http://chuangshi.qq.com〉授權出版

定價250元
狗屋劃撥帳號：19001626
網址：love.doghouse.com.tw　E-mail：love@doghouse.com.tw